W0377139

EDGAR ALLAN POE

EDGAR ALLAN

POE

Die denkwürdigen

ERLEBNISSE *des* ARTHUR GORDON PYM

Mit Illustrationen von
Arthur David McCormick

Aus dem Englischen von Gisela Etzel

NIKOL
VERLAG

Der Text folgt der Ausgabe:
»Edgar Allan Poes Werke, 4. Band: Die Abenteurer Pym und Rodman«,
herausgegeben von Theodor Etzel, Propyläen Verlag, Berlin (1921/22).

© 2015 Nikol Verlagsgesellschaft mbH & Co. KG,
Hamburg

Alle Rechte, auch das der fotomechanischen Wiedergabe
(einschließlich Fotokopie) oder der Speicherung auf
elektronischen Systemen, vorbehalten.
All rights reserved.

Umschlag und Titelillustration:
Bastian Groscurth (www.pencilsquad.com)
Satz & Layout: Nikol Verlag, Hamburg
Druck: CPI Moravia Books s.r.o.
Printed in the Czech Republic
ISBN: 978-3-86820-303-5

www.nikol-verlag.de

Vorwort des Erzählers

Als ich nach einer Reihe außerordentlicher Erlebnisse und Abenteuer in der Südsee und anderswo, von denen auf den folgenden Seiten die Rede sein soll, vor einigen Monaten nach den Vereinigten Staaten zurückgekehrt war, kam ich durch Zufall in die Gesellschaft mehrerer Herren aus Richmond in Virginien; sie zeigten für alles, was die von mir besuchten Gegenden anbetraf, ein lebhaftes Interesse und drangen beständig in mich, ich möchte doch meinen Bericht der Öffentlichkeit übergeben, das sei nichts Geringeres als meine Pflicht. Doch hatte ich mehrere Gründe, dies abzulehnen; einige davon sind persönlicher Natur und gehen niemand etwas an; bei andern ist das nicht so sehr der Fall. Einmal hielt mich der Umstand ab, daß ich während eines großen Teiles meiner Abwesenheit kein Tagebuch geführt habe und daher in Sorge war, ich könnte aus der bloßen Erinnerung keinen so genauen und zusammenhängenden Bericht aufsetzen, daß der Eindruck des Tatsächlichen dabei gewahrt bliebe, abgesehen von der natürlichen und unvermeidlichen Übertreibung, in die wir alle leicht verfallen, wenn von Begebenheiten die Rede ist, deren Einfluß auf die Einbildungskraft tief und bedeutend war. Ein zweiter Grund: Die Ereignisse, von denen ich reden sollte, waren von so ausgesprochen wunderbarer Art, daß sie ohne ein anderes Zeugnis als das des einzigen Gefährten, der mit mir zurückkam, eines armen indianischen Mischlings, auf keinen Glauben außerhalb meiner Familie und meines Freundeskreises rechnen konnten – sie freilich kennen meine peinliche Wahrheitsliebe –, so daß die breitere Öffentlichkeit meine Erzählungen nur als unverschämte und schlaue Erfindungen betrachten würde. Das stärkste Motiv war aber gewiß, daß ich Anlass hatte, meinen schriftstellerischen Fähigkeiten gar sehr zu mißtrauen.

Unter den virginischen Herren, die sich für meinen Reisebericht und ganz besonders für den Teil, der von der Antarktis handelt, am lebhaftesten interessierten, befand sich Herr Poe, vor kurzem Herausgeber des »Literarischen Boten des Südens«, einer Monatsschrift, die Herr Thomas W. White in der Stadt Richmond erscheinen läßt. Er riet mir aufs dringendste, augenblicklich eine ausführliche Beschreibung dessen, was ich geschaut und erlebt hatte, ins Werk zu setzen und der Gescheitheit und dem gesunden Verstand des Publikums zu vertrauen, indem er sehr richtig betonte, daß gerade die literarische Unzulänglichkeit meines Buches (falls man überhaupt von einer solchen reden könnte) ein Beweis mehr für meine Wahrhaftigkeit sein müßte.

Trotzdem konnte ich mich nicht recht dazu entschließen, seinen Rat auszuführen. Da er nun sah, daß ich mich noch immer nicht rührte, schlug er mir vor, ich möchte ihm erlauben, in seinen eigenen Worten auf Grund meiner Mitteilungen den ersten Teil meiner Abenteuer zu schildern und unter dem Schein des Erfundenen im »Boten« abdrucken zu lassen. Dagegen war nichts einzuwenden, und ich verlangte nur, daß mein Name nicht genannt werde. Zwei Nummern des angeblichen Romans erschienen somit im »Boten des Südens« (Januar und Februar 1837), und um ihnen den Charakter einer Dichtung zu verleihen, fügte Herr Poe in der Inhaltsangabe der Zeitschrift seinen Namen bei.

Die Wirkung, die durch unsere Kriegslist erreicht wurde, bewog mich endlich, eine regelrechte Zusammenstellung und Veröffentlichung der in Rede stehenden Abenteuer zu veranstalten; denn ich fand bald heraus, daß trotz des Scheines des Erdichteten, der, ohne daß eine einzige Tatsache dabei verändert wurde, meinem Bericht mit soviel Geschicklichkeit verliehen worden war, das Publikum gar nicht geneigt schien, an eine Erdichtung zu glauben, vielmehr erhielt Herr Poe mehrere Zuschriften, in denen die gegenteilige Meinung deutlichen Ausdruck fand. Daraus schloß ich, daß die Tatsachen in meiner Erzählung den Stempel des Wirklichen an sich tragen müßten und daß ich die Ungläubigkeit des Publikums wenig zu fürchten hätte.

Nachdem diese Feststellung gemacht ist, wird man bald erkennen, was von dem Folgenden meiner eigenen Feder entstammt; es sei nur nochmals bemerkt, daß die ersten von Herrn Poe geschriebenen Seiten keine falsche Darstellung irgendeiner Tatsache enthalten. Selbst jenen Lesern, die den »Boten« nicht gesehen haben, braucht man nicht erst zu sagen, wo sein Anteil endet und mein eigener beginnt; die Verschiedenheit des Stils wird sich jedem sogleich offenbaren.

A. G. Pym

ADMC 98

Erstes Kapitel

Mein Name ist Artur Gordon Pym. Mein Vater war ein ehrsamer Seewarenhändler in Nantucket, meiner Geburtsstadt. Mein Großvater mütterlicherseits war ein beliebter Rechtsanwalt. Er hatte in allem Glück; seine Spekulationen in der »Neuen Bank« zu Edgarton, wie sie sich damals nannte, waren von großem Erfolg begleitet. So war es ihm möglich gewesen, eine tüchtige Summe Geldes zurückzulegen. Er liebte mich, wie ich annehmen möchte, herzlicher als irgendeinen anderen Menschen auf der Welt, und ich wurde allgemein als sein Erbe angesehen. Als ich fast sechs Jahre zählte, schickte er mich zu einem alten Herrn Ricketts in die Schule, einem einarmigen und exzentrischen Mann, den jeder in Neu-Bedford kennen dürfte. Ich blieb in dieser Schule bis zu meinem sechzehnten Jahr, um dann die Akademie des Herrn Ronald aufzusuchen, die auf der Höhe über der Stadt lag. Hier befreundete ich mich mit dem Sohn des Herrn Barnard, eines Kapitäns, der gewöhnlich im Dienst der Firma Lloyd und Vredenburgh segelte; Herr Barnard ist in Bedford ebenfalls wohlbekannt und hat, wie ich glaube, in Edgarton viele Verwandte. Sein Sohn hieß Augustus und war nahezu zwei Jahre älter als ich. Er hatte eine Walfängerfahrt an Bord des »John Donaldson« mit seinem Vater gemacht und redete von nichts anderem als von seinen Erlebnissen im Stillen Ozean. Ich begleitete ihn oft nach Hause und blieb den Rest des Tages, manchmal die Nacht hindurch bei ihm. Wir schliefen in einem Bett, und er pflegte mich bis zum Morgengrauen wach zu erhalten, indem er mir Geschichten von den Eingebornen der Insel Tinian und von anderen Orten erzählte, die er besucht hatte. Mit der Zeit konnte ich es nicht vermeiden, von seinen Erzählungen gepackt zu werden, und allmählich wuchs mein Wunsch, zur See zu gehen, ins Ungeheure. Ich besaß ein Segelboot »Ariel«, das ungefähr fünfundsiebzig Dollar wert war. Es hatte ein Halbdeck, eine Art Kambüse, und war wie eine Schaluppe getakelt; seinen Tonnengehalt weiß ich nicht mehr anzugeben, aber es konnte ohne Schwierigkeiten zehn Personen fassen. In diesem Boot wagten wir einige der tollsten Streiche, die je unternommen worden sind, und wenn ich jetzt daran denke, erscheint es mir höchst wunderbar, daß ich heute noch am Leben bin.

Ich will eines dieser Abenteuer berichten, bevor ich zu einer längeren und bedeutsameren Erzählung übergehe. Eines Abends hatte Herr Barnard Gesellschaft, und sowohl Augustus als ich waren gegen Ende des Festes nicht wenig angeheitert. Wie gewöhnlich teilte ich, anstatt nach Hause zu gehen, meines Freundes Lager. Er schlief, wie mir schien, sehr sanft ein (die Gesellschaft war gegen ein Uhr aufgebrochen), ohne vorher ein Wort über seinen Lieblingsgegenstand fallenzulassen. Wir mochten eine halbe Stunde im Bett gelegen haben, und ich wollte gerade hinüberdämmern, als er plötzlich in die Höhe fuhr und einen entsetzlichen Eid schwor, daß er keinem Artur Pym zuliebe da liegen und schlafen würde, solange eine so herrliche Brise aus Südwest wehe. Ich war in meinem Leben noch nie so erstaunt gewesen, da ich ja seine Absicht nicht kannte und der Meinung war, die Weine und Liköre hätten ihn um seinen Verstand gebracht. Jetzt aber sprach er ganz ruhig, indem er sagte, er sei keineswegs, wie ich dächte, betrunken, vielmehr sei er noch nie so nüchtern gewesen. Er habe nur keine Lust, fügte er hinzu, diese schöne Nacht wie ein Hund zu verschlafen, und sei entschlossen, aufzustehen und sich im Boot zu vergnügen. Was mich besessen hat, kann ich nicht sagen; aber er war noch nicht fertig mit seiner Rede, als ich mich von Erregung und Verlangen durchglüht fühlte und seinen wahnsinnigen Einfall als einen der köstlichsten und vernünftigsten Gedanken pries. Das Wetter war nahezu stürmisch, und wir standen tief im Oktober. Trotzdem machte ich in einer Art Ekstase einen Satz aus dem Bett und erklärte ihm, ich sei gerade so tapfer wie er und gerade so willig, einen tollen Streich zu wagen, wie irgendein Augustus Barnard in Nantucket.

Wir schlüpften eilends in unsere Kleider und liefen zum Boot hinab. Es lag an der alten, verfallenen Werft nahe dem Holzhof von Pankey & Co. und schlug sich an den rauhen Pfählen fast zuschanden. Augustus stieg hinein und schöpfte das Boot aus, es war zur Hälfte voll Wasser. Sobald dies getan war, hißten wir Großsegel und Klüver, richteten sie nach dem Wind und stießen mutig vom Land ab.

Der Wind blies, wie ich schon gesagt habe, kräftig aus Südwest.

Die Nacht war sehr klar und sehr kalt. Augustus hatte sich ans Ruder gesetzt, ich stand am Mast auf dem Halbverdeck. Wir flogen in raschem Tempo dahin, keiner von uns hatte seit der Abfahrt eine Silbe gesprochen. Nun fragte ich meinen Begleiter, wohin er zu steuern gedenke und wann er glaube, daß wir wieder zurück sein könnten. Er pfiff eine Weile vor sich hin und gab dann widerborstig zur Antwort: »Ich steche in See; du kannst ja nach Hause gehen, wenn du es für passend erachtest.« Ich blickte ihn an und erkannte sofort, daß er trotz seiner angenommenen Gleichgültigkeit sehr erregt war. Deutlich konnte ich ihn im Mondschein sehen; sein Gesicht war blässer als ein Marmorbild, seine Hand zitterte so heftig, daß er kaum das Ruder halten konnte. Ich nahm wahr, daß irgend etwas nicht in Ordnung war, und eine ernste Besorgnis befiel mich. Damals verstand ich nicht viel von der Kunst, ein Fahrzeug zu lenken, ich war völlig auf die seemännische Geschicklichkeit meines Freundes angewiesen. Dazu kam, daß der Wind mit einem Male zugenommen hatte und wir rasch auf die Luvseite des Landes gelangten; doch schämte ich mich, irgendwelche Furchtsamkeit zu zeigen, und bewahrte beinahe eine halbe Stunde ein entschlossenes Schweigen. Endlich konnte ich's nicht länger ertragen und äußerte zu Augustus, es wäre wohl am besten, wir kehrten um. Wieder dauerte es eine Minute, bis er antwortete oder überhaupt von meinem Wink Notiz nahm: »Allmählich«, sprach er endlich, »wir haben Zeit – allmählich – nach Hause.« Solche Erwiderung kam mir nicht unerwartet, aber in ihrem Ton lag etwas, das mich mit einem Gefühl nicht zu beschreibenden Grauens erfüllte. Wieder betrachtete ich aufmerksam den Sprecher. Seine Lippen waren vollkommen blutlos, und seine Knie schlugen so heftig aneinander, daß er kaum zu stehen vermochte. »Um Gottes willen, Augustus«, schrie ich jetzt in tiefer Herzensangst, »was fehlt dir? – was ist los? – was willst du beginnen?« – »Los«, stotterte er, scheinbar höchst verwundert, indem er zugleich das Ruder fahrenließ und nach vorn auf den Schiffsboden fiel, »los? … nichts ist los, Lieber … wir fahren heim … wie du siehst!« Da flammte die Wahrheit vor meinen Augen auf, ich stürzte mich auf ihn und richtete ihn in die Höhe. Er war betrunken, viehisch betrunken; er konnte weder stehen noch sprechen noch sehen. Seine Augen waren ganz verglast; als ich ihn in meiner Verzweiflung losließ, kollerte er wie ein Klotz in das auf dem Grund des Bootes angesammelte Wasser, aus dem ich ihn eben gezogen hatte. Es war klar, daß er im Verlauf des Abends weit mehr getrunken hatte, als ich dachte, und daß sein

Benehmen im Bett die Folge eines gesteigerten Rausches war, eines Rauschzustandes, der gleich dem Wahnsinn seinem Opfer nicht selten die Haltung eines völlig Gesunden und Vernünftigen verleiht. Die Kühle der Nachtluft hatte indessen ihre Wirkung nicht verfehlt, die erkünstelte Geistesstärke gab ihrem Einfluss nach, und eine verworrene Vorstellung von der Gefährlichkeit unserer Lage beschleunigte die Katastrophe. Er lag jetzt gänzlich bewußtlos, und es war nicht anzunehmen, daß er in den nächsten Stunden die Herrschaft über seine Sinne wiedergewinnen würde.

Es ist kaum möglich, zu schildern, wie tief ich erschrak. Die Dünste des Weins waren jetzt verraucht; ich war doppelt furchtsam und unfähig, einen Entschluß zu fassen. Ich wußte, daß ich keine Ahnung hatte, wie man ein Boot steuert, und daß ein wütender Wind und die rückflutende Ebbe uns ins Verderben jagten. Hinter uns drohte das Wetter; wir besaßen keinen Kompaß, keine Nahrungsmittel, und es war gewiß, daß wir bei unserem jetzigen Kurs das Land vor der ersten Morgenhelle aus den Augen verloren haben würden. Diese Gedanken nebst einem Heer anderer, die nicht minder entsetzlich waren, rasten mit betäubender Geschwindigkeit durch meinen Kopf, und einige Augenblicke lang blieb ich zu sehr gelähmt, um irgendeine Anstrengung machen zu können. Das Boot flog mit furchtbarer Schnelle durch das Wasser hin, rollte vor dem Wind, ohne daß ein Segel gerefft war; der Bug verschwand vollständig unter dem Schaum der Wellen. Ein Gotteswunder, daß es nicht umschlug; Augustus hatte ja das Steuer losgelassen, und ich war zu aufgeregt, um selbst danach zu fassen. Glücklicherweise jedoch hielt es den Kurs ein, und nach und nach gewann ich einen Teil meiner Geistesgegenwart zurück. Der Wind war noch immer am Anschwellen, und sooft wir uns vom Vorwärtstauchen erhoben, fegte die See von rückwärts über Deck und überflutete uns mit Wasser. Auch war mir ein jedes Glied so benommen, daß ich fast gar keine Empfindung mehr hatte. Endlich stürzte ich mit dem Mut der Verzweiflung nach dem Großsegel und versuchte, es zu reffen. Wie zu erwarten, sauste es über den Bug, tränkte sich schwer voll Wasser und riß dadurch den Mast kurzweg über Bord. Dieser Zufall allein rettete mich vor augenblicklichem Untergang. Nur unterm Stagsegel fahrend, schoß ich vor dem Wind hin, mußte mächtige Sturzseen aushalten, war aber von unmittelbarer Todesgefahr befreit.

Ich saß am Ruder und atmete mit größerer Leichtigkeit, da ich sah, daß uns noch eine Hoffnung auf Rettung blieb. Augustus lag noch bewußtlos auf dem Boden des Schiffes; und da ihm die Gefahr des Ertrinkens drohte (das Wasser stand an der Stelle fast einen Fuß hoch), brachte ich es zuwege, ihn teilweise aufzurichten und im Sitzen zu erhalten, indem ich ihn mit einem Tau umwand und an einem Ring auf dem Halbdeck festmachte. Nachdem ich so alles, meinem elenden Zustand zum Trotz, aufs beste eingerichtet hatte, empfahl ich mich Gott und war entschlossen, alles, was mir auch geschehen möge, mit dem ganzen Mannesmut, über den ich gebot, zu ertragen.

Kaum hatte ich diesen Entschluß gewonnen, als plötzlich ein lautes und langes Schreien oder Heulen, das aus den Kehlen von tausend Teufeln zu kommen schien, die ganze Atmosphäre rings um das Boot und über ihm zu erfüllen begann. Nie in meinem Leben werde ich die bohrende Qual des Entsetzens vergessen, das ich in diesem Augenblick empfand. Das Haar stand mir zu Berge, ich fühlte, wie das Blut in meinen Adern erstarrte, mein Herz hörte ganz und gar auf zu schlagen, und ohne ein einziges Mal meine Augen zu erheben, die Ursache meines Bangens kennenzulernen, purzelte ich kopfüber und ohne Bewußtsein auf den Körper meines Freundes.

Als ich ins Leben zurückkehrte, fand ich mich in der Kajüte eines großen Walfischfängers (des »Penguin«), der nach Nantucket segelte. Mehrere Menschen beugten sich über mich, und Augustus, bleicher als der Tod, war eifrig bestrebt, mir die Hände zu wärmen. Als ich die Augen öffnete, riefen die Äußerungen seines Dankes, seiner Freude abwechselnd Lachen und Weinen bei den Anwesenden hervor. Das Geheimnis unserer Rettung war bald enthüllt. Der Walfänger hatte uns überrannt; er lavierte mit so viel Segeln, als er zu setzen wagte, auf Nantucket zu, sein Kurs stand somit in rechtem Winkel mit unserm. Mehrere Leute lugten vorn aus, aber sie bemerkten unsere Schaluppe erst, als es schon zu spät war, den Zusammenstoß zu vermeiden; ihre Warnungsrufe hatten mich in jene fürchterliche Angst getrieben. Das gewaltige Schiff übersegelte uns, so erzählte man mir, mit einer Leichtigkeit, als ob es über eine Feder hingeglitten wäre, und ohne nur im geringsten in seinem Lauf aufgehalten zu werden. Vom Verdeck der Schaluppe ertönte kein Schrei; man hörte nur im Toben von Wind und Wellen etwas wie einen leisen, schlürfenden Laut, als die gebrechliche Barke vor dem Versinken sich am Kiel ihres Zerstörers rieb; das war alles. Der Kapitän (E. T. V. Block von Neulondon) hielt unser entmastetes Boot für weiter nichts als ein treibendes Wrack und wollte ohne nähere Untersuchung der Angelegenheit seine Fahrt fortsetzen. Glücklicherweise vermochten zwei Leute vom Ausguck einen Schwur darauf zu leisten, daß sie einen Menschen am Ruder gesehen hätten, der vielleicht noch zu retten war. Man erörterte die Sache, Block ärgerte sich und rief nach einer Weile, er brauche nicht auf Eierschalen aufzupassen, das Schiff sollte nicht wegen solcher Dummheiten seinen

Kurs ändern, und wenn einer übersegelt würde, wär's seine Schuld – er möge ersaufen und verdammt sein. Henderson, der Obersteuermann, griff jetzt den Gegenstand auf, er und die Mannschaft waren redlich entrüstet über die herzlosen Worte des Kapitäns. Er nahm kein Blatt vor den Mund, da er sich von den Leuten unterstützt wußte; er erklärte dem Schiffer, er verdiene, gehängt zu werden; er, Henderson, werde auf die Gefahr hin, ein gleiches Schicksal zu erdulden, seinem Befehl ungehorsam sein. Er stelzte nach achtern, schob Block (der sehr blaß wurde und keine Antwort gab) beiseite, ergriff das Ruder und gab den Befehl: »Hart am Lee!« Die Leute flogen an ihre Posten, und das Manöver gelang vortrefflich. All das hatte bald fünf Minuten gewährt, man mochte es kaum für möglich halten, daß jetzt noch einer gerettet werden könnte. Dennoch wurden Augustus und ich geborgen; und unsere Rettung scheint durch zwei jener unfaßlichen Glücksfälle herbeigeführt zu sein, die von den Weisen und Frommen einem besonderen Eingreifen der Vorsehung zugeschrieben werden.

Henderson ließ die Jolle herab und sprang mit den beiden, die mich zuerst am Ruder erblickt hatten, hinein. Sie waren eben aus dem Lee des Schiffes (der Mond schien noch mit hellem Licht), als dieses lange und kräftig anluvte und Henderson im selben Moment seiner Mannschaft zurief, sie solle rückwärts rudern. Immer wiederholte er ungeduldig den Ruf: »Rückwärts! Rückwärts!« Die Leute folgten so rasch wie möglich dem Befehl, aber inzwischen war das Schiff vollkommen mit dem Bug im Wind, trotz aller Anstrengungen der Bemannung, die Segelfläche zu verringern. Obwohl es ein höchst gefährliches Beginnen war, packte Henderson die Großrüsten, sobald sie in seinen Bereich kamen. Ein neuer Stoß brachte die Steuerbordseite des Fahrzeuges fast bis zum Kiel übers Wasser hinaus, und nun erkannte man den Grund seiner Besorgnis. Ein menschlicher Körper hing auf eigentümliche Art an dem glatten und leuchtenden Schiffsboden (der »Penguin« war vollständig mit Kupfer belegt) und schlug mit jeder Bewegung des Schiffsleibes heftig dagegen an. Nach mehreren fruchtlosen Versuchen, während das Schiff hin- und herstieß und das Boot überflutet zu werden drohte, wurde ich aus dieser gefährlichen Lage befreit und an Bord gebracht. Einer der Schiffsnägel war durch das Kupfer gedrungen, an diesem hatte ich mich gefangen, als ich unter dem Rumpf dahinglitt. Der Nagel hatte den Kragen meiner grünleinenen Jacke und meinen Nacken durchbohrt, sich zwischen zwei Sehnen durchgedrängt und war hinter dem linken Ohr wieder hervorgekommen. Man legte mich ins Bett, obwohl das Leben aus mir geschwunden schien. Es gab keinen Wundarzt an Bord. Doch erwies mir der Kapitän jede Aufmerksamkeit – gewiß, um in den Augen der Mannschaft sein früheres abscheuliches Benehmen wiedergutzumachen.

Inzwischen war Henderson wieder vom Schiff abgestoßen, obgleich der Wind sich zum Orkan gesteigert hatte. Nach einigen Minuten bemerkte er einige Trümmer unseres Bootes, und bald darauf versicherte einer der Leute, er höre in den Zwischenpausen des Sturmes Hilferufe. Trotz wiederholter Signale, durch die Block sie zur Rückkehr aufforderte, suchten die braven Seeleute rastlos weiter. Es ist kaum zu glauben, daß solch schwache Jolle auch nur für einen Augenblick der drohenden Zerstörung entging. Doch war sie für den Walfang gebaut und, glaub' ich, mit Luftkästen versehen, wie man sie bei den Rettungsbooten findet, die an der Küste von Wales in Gebrauch sind.

Nach längerem vergeblichem Suchen beschloß man endlich, an Bord zurückzukehren. Kaum war dies ausgesprochen, als von einem dunklen Gegenstand, der eilig vorüberschwamm, ein matter Ruf nach Hilfe ertönte. Man holte den Gegenstand rasch ein. Es war das Halbdeck des »Ariel«. Neben ihm schwebte in Todesnöten Augustus. Er war durch ein Tau mit dem schwimmenden Deck verbunden. Dieses Tau hatte ich, wie erinnerlich sein dürfte, ihm selbst umgelegt und an einem Ring befestigt; und offenbar wurde dies die Ursache seiner Rettung. Der »Ariel« war leicht gebaut, und im Untergehen brach er auseinander; das Verdeck der Kombüse wurde durch die hereinrasende Flut hochgehoben, und Augustus entging so einem grauenvollen Tod.

Es dauerte mehr als eine Stunde, bevor er von sich zu erzählen oder den Unfall, der dem Boot widerfahren war, zu begreifen vermochte. Endlich kam er völlig zu Bewußtsein und sprach viel von dem, was er auf den Wellen empfunden hatte. Als er zuerst von seinem Rausch erwachte, fand er sich unter der Oberfläche, wurde mit unfaßbarer Schnelligkeit herumgewirbelt und fühlte einen Strick, der sich mehrfach um seinen Hals wand. Einen Augenblick später schoß er nach oben, sein Kopf schlug gegen etwas Hartes, und er wurde abermals bewußtlos. Als er noch einmal zu sich kam, war er im Besitz seiner Vernunft; doch blieb diese noch arg umwölkt und verworren. Er wußte jetzt, daß ein Unfall sich ereignet hatte und daß er im Meer schwamm, obwohl sein Mund frei war und er ohne viel Mühe Atem schöpfen konnte. Wahrscheinlich trieb das Halbdeck um diese Zeit vor dem heftigen Wind, und er wurde, auf dem Rücken liegend, von jenem geschleppt. Natürlich hätte er nicht lange in dieser Lage verharren können und wäre jedenfalls zuletzt ertrunken. Eine mächtige See schleuderte ihn über das Deck; hier hielt er sich fest, von Zeit zu Zeit nach Hilfe schreiend. Gerade vor seiner Entdeckung durch Herrn Henderson hatte er, gänzlich erschöpft, die Trümmer los-

gelassen und sich in sein Schicksal ergeben. Während er um sein Leben kämpfte, entschwand ihm jegliche auch noch so blasse Erinnerung an den »Ariel« und die Ursachen seines Unheils. Ein unbestimmtes Gefühl des Schreckens, der Verzweiflung hielt alle seine Sinne umfaßt. Als man ihn endlich bergen konnte, verließ ihn die Fähigkeit zu denken, und er kam, wie erwähnt, erst nach einer Stunde dazu, seinen Zustand zu erkennen. Was mich anbetrifft, so wurde ich am Rande des Grabes (nachdem jedes andere Mittel während dreieinhalb Stunden umsonst versucht worden war) durch eine gründliche Abreibung mit in heißem Öl gebadetem Flanell gerettet. Diese Kur hatte Augustus vorgeschlagen. Die Wunde am Nacken erwies sich trotz ihres garstigen Aussehens als ungefährlich, und ich erholte mich rasch von ihren Wirkungen.

Der »Penguin« lief um neun Uhr morgens in den Hafen ein, nachdem er noch einen heftigen Sturm, wie man ihn an unserer Küste selten antrifft, glücklich bestanden hatte. Augustus und ich erschienen zum Frühstück bei Barnard; erfreulicherweise wurde es, wegen des Festes vom Abend vorher, etwas spät aufgetragen. Die mit am Tisch saßen, waren zu müde, um unser klägliches Aussehen zu bemerken; aufmerksamer Beachtung wäre es freilich nicht entgangen. Aber Schuljungen können in der Verstellung Wunderbares leisten, und ich glaube in der Tat, daß kein einziger unserer Freunde in Nantucket die leiseste Ahnung hatte, die von einigen Seeleuten in der Stadt berichtete Schauermär von einem Fahrzeug mit dreißig bis vierzig Menschen, das sie auf dem Meer übersegelt hätten, habe auch nur die geringste Beziehung zum »Ariel«, meinem Gefährten oder mir selbst. Wir beide haben seitdem oftmals die Angelegenheit besprochen, jedoch niemals, ohne zu schaudern. In einem unserer Gespräche gestand mir Augustus ganz offen, daß er noch nie in seinem Leben ein so marterndes Gefühl der Verzweiflung empfunden habe, als er an Bord unseres kleinen Bootes erkannte, daß er vollständig bezecht und unter dem Einfluss dieses Rausches die Besinnung zu verlieren im Begriff war.

Zweites Kapitel

Wo es sich um Vorliebe und Abneigung handelt, sind wir niemals imstande, aus den einfachsten Tatsachen Schlüsse zu ziehen. Man sollte denken, daß ein Ereignis wie das oben geschilderte meine keimende Leidenschaft für das Meer vollkommen zerstört haben müßte. Ganz im Gegenteil: Ich empfand noch nie ein so brennendes Verlangen nach den wilden Abenteuern eines Seemannslebens wie in der Woche, die auf unsere wundersame Errettung folgte. Dieser kurze Zeitraum erwies sich lang genug, um alle Schatten jenes gefährlichen Erlebnisses zu verscheuchen und alle angenehmen, aufregenden, farbenglühenden Momente, all das Malerische ins hellste Licht zu stellen. Meine Gespräche mit Augustus wurden immer häufiger und immer reicher an Interesse. Er hatte eine Art, seine Ozeangeschichten (von denen gewiß mehr als die Hälfte erlogen war) zu erzählen, die wohl dazu angetan schien, auf einen Menschen mit meinem begeisterungsfähigen Gemüt und meiner düsteren und doch dabei feurigen Einbildungskraft Eindruck zu machen. Es ist merkwürdig genug, daß er mich am lebhaftesten für das Leben der Seeleute einzunehmen vermochte, wenn er ihre entsetzlichsten Augenblicke, ihre Leiden, ihre Verzweiflung schilderte. Für die freundliche Seite des Gemäldes hatte ich nicht viel übrig. Ich träumte von Schiffbruch und Hungersnot, von Tod oder Gefangenschaft unter barbarischen Horden, von einem Dasein voll von Trauer und Tränen, verbracht auf grauen und öden Felsen in einem unbekannten, unerreichten Weltmeer. Solche Visionen und Wünsche (denn Wünsche waren es) sind, wie man mir seitdem versichert hat, dem ganzen weitverbreiteten Geschlecht melancholischer junger Leute gemeinsam; zu der Zeit jedoch, von der ich rede, hielt ich sie für prophetische Einblicke in ein Schicksal, das zu erfüllen ich mich gewissermaßen verpflichtet fühlte. Augustus ging vollkommen auf meine Gemütsverfassung ein. In der Tat ist es wahrscheinlich, daß aus unserm engen Verkehr zum Teil eine Vertauschung unserer Charaktere sich ergeben hatte.

Etwa achtzehn Monate nach dem Untergang des »Ariel« war die Firma Lloyd und Vredenburgh (ein Haus, das, wie ich glaube, irgendwie mit den Herren Enderby in Liverpool zusammenhängt) damit beschäftigt, die Brigg »Grampus« für eine Walfängerfahrt auszubessern und herzurichten. Ich weiß kaum, warum sie andern und besseren Schiffen der Firma vorgezogen wurde; war sie doch ein alter Kasten und nach allen Verbesserungen eben zur Not seetüchtig; aber so geschah es. Herr Barnard sollte sie befehligen, Augustus ihn begleiten. Während die Brigg ausgerüstet wurde, legte er mir oft nahe, welche vortreffliche Gelegenheit sich mir jetzt biete, meiner Reisesehnsucht zu frönen. Er fand in mir durchaus keinen unwilligen Zuhörer, aber die Sache ließ sich nicht so glatt erledigen. Mein Vater widerstrebte zwar nicht mit Entschiedenheit, aber meine Mutter bekam bei der bloßen Erwähnung des Planes Krämpfe, und was das Schlimmste war, mein Großvater schwor, mich zu enterben, spräche ich ihm noch ein einziges Mal von dem Gegenstand. Aber diese Schwierigkeiten setzten mein Verlangen nicht matt, vielmehr wurde die Flamme meiner Wünsche noch stärker angefacht. Ich beschloß, auf jede Gefahr hin zu reisen, und nachdem ich Augustus meinen Entschluß mitgeteilt hatte, bedachten wir einen Plan zu seiner Ausführung. Inzwischen sprach ich zu keinem Verwandten ein Wort, das sich auf die Reise bezog, und da ich mich auffällig mit meinen laufenden Studien beschäftigte, wähnten alle, ich hätte meine Absicht aufgegeben. Ich habe seither oft mein damaliges Verhalten mit Mißvergnügen und Erstaunen betrachtet. Die arge Heuchelei, die ich zur Förderung meines Unternehmens übte – eine Heuchelei, die lange Zeit hindurch jedes Wort, jede Handlung meines Lebens beherrschte –, sie kann mir nur erträglich geworden sein durch die wilde, brennende Sehnsucht, mit der ich der Erfüllung meiner lang gehegten Reiseträume entgegensah.

Indem ich meinen betrügerischen Plan verfolgte, mußte ich natürlicherweise das meiste den Händen meines Freundes überlassen, der den größten Teil des Tages an Bord des »Grampus« tätig war, wo er verschiedene Vorkehrungen in der Kajüte an seines Vaters Stelle überwachte. Am Abend jedoch hatten wir regelmäßig eine Besprechung und ergötzten uns an unseren Hoffnungen. Fast ein Monat war auf diese Weise verstrichen, ohne daß wir auf einen Plan gekommen wären, der Erfolg versprochen hätte; da teilte er mir plötzlich mit, alles Nötige sei von ihm vorbereitet. In Neu-Bedford lebte ein Verwandter von mir, ein Herr Roß, in dessen Haus ich zuweilen einige Wochen zu verbringen pflegte. Die Brigg sollte Mitte Juni segeln (es war im Jahre 1827), und wir kamen überein, daß ein oder zwei Tage, bevor sie in See stach, mein Vater einige Zeilen von Herrn Roß erhalten sollte, durch die ich eingeladen würde, wieder ein paar Wochen bei seinen Söhnen Robert und Emmet zuzubringen. Augustus übernahm es, dieses Brieflein zu erdichten und richtig abliefern zu lassen. Nachdem ich dann scheinbar nach Neu-Bedfort abgereist sei, sollte ich mich bei meinem Genossen melden, der mir dann ein Versteck an Bord des »Grampus« besorgen wollte. Dieses Versteck, versicherte er mir, würde für eine Reihe von Tagen, während derer ich mich nicht zeigen dürfte, ein ausreichend bequemer Aufenthalt sein. Sobald das Schiff so weit gelangt wäre, daß man an eine Umkehr um meinetwillen nicht denken könnte, sollte ich an allen Bequemlichkeiten der Kabine teilnehmen dürfen; und was seinen Vater beträfe, so würde der nur herzlich lachen über den gelungenen Spaß. Man würde genug Schiffen begegnen, die einen Brief an meine Eltern mitnehmen könnten, durch den sie die nötige Aufklärung über mein Abenteuer erhalten würden.

Endlich kam die Mitte des Juni heran, und alles war reif zur Ausführung. Der Brief war geschrieben und abgegeben, und am Montag früh verließ ich das Elternhaus, wie man meinte, an Bord des Bedforder Packboots. Stattdessen eilte ich zu Augustus, der mich an einer Straßenecke erwartete. Ursprünglich sollte ich bis zum Anbruch der Nacht aus dem Wege bleiben und dann an Bord schlüpfen; aber ein dichter Nebel begünstigte uns, so daß wir einig wurden, daß ich sogleich versteckt werden sollte. Augustus ging voran zum Kai, ich folgte, in einen dicken Seemannsmantel gehüllt. Als wir um die zweite Ecke bogen, gleich hinter dem Brunnen des Herrn Edmund, wer stand da plötzlich vor mir und sah mir gerade in die Augen? Mein Großvater, der alte Herr Peterson. »Hol' mich der Kuckuck, Gordon«, sagte er nach einer langen Pause, »wie, wie? Wessen schmutzigen Mantel hast du denn an?« – In der Bedrängnis des Augenblickes gab ich mir den Anschein, gekränkt und verwundert zu sein, und entgegnete in den brummigsten Baßtönen: »Mein Herr, Sie scheinen sich zu irren; erstens heiße ich nicht Goddin, und dann, wie kannst du oller Lump meinen Äwerrock schmutzig heiten?« Ich konnte um alles in der Welt kaum eine tolle Lache zurückhalten, als der alte Herr bei dieser strammen Abfertigung ein paar

Schritte zurückfuhr, erst bleich, dann puterrot wurde, seine Brille hob und senkte, um zuletzt mit erhobenem Regenschirm Sturm auf mich zu laufen. Doch hielt er mit einem Male an, als ob ihm plötzlich etwas eingefallen sei; dann machte er kehrt und hinkte die Straße hinunter, indem er vor Wut bebte und zwischen den Zähnen murmelte: »Geht nicht – neue Brille – dacht', es wäre Gordon – gottverdammtes unnützes Matrosengesindel!«

Nachdem wir so knapp der Gefahr entronnen waren, rückten wir mit größerer Umsicht vor und erreichten sicher unser Ziel. An Bord befanden sich nur ein oder zwei Leute, und die waren mit irgendeiner Arbeit am Vorderkastell beschäftigt. Kapitän Barnard hatte, wie wir wußten, bei Lloyd und Vredenburgh zu tun und würde bis in den späten Abend hinein dort verweilen, so daß wir in der Beziehung wenig zu fürchten hatten. Augustus erkletterte das Schiff zuerst, ich folgte nach, ohne daß die arbeitenden Matrosen unser ansichtig wurden. Wir begaben uns zu der Kajüte und fanden sie leer. Sie war aufs bequemste ausgestattet, wie man das bei Walfängern selten findet. Es gab vier schöne Staatskabinen, mit breiten und bequemen Kojen. Ferner bemerkte ich einen großen Ofen, und den Boden bedeckte ein kostbarer dicker Teppich. Die Höhe betrug volle sieben Fuß, kurz, alles war viel geräumiger und angenehmer, als ich es mir gedacht hatte. Doch Augustus ließ mir nicht viel Zeit zur Umschau; er bestand darauf, daß ich mich eilends verbergen müsse. Er führte mich in seine eigene Kabine, die auf der Steuerbordseite und nahe an der Schott lag. Sobald wir drinnen waren, schloß er die Tür und schob den Riegel vor. Ich glaubte, noch nie ein so schmuckes Zimmerchen gesehen zu haben. Es war zehn Fuß lang und besaß nur *eine* Koje, aber diese war, wie gesagt, bequem und geräumig. Dicht an der Scheidewand war ein Raum, vier Fuß im Geviert, mit einem Tisch, einem Stuhl und einem hängenden Büchergestell, das zumeist See- und Reiseliteratur enthielt. Das Zimmer hatte noch andere Annehmlichkeiten aufzuweisen; am wenigsten möchte ich eine Art Eisschrank vergessen, in dem mir Augustus allerhand gute Sachen zum Essen und Trinken zeigte.

Jetzt drückte er auf einen bestimmten Punkt des Teppichs innerhalb des eben geschilderten Raumes, indem er mich wissen ließ, daß ein Teil des Fußbodens, etwa sechzehn Quadratzoll, sauber herausgeschnitten und wieder eingefügt worden war. Auf seinen Druck erhob sich dieser Teil und ließ einen seiner Finger durch die Spalte. So hob er allmählich die Falltür, die am Teppich befestigt war, in die Höhe, und ich sah, daß sie in den achtern Kielraum führte. Nun entzündete er eine kleine Kerze mit einem Phosphorstreichholz, setzte das Licht in eine Blendlaterne und stieg in die Öffnung hinab, wobei er mich aufforderte, ihm zu folgen. Ich tat es; er verschloß die Falltür von unten durch einen Nagel, während der Teppich oben seine gewöhnliche Lage wieder einnahm und die Luke den Blicken entzogen wurde.

Die Kerze leuchtete so schwach, daß ich nur mit der größten Mühe den Weg durch die wirre Masse von Gerümpel, in der ich mich befand, einhalten konnte. Jedoch nach und nach wurden meine Augen mit dem Dunkel vertraut, und ich kam mit geringer Mühe vorwärts, indem ich mich an die Rockschöße meines Freundes klammerte. Er brachte mich endlich; nachdem wir unzähligen engen Durchgängen gefolgt waren, vor einen mit Eisen beschlagenen Koffer von der Art, wie man sie wohl benutzt, um Porzellan zu verwahren. Er war bald vier Fuß hoch und über sechs Fuß lang, jedoch äußerst schmal. Zwei große leere Ölfässer waren auf ihn gerollt, und darüber lagen Strohmatten bis zur

Decke emporgetürmt. Ringsherum keilte sich ein Chaos jeder Gattung von Schiffsgerät ineinander, dazu eine bunte Menge von Körben, Fässern, Ballen, so daß es mir wie ein Wunder erschien, daß wir überhaupt zu diesem Koffer durchgedrungen waren. Später entdeckte ich, daß Augustus die Gegenstände absichtlich so verstaut hatte, damit ich vollständig im Verborgenen bleiben könnte; bei seiner Arbeit hatte ihn nur ein einziger Mann unterstützt, und dieser sollte nicht an der Seereise teilnehmen.

Mein Begleiter zeigte mir jetzt, daß eine Querseite des Koffers sich nach Wunsch entfernen lasse. Er schob sie weg und enthüllte das Innere, dessen Anblick mir nicht wenig Spaß machte. Den Boden bedeckte eine Matratze, die aus einer der Kojen in der Kajüte stammte. Was nur irgend an nützlichen Gegenständen in einen so engen Raum zu pferchen ging, war darin enthalten, und zugleich vermochte ich noch darin zu sitzen oder ausgestreckt zu liegen. Unter anderen Dingen fanden sich einige Bücher, drei Bettdecken, ein großer Krug voll Wasser, eine Tonne Schiffszwieback, drei oder vier riesige Bologneser Würste, ein gewaltiger Schinken, eine kalte Hammelkeule und ein halbes Dutzend Flaschen mit stärkenden Getränken. Ich ergriff sofort Besitz von meiner kleinen Wohnung, gewiß mit einem Gefühl tieferer Befriedigung, als ein Monarch beim Einzug in einen neuen Palast empfindet. Augustus erklärte mir nun, wie man das offene Ende des Koffers verschließen könne, und indem er die Kerze bis zum Verdeck emporhob, wies er mir ein Stück dunkelgefärbter Takelleine, das sich, wie er sagte, von meinem Versteck durch alle Windungen im Gerümpel bis zu dem Nagel hinzog, der unterhalb jener Falltür in die Decke des Kielraumes eingeschlagen war. Mittels dieser Leine könnte ich im Falle eines unerwarteten Ereignisses ohne seine Hilfe den Weg zurückfinden. Dann verabschiedete er sich, nachdem er mir die Laterne sowie einen reichen Vorrat an Kerzen und Streichhölzern zurückgelassen und mir versprochen hatte, mich so häufig zu besuchen, wie es ihm irgend möglich sei. Das war am siebzehnten Juni.

Wenn meine Rechnung zutrifft, blieb ich drei Tage und drei Nächte in diesem Versteck, ohne es überhaupt zu verlassen, außer daß ich ein paarmal die Glieder zu recken versuchte, indem ich mich zwischen zwei Körben, gerade gegenüber der Öffnung, aufrecht hinstellte. Während dieser ganzen Zeit kam mir Augustus nicht zu Gesicht; aber das beunruhigte mich kaum, denn die Brigg mußte jeden Augenblick in See stechen, und in diesem Getriebe fand er nicht so leicht eine Gelegenheit, zu mir herunterzukommen. Endlich hörte ich die Falltür auf- und zugehen und bald darauf die leise Frage, wie ich mich befände und ob ich etwas brauche. »Nichts«, erwiderte ich, »ich befinde mich sehr wohl. Wann segeln wir?«

»Die Brigg wird in weniger als einer halben Stunde die Anker lichten«, gab er mir zur Antwort. »Ich kam, es dir zu sagen, damit du dich nicht über meine Abwesenheit beunruhigst. Ich werde eine Zeitlang, vielleicht drei oder vier Tage, nicht herunterkommen können. Oben geht alles am Schnürchen. Wenn ich die Falltür zugemacht habe, mußt du die Leine entlangkriechen bis zu der Stelle, wo der Nagel eingetrieben ist, ich habe eine Uhr hingehängt, da du ja Tag und Nacht nicht unterscheiden kannst. Wie lange denkst du wohl, daß du begraben bist? Nur drei Tage; heute haben wir den Zwanzigsten. Ich würde dir die Uhr hinbringen, aber ich fürchte vermißt zu werden.« Nach diesen Worten stieg er wieder hinauf. Etwa eine Stunde nach seinem Verschwinden fühlte ich deutlich, wie das Schiff sich bewegte, und ich wünschte mir Glück zum endlichen guten

Beginnen der Fahrt. Ich beschloß, mir so wenig Sorgen wie möglich zu machen und die Entwicklung der Dinge abzuwarten, bis ich in die Lage käme, meinen Koffer mit einer geräumigen, wenn auch kaum bequemeren Kabine zu vertauschen. Mein erster Gedanke war die Uhr. Ich ließ das Licht brennen und tastete mich durch ungezählte Windungen, von denen einige mich nach langem Fortkriechen wieder in die Nähe meines früheren Standortes brachten. Schließlich erreichte ich den Nagel, bemächtigte mich der Uhr und kehrte wohlbehalten mit ihr zurück. Nun sah ich die Bücher durch, mit denen man mich so vorsorglich versehen hatte, und wählte die Expedition von Lewis und Clarke nach der Mündung des Columbiaflusses. Damit unterhielt ich mich eine Zeitlang, bis ich müde wurde, die Kerze mit großer Sorgfalt auslöschte und bald in einen gesunden Schlaf verfiel.

Als ich erwachte, fühlte ich eine sonderbare Verwirrung in mir, und einige Zeit ging hin, ehe ich alle die verschiedenen Umstände meiner Lage mir ins Gedächtnis zurückrufen konnte. Allmählich jedoch fielen sie mir wieder ein. Ich machte Licht und sah nach der Uhr; doch sie war abgelaufen, und ich konnte daher nicht erfahren, wie lange ich geschlafen hatte. Meine Glieder waren furchtbar steif, und ich mußte mich, um sie zu beleben, abermals zwischen die Körbe stellen. Auf einmal empfand ich einen geradezu rasenden Hunger; ich entsann mich des kalten Hammelfleisches, von dem ich vor dem Schlafengehen mit großem Appetit gegessen hatte. Wie staunte ich, als ich entdeckte, daß es in völlige Fäulnis übergegangen war! Diese Tatsache beunruhigte mich entsetzlich; denn ich brachte sie in Zusammenhang mit meinem verworrenen Erwachen und begann zu vermuten, ich müßte unmäßig lange geschlafen haben. Die schlechte Luft im Kielraum mochte etwas damit zu tun haben; sie konnte auf die Dauer Ursache der schlimmsten Wirkungen sein. Mein Kopf schmerzte mich furchtbar; ich meinte nur mit Mühe Atem zu schöpfen; kurz, eine Unmenge düsterer Empfindungen bedrückte mich. Doch durfte ich es nicht wagen, durch Öffnen der Falltür oder sonstwie Aufsehen zu erregen, und nachdem ich die Uhr aufgezogen hatte, suchte ich mich in Geduld zu fassen, so gut es eben ging.

Während der endlosen vierundzwanzig Stunden, die nun folgten, kam niemand mir zu Hilfe, und ich sah mich veranlaßt, Augustus der gröbsten Rücksichtslosigkeit anzuklagen. Besonders erschreckte mich, daß in meinem Krug das Wasser auf etwa eine halbe Pinte zurückgegangen war und daß ich an starkem Durst litt, da ich nach dem Verlust meiner Hammelkeule reichlich viel Bologneser Wurst gegessen hatte. Eine gewaltige Unruhe befiel mich, ich konnte mich nicht länger durch die Lektüre meiner Bücher zerstreuen. Auch überwältigte mich ein Verlangen nach Schlaf, aber ich zitterte bei dem Gedanken, ihm nachzugeben, falls ein verderblicher Einfluß, ähnlich dem des Kohlengases, in der stickigen Luft des Kielraums sich bemerkbar machen sollte. Inzwischen belehrte mich das Stampfen der Brigg, daß wir schon weit auf dem Ozean waren, und ein dumpfer, summender Laut, der wie aus ungeheurer Ferne kam, überzeugte mich, daß da draußen eine nicht alltägliche Kühlung wehte. Ich konnte für Augustus' Abwesenheit keinen Grund ausfindig machen. Wir waren gewiß weit genug auf unserer Reise gekommen, um mein Versteck unnötig erscheinen zu lassen. Vielleicht war ihm ein Unfall zugestoßen, aber das schien ja kein Grund, mich so lange eingesperrt zu halten, es sei denn, daß er plötzlich gestorben oder über Bord gestürzt war, und bei dieser Vorstellung konnte ich nicht mit irgendwelcher Geduld verweilen. Es war möglich, daß wir konträren Wind gehabt hatten und uns nahe bei Nantucket befanden. Allein wenn das der Fall gewesen wäre, so hätte die Brigg wiederholt wenden müssen; und da sie beständig nach Backbord neigte, mußte sie die ganze Zeit über vor einer starken Brise von Steuerbord gesegelt sein. Übrigens, falls wir noch in der Nähe der Insel waren, hätte Augustus mich ja besuchen und von diesem Umstand unterrichten können. Indem ich so über die Schwierigkeiten meiner einsamen und freudlosen Lage nachdachte, beschloß ich, noch einmal vierundzwanzig Stunden auszuharren und, wenn dann noch keine Hilfe käme, die Falltür aufzusuchen, um entweder mit meinem Freund zu verhandeln oder wenigstens etwas frische Luft und Wasser aus seiner Kabine zu erhalten. Während ich noch so im Nachdenken war, fiel ich allen meinen Anstrengungen zum Trotz in einen Zustand tiefen Schlafes, der eher einer Betäubung glich. Meine Träume waren von der fürchterlichsten Art. Jeglichem Unheil, jedem Entsetzen wurde ich zur Beute. Neben andern Schrecknissen sah ich mich von Dämonen, deren Aussehen ebenso gespenstisch wie blutdürstig war, unter ungeheuren Kissen erstickt. Gigantische Schlangen umwanden mich und sahen mich dabei mit ihren schauerlichen, glühenden Augen an. Dann dehnten sich Wüsten vor mir aus, ohne Grenzen, namenlos öde und voll feierlichen Grausens. Endlos hohe Baumstämme, grau und ohne Laub, erhoben sich in unendlicher Folge, so weit der Blick zu reichen vermochte. Ihre Wurzeln verbargen sich in weiten Morästen, deren trübselige Gewässer in tiefster Schwärze bewegungslos und vollkommen entsetzenerregend vor mir lagen. Und die seltsamen Bäume schienen mit menschlichem Leben begabt, und indem sie ihre dürren Astgerippe wie Arme bewegten, flehten sie im Ton gräßlichster Angst und Verzweiflung die schweigenden Wasser um Erbarmen an. Dann wandelte sich die Szene; ich stand, nackt und allein, inmitten des brennenden Sandmeers der Sahara. Zu meinen Füßen kauerte ein grimmiger tropischer Löwe. Auf einmal öffneten sich seine wilden Augen, und sie fielen sogleich auf mich. Mit einem krampfhaften Ruck richtete er sich auf und entblößte seine scheußlichen Zähne. Im nächsten Augenblick barst sein roter Schlund in einem Gebrüll, das dem Donner des Firmaments glich, und ich stürzte mit Ungestüm auf den Boden hin. Ich erstickte einen Krampf des Entsetzens und erkannte endlich, daß ich halb wach war. So schien mein Traum denn mehr als ein Traum zu sein. Jetzt wenigstens war ich wieder Herrscher über meine Sinne. Die Tatzen eines riesenhaften, eines wirklichen Ungeheuers drückten schwer auf meine Brust, sein heißer Atem fauchte in mein Ohr, seine weißen, grauenhaften Reißzähne schimmerten vor meinen Augen in der Finsternis.

Ich konnte mich nicht bewegen, konnte nicht sprechen, hingen auch tausend Leben von der Regung eines Gliedes, vom Aussprechen einer Silbe ab. Das Tier, welcher Art es auch sein mochte, blieb in seiner Stellung, ohne sogleich zur Gewalt überzugehen, während ich vollkommen hilflos und, wie ich glaubte, sterbend unter seinen Pranken lag. Die Kräfte des Leibes und der Seele verließen mich – mit einem Wort, ich war daran, zugrunde zu gehen vor namenlosem Entsetzen. Mein Hirn wirbelte, mir wurde todesübel, meine Sehkraft schwand, selbst die glotzenden Augäpfel über mir begannen zu verblassen. Mit einer letzten heftigen Anstrengung hauchte ich ein kurzes Gebet und machte mich bereit zu sterben. Der Klang meiner Stimme schien all die schlummernde Wut des Geschöpfes wachzurufen. Es stürzte sich der Länge nach über meinen Körper; aber wie erstaunte ich, als es, unter langgedehntem, leisem

Winseln, mit dem größten Eifer und allen Zeichen grenzenloser Freude und Zärtlichkeit mir Gesicht und Hände zu lecken sich anschickte! Ich war verwirrt, verloren in Verwunderung; aber ich konnte mich über das eigenartige Winseln meines Neufundländers Tiger, über die wunderliche Manier, in der er mich zu liebkosen pflegte, nicht einen Augenblick täuschen. Er war es. Das Blut raste mir nach den Schläfen. Mit betäubender Gewalt überfiel mich die Empfindung, gerettet, von neuem Leben erfüllt zu sein. Rasch erhob ich mich von der Matratze, warf mich an den Hals meines treuen Gesellen und befreite meine Brust vom langen Druck durch eine Flut der leidenschaftlichsten Tränen.

Wie schon zuvor in einem ähnlichen Fall waren meine Begriffe in einem Zustand größter Unklarheit und Verwirrung. Lange Zeit konnte ich keinen Gedanken mit dem andern verknüpfen; aber nach und nach, obwohl sehr langsam, kehrte mir die Denkkraft wieder, und ich vermochte mancherlei Umstände ins Gedächtnis zurückzurufen. Tigers Anwesenheit konnte ich mir nicht erklären; und nachdem ich mir über die Ursache seines Erscheinens vergeblich den Kopf zerbrochen hatte, mußte ich mich mit der Freude begnügen, daß er hier war, meine traurige Einsamkeit zu teilen, mich durch seine Liebkosungen zu trösten. Die meisten Menschen lieben ihre Hunde; aber meine Zärtlichkeit für Tiger war nichts Alltägliches; und in der Tat erwies sich kein Geschöpf je einer solchen Neigung würdiger. Sieben Jahre lang war er mein unzertrennlicher Gefährte gewesen, und oft schon hatte er die edlen Eigenschaften bewährt, die wir am Hund schätzen. Als er ganz klein war, hatte ich ihn einem kleinen Nantucketer Bösewicht entrissen, der ihn am Strick ins Wasser schleppen wollte; und drei Jahre später belohnte mich der erwachsene Hund, indem er mich vor dem Knittel eines Straßenräubers bewahrte.

Die Uhr war wiederum abgelaufen; doch das wunderte mich nicht im geringsten, da ich aus dem sonderbaren Zustand meiner leiblichen Empfindungen die Gewißheit schöpfte, daß ich abermals sehr lange geschlafen hatte; wie lange, konnte ich natürlich nicht sagen. Ich brannte im Fieber, der Durst war nahezu unerträglich. Ich durchsuchte den Koffer mit der Hand nach dem geringen Wasservorrat, der mir noch übriggeblieben war, denn ich hatte kein Licht, die Kerze war ausgebrannt, und die Phosphorhölzer konnte ich nicht finden. Leider war der Krug leer, da Tiger ohne Zweifel, der Versuchung nachgebend, ihn ausgetrunken hatte; den Rest des Schöpsenfleisches hatte er ebenfalls gefressen, denn der Knochen lag, sauber abgenagt, nahe der Öffnung des Koffers. Jenes verdorbene Fleisch konnte ich wohl entbehren, aber mein Herz erbebte bei dem Gedanken an das Wasser. Ich war von solcher Schwäche, daß ich wie in einem kalten Fieber bei der kleinsten Bewegung oder Anstrengung von Schauern gerüttelt wurde; dazu kam noch, daß die Brigg heftig stampfte und rollte, so daß die Ölfässer jeden Augenblick von meinem Koffer herunterzufallen und den Aus- oder Eingang zu versperren drohten. Auch litt ich furchtbar an der Seekrankheit. All dies bewog mich, auf jede Gefahr hin die Falltür aufzusuchen und sofortige Hilfe zu erlangen, bevor mir jede Fähigkeit dazu schwinden würde. Nachdem dieser Entschluß gefaßt war, fühlte ich wieder nach der Phosphorschachtel und den Kerzen. Die Schachtel fand ich nach einigem Suchen, die Kerzen aber nicht so bald, wie ich gehofft hatte, denn ich entsann mich nicht genau des Ortes, an den ich sie gelegt, und so gab ich das Suchen vorläufig auf, befahl Tiger Ruhe und begann sogleich meinen Gang nach der Falltür.

Bei diesem Versuch kam meine jammervolle Schwäche mehr denn je an den Tag. Mit der äußersten Mühe nur konnte ich kriechend den Weg zurücklegen, und wiederholt brach ich vollständig zusammen; dann fiel ich aufs Gesicht und verharrte minutenlang in einem Zustand, der an Bewußtlosigkeit grenzte. Doch kämpfte ich mich langsam weiter, in der steten Furcht, ich könnte inmitten dieses Chaos von Gerümpel in Ohnmacht sinken, was unbedingt zu meinem Tode führen mußte. Endlich aber drang ich mit aller Gewalt vorwärts und schlug mit der Stirn heftig gegen die scharfe Ecke eines Eisenkorbes. Nur wenige Augenblicke betäubte mich dieser Zufall; doch zu meiner unaussprechlichen Betrübnis zeigte es sich, daß die schlingernde Bewegung des Schiffes den Korb derart über meinen Weg geworfen hatte, daß der Durchgang vollkommen versperrt war. Mit der furchtbarsten Anstrengung konnte ich ihn keinen Zollbreit fortbewegen, da er zwischen Koffern und Schiffsgerät fest eingekeilt lag. Ich mußte daher, trotz meiner Schwäche, entweder der Führung durch die Leine entraten oder das Hindernis zu übersteigen suchen. Jene erste Möglichkeit bot zuviel Schwierigkeiten und Schrecken, als daß ich ohne Schauder daran hätte denken können. Wagte ich das in meinem gegenwärtigen Zustand, so würde ich unbedingt die Richtung verlieren und auf elende Weise in den trostlosen und ekelhaften Irrgängen des Kielraums zugrunde gehen. Daher nahm ich ohne Zögern alle Kraft, allen Mut, die mir noch geblieben waren, zusammen, um so gut wie irgend möglich über den Korb hinwegzuklimmen.

In dieser Absicht richtete ich mich auf und fand das Unternehmen noch schwieriger, als meine Furcht es mir gezeigt hatte. Auf jeder Seite des Engpasses stieg eine wahre Mauer verschiedenartigen schweren Gerümpels in die Höhe, das der kleinste Fehltritt, den ich tat, auf meinen Kopf herabstürzen lassen konnte; oder es würde, geschah dies nicht, der Pfad durch die fallenden Massen so versperrt werden, daß ich nicht wieder zurückzugelangen imstande wäre. Der Korb war länglich und ungeschlacht, ich hätte nicht darauf Fuß fassen können. Umsonst strebte ich, den Deckel zu erreichen, in der Hoffnung, mich hinaufschwingen zu können. Gelang es mir, so hätte meine Kraft gewiß nicht ausgereicht, um mich hinüberzuziehen, und daß es mir mißglückte, war jedenfalls das beste. Endlich, bei einem verzweifelten Versuch, das Ding hochzuheben, fühlte ich ein starkes Beben an der mir zunächstliegenden Seite. Ich steckte die Hand hinein und fand, daß eines der Bretter an der von eisernen Reifen umspannten Kiste sich gelockert hatte. Mit meinem Taschenmesser, das ich zum Glück bei mir trug, gelang es mir nach harter Arbeit, das Brett loszumachen; ich kroch durch die Öffnung und entdeckte zu meiner großen Freude, daß auf der anderen Seite keine Planken waren; mit einem Wort: es fehlte der Deckel, ich hatte mich durch den Boden durchgezwängt. Jetzt blieben keine Schwierigkeiten mehr zu überwinden, bis ich jenen Nagel an der Falltür erreichte. Mit klopfendem Herzen stand ich aufrecht, sacht drückte ich gegen die Tür. Sie hob sich nicht so rasch, wie ich hoffte, und ich drückte etwas entschiedener, noch immer fürchtend, in der Kabine einen andern zu finden als Augustus. Doch zu meiner Verwunderung blieb die Tür unbewegt, und ich fing an besorgt zu werden; denn früher war sie fast von selbst aufgegangen. Ich stieß heftig zu – sie blieb fest, mit aller meiner Kraft – sie gab noch immer nicht nach; wütend, rasend, verzweifelnd – sie trotzte meinen äußersten Anstrengungen, und es schien klar, daß entweder das Loch entdeckt und zugenagelt oder eine ungeheure Last daraufgewälzt worden war, an deren Entfernung man nicht denken konnte.

Ich empfand tiefstes Grauen, tiefste Entmutigung. Umsonst versuchte ich für dieses Begraben meiner Person einen Grund zu ersinnen. Ich war nicht länger imstande, folgerichtig zu denken, warf mich zu Boden, ergab mich widerstandslos düstersten Vorstellungen, in denen entsetzliche Todesarten: Durst, Hunger, Ersticken, vorzeitiges Begräbnis, als die hauptsächlichen Schrecknisse auf mich eindrängten. Zuletzt gewann ich einen Teil meiner Geistesgegenwart zurück. Ich stand auf und griff mit meinen Fingern nach den Fugen der Falltür. Dann untersuchte ich sie genau, ob nicht etwa Licht hindurchschiene, aber es war keines wahrzunehmen. Dann zwängte ich mein Messer hindurch, bis ich auf einen harten Gegenstand stieß. Ich kratzte an dem Hindernis und fand, daß es eine feste, eiserne Masse war; sie fühlte sich durch die Schneide wellig an, ich schloß daher auf ein Kettenkabel. Die einzige Möglichkeit blieb jetzt, nach meinem Koffer zurückzutappen und dort entweder meinem traurigen Geschick zu unterliegen oder mich so weit zu beruhigen, daß ich einen Rettungsversuch bedenken konnte. Nach unsäglichen Schwierigkeiten gelang es mir, den Weg zurückzumachen. Völlig erschöpft sank ich auf die Matratze, und Tiger streckte sich in ganzer Länge neben mir aus, als wollte er durch seine Liebkosungen mich trösten und zu tapferem Ertragen meines Unglücks ermutigen.

Die Seltsamkeit seines Verhaltens erregte schließlich meine Aufmerksamkeit. Nachdem er eine Weile mir Gesicht und Hände beleckt hatte, hörte er plötzlich auf und ließ ein leises Winseln vernehmen. Dann streckte ich meine Hand nach ihm aus, und stets fand ich ihn mit aufgehobenen Pfoten auf dem Rücken liegen. Die häufige Wiederholung dieses Benehmens erschien sonderbar, und ich konnte keine Ursache dafür finden. Da der Hund sehr betrübt schien, schloß ich daraus, er habe eine Verletzung erlitten; ich untersuchte seine Pfoten, fand aber keine Spur einer Wunde. Dann hielt ich ihn für hungrig und reichte ihm ein großes Stück Schinken; er fraß es gierig, begann aber sogleich wieder sein wunderliches Tun. Nun meinte ich, er leide gleich mir unter den Qualen des Durstes, und wollte diese Vermutung als richtig annehmen, als mir einfiel, daß ich ja bis jetzt nur seine Pfoten untersucht hatte, daß er möglicherweise am Körper oder am Kopf verwundet sein könnte. Ich befühlte sorgsam den Kopf, fand aber nichts. Doch als ich ihm mit der Hand über den Rücken strich, bemerkte ich eine leichte Erhebung der Haare, die sich quer darüber hinzog. Mit dem Finger nachtastend, entdeckte ich eine Schnur, die sich um den Leib des Hundes wickelte. Bei näherer Untersuchung kam ich auf einen Streifen, der nach meinem Gefühl ein Stück Briefpapier schien, das mit der Schnur unmittelbar unter der linken Schulter des Tieres befestigt war.

Drittes Kapitel

Sogleich kam mir der Gedanke, das Papier sei ein Brief von Augustus; irgendein unvorhergesehener Zufall habe ihn gehindert, mich aus meinem Kerker zu befreien, und so habe er diesen Weg gewählt, um mich über den Stand der Dinge zu unterrichten. Vor Eifer bebend ging ich nochmals auf die Suche nach den Phosphorhölzchen und Kerzen. Wohl eine Stunde lang forschte ich vergeblich nach den fehlenden Gegenständen; es war eine fruchtlose, ärgerliche Jagd; gewiß noch nie hat es einen so qualvollen Zustand von Besorgnis und Spannung gegeben. Endlich, endlich, während ich meinen Kopf dicht am Ballast nahe der Öffnung des Koffers hatte, bemerkte ich in der Richtung des Matrosenlogis ein schwaches glimmendes Leuchten. Höchst überrascht trachtete ich mich ihm zu nähern, da es nur wenige Schritte von mir entfernt schien. Kaum hatte ich in dieser Absicht eine Bewegung gemacht, da verlor ich den Schimmer völlig aus den Augen, und ich mußte, um ihn wieder zu Gesicht zu bekommen, mich zu dem Koffer bis an meinen früheren Standort hinfühlen. Indem ich jetzt meinen Kopf vorsichtig hin und her wandte, entdeckte ich, daß ich mich dem Licht nähern konnte, wenn ich langsam und behutsam in entgegengesetzter Richtung ging. Auf einmal hatte ich's vor mir (nachdem ich mich durch unzählige Windungen durchgefochten hatte) und erkannte, daß es von Bruchstücken meiner Streichhölzer ausging, die in einem leeren, auf die Seite gerollten Faß lagen. Wie kamen sie nur an diesen Ort? Meine Hand erfaßte zwei oder drei Stückchen Kerzenwachs, die der Hund benagt zu haben schien. Sofort wurde mir klar, daß er meinen Kerzenvorrat aufgefressen hatte, und mir blieb keine Hoffnung mehr, Augustus' Mitteilungen jemals lesen zu können! Die geringen Wachsreste waren so arg mit anderem Zeug vermengt, daß ich daran verzweifelte, mich ihrer noch zu bedienen, und sie dort liegen ließ. Das bißchen Phosphor sammelte ich, so gut ich konnte, und kehrte damit unter vielen Schwierigkeiten zu meinem Koffer zurück, wo Tiger die ganze Zeit über geblieben war.

Was nun tun? Ich konnte es nicht sagen. Der Kielraum war von so großer Finsternis erfüllt, daß ich meine Hand nicht zu sehen vermochte, selbst wenn ich sie mir dicht vor die Augen hielt. Den weißen Papierstreifen konnte ich knapp wahrnehmen, doch nicht, wenn ich gerade auf ihn blickte; ich mußte die äußeren Teile der Netzhaut gegen ihn kehren, das heißt, ihn schief ansehen, bevor er einigermaßen sichtbar wurde. Man stelle sich danach vor, wie dunkel mein Gefängnis sein mußte, und der Brief meines Freundes (falls es ein Brief von ihm war) schien mich nur in ärgere Trübsal stürzen zu wollen, indem er mein geschwächtes und aufgeregtes Gemüt noch mehr und ohne Zweck beunruhigte. Umsonst sann mein Hirn auf tausend unsinnige Arten, Licht zu schaffen, Mittel, wie sie ein Mensch im Opiumtraum erdenken würde, wenn jedes abwechselnd als das vernünftigste und das tollste erscheint, gerade wie die Fähigkeiten des logischen Denkens und der Phantasie wechselnd aufflackern, indem eine die andere verdrängt. Schließlich tauchte ein Gedanke auf, der mir verständlich erschien, und ich wunderte mich mit Recht, daß ich ihn nicht schon vorher gefunden hatte. Ich legte den Streifen auf den Rücken eines Buches und sammelte auf ihm die Reste der Phosphorhölzer. Dann verrieb ich rasch und stetig das Ganze mit der Fläche meiner Hand. Augenblicklich verbreitete sich ein klares Licht über das

Blatt; und wäre etwas Geschriebenes darauf gewesen, ich hätte es sicher ohne Mühe lesen können. Doch stand keine Silbe darauf – ich blickte auf ein trostloses weißes Blatt, die Beleuchtung verging binnen weniger Sekunden, und mit ihr erstarb der Mut in meiner Seele.

Ich sagte schon mehr als einmal, daß mein Geist seit langem in einer Verfassung war, die an Schwachsinn grenzte. Gewiß gab es Zwischenräume völligen Vernünftigseins, mitunter sogar, wenn auch selten, eine Anwandlung von Energie. Tagelang hatte ich ja die nahezu verpestete Luft des Kielraums geatmet, des Kielraums in einem Walfängerschiff! Und mein Wasservorrat war dürftig gewesen. Die letzten vierzehn, fünfzehn Stunden hatte ich ohne Wasser und Schlaf auskommen müssen. Aufregende gesalzene Speisen waren meine hauptsächlichste und seit dem Verlust der Hammelkeule meine einzige Kost gewesen, wenn man den Schiffszwieback ausnimmt; und der nützte mir nichts, da er zu hart für meinen geschwollenen und ausgedörrten Schlund war. Ich fieberte heftig, ich war überhaupt bedenklich krank. So möge es sich erklären, daß viele elende Stunden voller Mutlosigkeit vergingen, bevor es mir einfiel, daß ich ja nur eine Seite des Blattes untersucht hatte! Ich will es nicht versuchen, meine Wut zu schildern (denn Zorn schien das vorherrschende Gefühl zu sein), als die furchtbare Dummheit, die ich begangen hatte, sich plötzlich vor meinem Bewußtsein aufhellte. Der Fehler selbst wäre unbedeutend gewesen, hätte nicht meine eigene Torheit und Übereilung das Gegenteil bewirkt; in meiner Enttäuschung hatte ich das Papier in Stücke zerrissen und verstreut, der Himmel mochte wissen, wohin.

Tigers Klugheit rettete mich aus der ärgsten Not. Nach langem Herumsuchen hatte ich ein Fetzchen des Briefes gefunden; ich hielt es dem Hund unter die Nase und trachtete, ihm beizubringen, daß er den Rest holen müsse. Zu meiner Verwunderung (denn ich hatte ihn keines der üblichen Kunststückchen gelehrt) schien er sofort auf meine Absicht einzugehen und fand nach einigem Schnüffeln bald einen größeren Teil des Briefes. Den brachte er mir, machte eine Pause, rieb seine Nase an meiner Hand und schien auf Beifall zu warten. Ich streichelte ihm den Kopf, und sogleich machte er sich wieder auf die Suche. Nach einigen Minuten kam er mit einem großen Streifen zurück; das Blatt war nun vollständig, denn ich hatte es offenbar nur in drei Teile zerrissen. Glücklicherweise fand ich bald die Phosphorreste, da ein ungewisser Schimmer noch von ihnen ausging. Mein Mißgeschick hatte mich gelehrt, vorsichtig zu sein, und ich nahm mir jetzt die Zeit zur Überlegung. Wahrscheinlich standen Worte auf der noch nicht untersuchten Seite des Blattes, aber welche war das? Ein Zusammensetzen der Teile erlaubte keinen Schluß in dieser Hinsicht, obgleich ich überzeugt war, daß die Worte (falls solche vorhanden waren) alle auf einer Seite und in richtiger Verbindung stehen müßten. Den zweifelhaften Punkt aufzuklären, das war die allernotwendigste Forderung; denn der noch übrige Phosphor hätte für einen dritten Versuch nicht ausgereicht. Wieder legte ich das Papier auf ein Buch und saß einige Minuten in tiefem Nachdenken über der Sache. Zuletzt fiel mir ein, die beschriebene Seite könnte sich einem feinen Tastsinn durch eine gewisse Unebenheit der Oberfläche verraten. Ich beschloß, die Probe zu machen, und strich mit dem Finger sehr sorgfältig über die Seite, die sich zuerst darbot. Jedoch war nichts wahrzunehmen. Ich drehte das Blatt um. Abermals ließ ich den Zeigefinger vorsichtig darübergehen und bemerkte bald, daß ihm ein leichter Schimmer nachzufolgen schien. Es kam, das wußte ich, von einigen winzigen Teilchen des

Phosphors her, mit dem ich vorher das Papier bedeckt hatte. Nur auf der unteren Seite konnte also die Schrift (falls eine solche vorhanden war) sich befinden. Wieder kehrte ich das Blatt um, behandelte es in gleicher Art; wie früher zeigte sich das Leuchten, und jetzt erschienen mehrere Zeilen in einer großen Handschrift, und zwar mit roter Tinte geschrieben. Der Schimmer war stark genug, verschwand aber augenblicklich. Dennoch hätte ich Zeit gehabt, die drei Sätze durchzulesen, denn drei waren es, wäre ich nicht so furchtbar aufgeregt gewesen. In meiner Hast, alles auf einmal lesen zu wollen, erfaßte ich nur die Schlußworte, und diese lauteten:

»– – – Blut – wenn Dir Dein Leben lieb ist, bleib still liegen.«

Hätte ich den vollständigen Inhalt dieser Mitteilung, die ganze Bedeutung der Mahnung meines Freundes in mich aufnehmen können, so würde die Enthüllung von Geschehnissen voll unerhörten Unheils mich nicht mit einem Zehntel jenes peinigenden und dabei rätselreichen Grauens erfüllt haben, das dies Bruchstück einer Warnung in mein Gemüt pflanzte. »Blut« noch dazu, dieses Wort vor allen Worten – zu jeder Zeit so gesättigt mit Geheimnissen, Schrecknissen und Leiden –, wie erschien es jetzt so dreifach bedeutsam, wie schwer und kalt (losgelöst von irgendwelchen vorangeschickten Worten, die es näher bestimmen oder klarmachen könnten) fiel diese unsichere Silbe, inmitten der tiefen Finsternis meines Kerkers, in die geheimsten Abgründe meiner Seele!

Augustus hatte wohl einen triftigen Grund, zu wünschen, daß ich verborgen bliebe, und ich erdichtete tausend Vermutungen, welcher es wohl sein könnte; aber ich vermochte keine befriedigende Lösung des Rätsels auszudenken. Kurz vor meinem letzten Gang nach der Falltür und bevor meine Aufmerksamkeit durch Tigers wunderliches Benehmen abgelenkt worden war, hatte ich beschlossen, mich um jeden Preis den Leuten auf Deck bemerkbar zu machen oder, falls mir das nicht sogleich gelingen sollte, mir einen Weg durch das Gerümpel zu bahnen. Daß ich ziemlich sicher war, mein Ziel so oder so zu erreichen, hatte mir den zum Ertragen meiner üblen Lage notwendigen Mut (den ich sonst nicht besessen haben würde) eingeflößt. Die paar Worte, die ich hatte lesen können, raubten mir jetzt jene letzte Zuversicht, und zum ersten Male empfand ich all das Grauenhafte meines Loses. In einem Ausbruch der Verzweiflung warf ich mich wieder auf die Matratze; dort lag ich wohl einen Tag und eine Nacht, in einer Art Betäubung, die nur durch kurze Augenblicke der Vernunft und des Rückerinnerns unterbrochen wurde.

Endlich erhob ich mich noch einmal und sann den Schrecknissen nach, die mich umgaben. Weitere vierundzwanzig Stunden ohne Wasser zu leben, würde mir unmöglich sein. Während der ersten Zeit meiner Gefangenschaft hatte ich von den geistigen Getränken, mit denen mich Augustus versah, eifrigen Gebrauch gemacht; jetzt aber verschlimmerten sie nur das Fieber, ohne den Durst im geringsten zu löschen. Mir blieb nur noch eine Viertelpinte übrig, und das war eine Art starken Pfirsichschnapses, gegen den mein Magen sich auflehnte. Die Würste waren völlig aufgezehrt, vom Schinken war nur ein kleines Stückchen Haut übrig, und der Schiffszwieback war bis auf einige Krumen von Tiger gefressen worden. Dazu kam noch, daß mein Kopfschmerz sich beständig verschlimmerte und mit ihm eine Art Delirium, das mich mehr oder weniger seit jenem ersten Einschlafen gefangenhielt. Während einiger Stunden hatte ich nur ganz mühsam atmen können, und jetzt war jeder Versuch mit einem höchst niederdrückenden krampfhaften Vorgang in der Brust verbunden. Allein es gab noch eine andere, von den genannten sehr verschiedene Ursache für meine Beunruhigung, deren folternde Schrecken es in der Tat vermocht hatten, mich aus meinem stumpfsinnigen Brüten zu reißen. Diese Ursache lag in dem Benehmen meines Hundes.

Ich bemerkte zuerst eine Veränderung in seinem Gehaben, als ich zum letzten Male jenes Blatt mit Phosphor einrieb. Er stieß dabei mit einem leichten Knurren die Nase gegen meine Hand; aber ich war in jenem Moment zu aufgeregt, um dem Umstand große Beachtung zu schenken. Dann warf ich mich, wie man sich erinnern dürfte, auf die Matratze und versank in eine Art von Lethargie. Auf einmal wurde ich eines sonderbaren Zischens inne, das dicht an meinem Ohr erklang, und ich entdeckte, daß es von Tiger herrührte, der, offenbar im Zustande größter Erregung, keuchte und schnaufte, indes seine Augen wild in der Finsternis erglühten. Ich sprach zu ihm, er antwortete mit einem leisen Murren und blieb dann still. Bald verfiel ich wieder in meine Dumpfheit, um auf die gleiche Weise wie vorhin erweckt zu werden. Dies wiederholte sich drei- oder viermal, bis zuletzt sein Benehmen mich mit einer solchen Furcht erfüllte, daß ich völlig zum Bewußtsein kam. Er lag jetzt an der Koffertür, knurrte fürchterlich, obwohl in etwas gedämpftem Ton, und knirschte mit den Zähnen, als schüttele ihn ein Krampf. Ohne Zweifel hatten der Mangel an Wasser und die geschlossene Luft im Kielraum ihn toll gemacht, und ich wußte nicht, was mit ihm anfangen. Ihn zu töten, war mir ein unerträglicher Gedanke, und doch schien es für meine Sicherheit der einzige Weg. Ich konnte deutlich wahrnehmen, wie seine Augen mit dem Ausdruck tödlichsten Hasses auf mir ruhten, und jede Sekunde erwartete ich seinen Angriff. Endlich konn-

te ich in dieser furchtbaren Lage nicht länger verharren; ich entschloß mich, auf jede Gefahr hin meinen Winkel zu verlassen und ihn abzutun, falls sein Widerstand dies nötig machen sollte. Ich mußte gerade über ihn hinweg; und er schien meine Absicht schon zu spüren, erhob sich (wie ich aus der veränderten Stellung seiner Augen erkannte) auf den Vorderpranken und zeigte seine starken Zähne, die weißlich durchs Dunkel blinkten. Ich nahm den Rest der Schwarte und die Flasche mit dem Schnaps, verbarg sie an meinem Leib, ebenso das lange Tranchiermesser, das Augustus mir gelassen hatte, hüllte mich dann so fest wie möglich in meinen Mantel und machte eine Bewegung gegen die Öffnung des Koffers. Kaum war es geschehen, da flog schon der Hund mit einem lauten Knurren an meinen Hals. Die ganze Wucht seines Körpers traf mich an der rechten Schulter, und ich stürzte heftig nach links hin, während das wütende Tier über mich hinwegfuhr. Ich war auf meine Knie gefallen, mein Kopf begrub sich in den Decken, und diese schützten mich gegen einen zweiten rasenden Ansturm, währenddessen ich seine scharfen Zähne durch die Wolle hindurch an meinem Nacken fühlte; doch konnten sie zum Glück nicht durch die Falten dringen. Ich lag jetzt unter dem Tier, die nächsten Augenblicke würden mich völlig in seine Gewalt bringen. Die Verzweiflung gab mir Stärke; ich erhob mich mutig, schüttelte ihn mit aller Macht ab und schleppte die Decken von der Matratze mit mir fort. Diese Decken warf ich ihm nun über, und bevor er sich herauswickeln konnte, war ich durch die Tür und hatte sie alsbald so verschlossen, daß er mich nicht verfolgen konnte. Doch mußte ich während dieses Kampfes das Stück Schwarte loslassen und sah jetzt meinen ganzen Vorrat auf das Fläschchen Schnaps beschränkt. Als ich dies bedachte, wandelte mich eine Art Verkehrtheit an, wie sie etwa ein verdorbenes Kind unter ähnlichen Umständen beeinflussen mag; ich hob die Flasche an die Lippen, leerte sie bis auf den letzten Tropfen und schleuderte sie dann wütend auf den Boden hin.

Kaum war der Widerhall dieses Kraches verklungen, da hörte ich, wie eine eifrige, aber gedämpfte Stimme meinen Namen aussprach, sie kam aus der Richtung des Matrosenlogis. Es war so unerwartet, die Gemütsbewegung, die der Laut hervorrief, war so heftig, daß ich außerstande war, zu antworten. Die Fähigkeit zu sprechen ließ mich gänzlich im Stich, und in einer tödlichen Angst, mein Freund könnte mich für tot halten und umkehren, ohne mich erreicht zu haben, stand ich zwischen den Körben bei der Koffertür, bebte konvulsivisch und rang nach Worten. Hätte eine Silbe über tausend Welten zu entscheiden gehabt, ich hätte nicht vermocht, sie auszusprechen. Jetzt entstand eine leise Regung im Gerümpel, etwas mehr in der Nähe meines Standorts. Der Schall nahm ab, er wurde noch leiser, er verhallte schon! Kann ich jemals vergessen, was ich in jenem Augenblick empfand? Er war im Begriff, zu gehen – er, mein Freund, mein Genosse, von dem ich das Recht hatte, viel, sehr viel zu verlangen; er ging – er würde mich verlassen – er war fort! Er würde mich hier lassen, daß ich elend zugrunde ginge, daß ich in dem scheußlichsten, ekelhaftesten Kerker verfaulte; und ein Wort, nur eine kleine Silbe konnte mich retten, aber diese Silbe auszusprechen war mir versagt! Ich fühlte, dessen bin ich gewiß, zehntausendfach die Ängste der letzten Stunde. Mein Hirn gab nach, und ich stürzte in tödlichem Übelsein über den Koffer.

Bei meinem Fall wurde das Messer aus meinem Hosengürtel herausgeschüttelt und sprang klirrend auf den Fußboden. Nie hat die süßeste Musik meinen Ohren so hold geschmeichelt! In der höchsten Spannung horchte ich auf, ob das Geräusch eine Wirkung auf Augustus hervorgebracht hatte, denn nur er konnte meinen Namen gerufen haben. Minutenlang war alles still. Endlich hörte ich ihn das Wort »Artur« wiederholen, in leisem Ton und wie mit bangem Zögern. Die neubelebte Hoffnung löste mir auf einmal die Zunge, und jetzt schrie ich mit aller Macht meiner Kehle: »Augustus! Oh Augustus!« – »Pst! Um Gottes willen, verhalte dich ruhig!« erwiderte er mit vor Erregung zitternder Stimme. »Gleich bin ich bei dir, ich muß erst meinen Weg durch den Kielraum finden.« Lange hörte ich ihn sich im Gerümpel bewegen, und jeder Augenblick schien eine Ewigkeit zu sein. Endlich, endlich fühlte ich seine Hand auf meiner Schulter, und zugleich setzte er eine Flasche Wasser an meinen Mund. Nur jene, die plötzlich dem Rachen des Grabes entrissen werden, oder jene, die so unerträgliche Durstesqualen kennenlernten, wie ich sie unter den schwersten Umständen in meinem traurigen Kerker zu erdulden hatte, nur sie vermögen sich einen Begriff von dem unaussprechlichen Glücksgefühl zu machen, den ein langer Zug dieser kostbarsten aller irdischen Herrlichkeiten mir gewährte.

Sobald ich meinen Durst einigermaßen gestillt hatte, zog Augustus aus seiner Tasche drei oder vier gekochte Kartoffeln, die ich mit der größten Gier hinabschlang. Er trug ein Licht in einer Blendlaterne bei sich, und die gütigen Strahlen schenkten kaum geringeren Trost als Essen und Trinken. Aber ich verlangte mit Ungeduld zu erfahren, was ihn so lange ferngehalten haben konnte, und alsbald begann er mir alles zu berichten, was sich während meiner Gefangenschaft an Bord zugetragen hatte.

Viertes Kapitel

Wie ich vermutete, war die Brigg ungefähr eine Stunde, nachdem er mir die Uhr dagelassen hatte, in See gestochen. Das war am zwanzigsten Juni. Man wird sich entsinnen, daß ich drei Tage lang im Kielraum gewesen war, und während dieser Zeit gab es an Bord solch ein Durcheinander und Herumlaufen, besonders in der Kajüte und den Staatskabinen, daß er keine Gelegenheit gefunden hatte, mich zu besuchen, ohne das Geheimnis der Falltür aufs Spiel zu setzen. Als er nun endlich kam, versicherte ich ihm, alles gehe so gut als irgend möglich; und darum empfand er die beiden folgenden Tage meinetwegen keine Besorgnis, obwohl er immer auf der Lauer lag, ob sich nicht Gelegenheit böte, hinabzusteigen. Erst am vierten Tag fand er sie. In der Zwischenzeit hatte er sich schon öfter entschlossen, seinem Vater alles anzuvertrauen und mich sofort an Deck holen zu lassen; aber wir waren noch nicht sehr weit von Nantucket entfernt, und nach mehreren Äußerungen, die dem Kapitän entschlüpften, erschien es zweifelhaft, ob er nicht umkehren würde, sobald er meine Anwesenheit erführe. Außerdem, erzählte mir Augustus, konnte er nach reiflichem Nachdenken sich nicht recht vorstellen, daß ich mich in unmittelbarer Not befände oder daß ich in solchem Falle zögern würde, mich an der Falltür bemerkbar zu machen. Als er so alles in Betracht gezogen hatte, beschloß er, mich unten zu lassen, bis er in die Lage käme, mich unbemerkt aufzusuchen. Das geschah, wie schon erwähnt, erst am vierten Tag nach Überbringung der Uhr und am siebenten nach meinem Einzug in den Kielraum. Er war hinuntergestiegen, ohne Wasser oder Vorräte mitzunehmen, da er mich vor allem zur Falltür rufen wollte, um mich dann von der Kabine aus zu verproviantieren. Er hörte mich sehr laut schnarchen, mußte also annehmen, ich schlafe. Nach meinen Berechnungen war dies der Schlummer, in den ich nach Abholung der Uhr gesunken war; er mußte somit mindestens drei ganze Tage und Nächte gedauert haben. Neuerdings bin ich durch eigene Erfahrung und die Versicherungen anderer mit den starken, einschläfernden Wirkungen bekannt geworden, die der Ausdünstung alten, engverwahrten Fischtrans eigen sind; und wenn ich mich des Zustandes erinnere, in dem der Kielraum sich befand, und bedenke, wie lange die Brigg als Walfänger gedient hatte, bin ich manchmal geneigt, mich zu wundern, daß ich überhaupt wieder erwachte.

Augustus rief mich zuerst leise und ohne die Falltür zu schließen, aber ich gab keine Antwort. Nun schloß er die Klappe und sprach lauter, zuletzt mit sehr starker Stimme: Ich schnarchte weiter. Was sollte er beginnen? Um durch das Gerümpel zu mir durchzudringen, bedurfte es einiger Zeit, und inzwischen konnte seine Abwesenheit von Kapitän Barnard bemerkt werden, da dieser ihn jeden Augenblick zum Ordnen und Abschreiben von gewissen Geschäftspapieren nötig hatte. Er entschloß sich somit, hinaufzugehen und eine andere Gelegenheit abzuwarten. Dieser Entschluß wurde ihm um so leichter, als mein Schlummer äußerst friedlicher Natur schien und er nicht annehmen konnte, meine Gefangenschaft habe mir irgend geschadet. Eben war er mit sich einig geworden, als seine Aufmerksamkeit durch eine ungewöhnliche Unruhe gefesselt wurde, die von der Kajüte auszugehen schien. Er sprang durch die Falltür, schloß sie zu und öffnete weit die Tür der Kajüte. Kaum hatte er einen Fuß über die Schwelle gesetzt, so blitzte ein Pistolenlauf vor seinen Augen, und zugleich schlug ihn ein Hebebaum zu Boden. Eine kräftige Hand, die seinen Hals fest umklammerte, drückte ihn an den Fußboden der Kajüte; aber was um ihn her vorging, konnte er deutlich wahrnehmen. Sein Vater, an Händen und Füßen gebunden, lag auf den Stufen der Kajütentreppe, mit dem Kopf nach unten und einer tiefen Stirnwunde, aus der Blut ununterbrochen hervorströmte. Er sprach kein Wort und rang offenbar mit dem Tode. Über ihm stand der Unterschiffer, betrachtete ihn mit teuflischem Hohn und durchsuchte ruhig seine Taschen, denen er alsbald einen Schnappsack und ein Chronometer entnahm. Sieben von der Mannschaft, darunter der Koch, ein Neger, durchstöberten die Backbordkabinen nach Waffen und waren bald mit Musketen und Munition versehen. Neben Augustus und seinem Vater befanden sich im ganzen neun Kerle in der Kajüte, der Abschaum der Bemannung. Die Schurken gingen jetzt aufs Deck und schleppten meinen Freund mit sich, nachdem sie ihm die Arme auf den Rücken gebunden hatten. Sie begaben sich flugs nach dem Vorderkastell, dessen Luke verschlossen war; zwei von den Meuterern hielten dort mit Äxten Wacht; ebenso war es mit der Hauptluke bestellt. Der Unterschiffer rief mit lauter Stimme: »Hört, ihr da unten! Macht, daß ihr raufkommt, einer nach dem andern – hört ihr? Und daß mir keiner aufmuckt!« Es dauerte einige Minuten, bis sie zum Vorschein kamen; endlich stieg ein Engländer, der sich als Neuangeworbener eingeschifft hatte, herauf, kläglich weinend und den Maat aufs demütigste beschwörend, er möge ihm das Leben schenken. Die einzige Antwort war ein Axthieb über die Stirn. Der arme Teufel stürzte ohne einen Seufzer auf das Verdeck hin, und der schwarze Koch hob ihn wie ein Kind in die Höhe und schleuderte ihn in das Meer.

Die Menschen drunten hatten den Krach und den Fall ins Wasser gehört, und weder Drohungen noch Versprechen vermochten sie auf das Verdeck zu locken. Sie versuchten alsdann einen allgemeinen Ansturm, und es schien einen Augenblick, als würde die Brigg zurückerobert werden. Doch gelang es den Meuterern schließlich, das Vorderkastell zu schließen, ehe mehr als sechs ihrer Gegner heraufgestiegen waren. Diese sechs sahen sich einer großen Überzahl gegenüber und waren ohne Waffen; sie ergaben sich daher nach kurzem Kampf. Der Unterschiffer gab ihnen freundliche Worte, jedenfalls in der Absicht, die noch unter Deck Befindlichen zum Nachgeben zu veranlassen, denn sie konnten ohne Mühe alles, was oben gesprochen wurde, verstehen. Der Erfolg sprach ebensosehr für seine Schlauheit wie für seine höllische Niedertracht. Alle, die noch im Vorderkastell waren, erklärten sich zur Übergabe bereit; dann stiegen sie einer nach dem andern herauf, man band sie und warf sie samt den ersten sechs auf den Rücken; es waren im ganzen siebenundzwanzig Personen, die nicht an der Meuterei teilgenommen hatten.

Eine unsagbar scheußliche Schlächterei folgte. Die gefesselten Matrosen wurden an das Fallreep geschleppt. Hier stand der Koch mit einer Axt und schlug jedem der Opfer auf den Kopf, während es von den Meuterern über die Reling gehalten wurde. In dieser Art starben ihrer zweiundzwanzig, und Augustus verzweifelte an seinem Leben; er erwartete jeden Moment, auch an die Reihe zu kommen. Aber entweder waren die Schurken müde, oder ihre blutige Arbeit ekelte sie; die vier Übriggebliebenen erhielten samt meinem Freund eine Galgenfrist, während die ganze Mordbande ein Saufgelage abhielt, das bis zum Untergang der Sonne währte. Nun stritten sie sich wegen des Schicksals der Überlebenden, die nur vier Schritte entfernt lagen und jedes Wort mit anhören mußten. Einige der Meuterer schien der Branntwein zu besänftigen, denn mehrere Stimmen wurden laut, man möge die Gefangenen freilassen unter der Bedingung, daß sie sich der Meuterei nachträglich anschließen sollten. Der schwarze Koch aber, der in jeder Hinsicht ein vollkommener Satan war und mindestens ebensoviel Einfluß wie der Maat, wenn nicht größeren, besaß, wollte auf keinen derartigen Vorschlag hören und stand wiederholt auf, um seine Tätigkeit am Fallreep fortzusetzen. Zum Glück war er so von Trunkenheit übermannt, daß die weniger Blutdürstigen ihn leicht zurückhalten konnten; unter diesen war ein Leinenführer, der Dirk Peters hieß. Er war der Sohn einer Indianerin aus dem Stamme der Upsarokas, die in den Wildnissen der Schwarzen Berge leben, nahe der Quelle des Missouri. Sein Vater war, glaube ich, ein Pelzhändler, oder wenigstens stand er irgendwie in Beziehung zu den indianischen Händlerposten am Lewisfluss. Peters hatte das grimmigste Aussehen, das ich jemals an einem Menschen wahrnahm. Er war von kleiner Figur, nicht mehr als vier Fuß acht Zoll hoch, aber von herkulischem Körperbau. Besonders die Hände waren so furchtbar dick und breit, daß sie kaum Menschenhänden glichen. Seine Arme und Beine waren auf wunderliche Art gebogen, so daß sie scheinbar gar keine Beweglichkeit besaßen. Auch sein Kopf war unförmlich, nämlich von riesiger Größe, mit einer Vertiefung am Schädel, wie man sie bei den meisten Negern findet, und völlig kahl. Um diesen Mangel, der keine Folge des Alters war, zu verbergen, pflegte er eine Perücke aus irgendwelchem haarigen Zeug – gelegentlich vom Fell eines spanischen Hundes oder amerikanischen Graubären – zu tragen. Zur erwähnten Zeit trug er ein Stück Bärenfell auf dem Kopf, und es erhöhte nicht wenig die Wildheit seines Gesichtes, das den Typus der Upsarokas hatte. Der Mund zog sich fast von einem Ohr zum andern, die Lippen waren dünn und schienen gleich einigen anderen Teilen seines Körpers unbeweglich, so daß der herrschende Ausdruck seiner Züge stets derselbe blieb. Seine Zähne waren lang und standen weit vor, so daß sie niemals von den Lippen verdeckt wurden. Auf den ersten Blick schien dieser Mensch sich in Lachkrämpfen zu winden, auf den zweiten aber mußte man sich sagen, daß seine Lustigkeit nur die eines Teufels sein könne. Unter den Seeleuten Nantuckets waren mancherlei Geschichten über dieses sonderbare Wesen im Umlauf. Diese Anekdoten bewiesen die wunderbare Stärke, über die er in erregtem Zustand verfügte, und einige von ihnen ließen einen Zweifel übrig, ob er bei gesundem Verstand sei. Aber an Bord des »Grampus« wurde er, zur Zeit der Meuterei, offenbar mehr als komische Figur betrachtet. Ich erzähle so ausführlich von Dirk Peters, weil er trotz seines furchtbaren Aussehens der eigentliche Retter meines Freundes wurde und weil ich ihn im Laufe meiner Erzählung noch öfter erwähnen muß – dieser Erzählung, die, wie ich hier vorausschicken möchte, Ereignisse berichtet, die außerhalb aller menschlichen Erfahrung zu stehen scheinen und daher auch so schwer zu glauben sind, daß ich jede Hoffnung aufgeben muß, man werde meine Mitteilungen für wahr halten, aber der Zeit und dem Fortschritt der Wissenschaft vertraue, die gewiß die wichtigsten und unwahrscheinlichsten meiner Erlebnisse als wirklich erweisen werden.

Nach vieler Unschlüssigkeit und drei oder vier heftigen Streitigkeiten wurde zuletzt beschlossen, daß alle Gefangenen (außer Augustus, den Peters mit scherzenden Worten als seinen Schreiber beanspruchte) in einem der kleinen Fangboote ausgesetzt werden sollten. Der Maat ging nach der Kajüte, um zu sehen, ob Kapitän Barnard noch lebe;

bald erschienen die beiden wieder, der Kapitän, bleich wie der Tod, aber etwas erholt von seiner Verwundung. Mit einer Stimme, die kaum zu artikulieren vermochte, flehte er sie an, ihn nicht auszusetzen, sondern zu ihrer Pflicht zurückzukehren, und versprach, sie auszuschiffen, wo sie wollten, und keine Schritte zu ihrer gerichtlichen Verfolgung zu unternehmen. Er sprach völlig in den Wind. Zwei Halunken packten ihn bei den Armen und stießen ihn über die Reling ins Boot, das inzwischen herabgelassen worden war. Die vier Leute, die noch auf Deck lagen, wurden losgebunden; man befahl ihnen, dem Kapitän zu folgen, was sie nicht ohne Widerstand taten, während Augustus noch in seiner peinlichen Lage verblieb, obwohl er bat und flehte, man möchte ihm nur die Gnade gewähren, von seinem Vater Abschied nehmen zu dürfen. Eine Handvoll Zwieback und ein Krug Wasser wurden herabgereicht, aber weder Mast, Segel, Ruder noch Kompaß. Das Boot wurde eine Minute lang geschleppt, während die Meuterer sich abermals besprachen; dann wurde das Tau zerschnitten. Die Nacht war hereingebrochen, man sah nicht Mond noch Sterne, die See ging in bösen, kurzen Stößen, obgleich der Wind nicht eben kräftig blies. Das Boot war sofort außer Sicht; für die armen Dulder blieb wenig zu hoffen. Dies ereignete sich auf dem 33. Grad 30 Min. nördlicher Breite, 61 Grad 20 Min. westlicher Länge, daher in nicht allzu großer Entfernung von den Bermudainseln. Somit tröstete sich Augustus in dem Gedanken, das Boot könne entweder Land erreichen oder ihm nahe genug kommen, um von Küstenschiffern gesichtet zu werden.

Die Brigg ging jetzt unter allen ihren Segeln und setzte ihren ursprünglichen Kurs nach Südwesten fort, da die Meuterer einen Piratenstreich vorhatten; soviel man verstand, wollten sie irgendein Schiff auf seinem Weg von den Kapverdi-Inseln nach Portoriko abfangen. Um Augustus kümmerte man sich nicht, er wurde losgebunden und durfte frei umhergehen, nur die Kajüte war ihm verboten. Dirk Peters behandelte ihn mit einiger Freundlichkeit und rettete ihn einmal sogar vor der Brutalität des Kochs. Seine Lage war noch recht kitzlig, denn die Leute waren fortwährend betrunken, und man konnte sich nicht auf die Dauer auf ihre gute Laune verlassen. Doch behauptete er, die Sorge um mich sei das Traurigste an seiner Lage gewesen; und in der Tat hatte ich niemals Anlass, an der Aufrichtigkeit seiner Freundschaft zu zweifeln. Mehr als einmal war er entschlossen, die Meuterer mit dem Geheimnis meiner Anwesenheit vertraut zu machen, aber die Erinnerung an die Scheußlichkeiten, deren Zeuge er gewesen war, und die Hoffnung, mir bald Hilfe bringen zu können, hielten ihn davon ab. Aus letzterem Grund lag er beständig auf der Lauer, aber trotz der größten Wachsamkeit vergingen drei Tage nach dem Aussetzen des Bootes, bevor sich eine Gelegenheit darbot. Endlich, in der Nacht des dritten Tages, kam eine schwere Bö aus Osten, und alle mußten heran, um die Segel zu reffen. Während des Durcheinanders, das nun erfolgte, gelangte er unbeobachtet in seine Kabine. Mit Entsetzen und Schmerz nahm er wahr, daß sie zu einem Aufbewahrungsort für allerhand Vorräte und Werkzeuge gemacht worden war und daß mehrere Faden alten Kabels, die unter der Treppe verstaut lagen, hierher geschleppt worden waren und nun gerade die Falltür zudeckten. Das Kabel unbemerkt zu entfernen, war unmöglich, und er eilte wieder aufs Verdeck. Sobald er dort erschien, packte ihn der Maat an der Kehle, fragte ihn, was er denn da unten zu suchen habe, und wollte ihn über Backbord in die See schleudern, als ihm das Leben abermals durch Dirk Peters gerettet wurde. Augustus bekam Handschellen an, und seine Füße wurden fest zusammengebunden. Er wurde dann ins Matrosenlogis gebracht und in eine der unteren Kojen nahe der Scheidewand des Vorderkastells gelegt, mit der Versicherung, daß er keinen Fuß mehr auf Deck setzen werde, »solange die Brigg eine Brigg sei«. Das war die Ausdrucksweise des Kochs, der ihn in die Koje warf; was er eigentlich damit meinte, ist schwer zu sagen. Der ganze Vorfall sollte aber, wie man gleich sehen wird, der Anlaß zu meiner endgültigen Erlösung werden.

Fünftes Kapitel

Einige Minuten gab sich Augustus der Verzweiflung hin; er hatte keine Hoffnung mehr, die Koje lebendig verlassen zu dürfen. Er kam jetzt zu dem Entschluß, dem ersten, der hinunterkäme, von meiner Lage Mitteilung zu machen, da er es für besser hielt, daß ich mein Glück bei den Meuterern versuchte, als daß ich im Kielraum vor Durst zugrunde ging; zehn Tage war ich nun schon dort gefangen, und mein Krug Wasser hatte kaum für vier gereicht. Als er so überlegte, kam ihm plötzlich die Idee, daß es nicht unmöglich sein würde, mit mir durch den Hauptkielraum in Verkehr zu treten. Unter anderen Umständen hätten ihn die Schwierigkeiten, die Gefahren des Unternehmens von solchem Wagnis abgehalten; aber jetzt schien ihm sein Leben kaum einen Schuß Pulver wert, und somit wendete er sich mit allen Kräften seines Geistes der großen Aufgabe zu.

Die Handschellen boten das erste Hindernis. Wie sich ihrer entledigen? Erst hielt er es für undurchführbar; aber bei näherem Zusehen erkannte er, daß man die Eisen mit geringer Anstrengung abstreifen konnte, indem man die Hände durchdrückte; diese Art von Fessel erfüllt bei jungen Leuten, deren Knochen leicht nachgeben, ganz und gar nicht ihren Zweck. Nun löste er die Bande an seinen Füßen, ließ aber den Strick hängen, so daß er zur Not wieder befestigt werden konnte, falls jemand herunterkam; und dann untersuchte er die Scheidewand. Sie bestand aus zolldickem, weichem Fichtenholz, durch das er sich ohne viel Mühe einen Weg würde bahnen können. Da hörte er eine Stimme am Eingang des Vorderkastells und hatte gerade Zeit, seine Rechte in die Handschelle zu zwängen (die

Linke war noch nicht frei) und den Strick oberflächlich um seine Knöchel zu winden, da kam Dirk Peters herab, begleitet von »Tiger«, der sofort in die Koje sprang und sich niederlegte. Den Hund hatte Augustus an Bord gebracht, weil er meine Zuneigung für das Tier kannte und mir damit eine große Freude zu machen gedachte. Er holte ihn von unserem Hause weg, gleich nachdem er mich im Kielraum versteckt hatte, vergaß aber, als er mir die Uhr mitbrachte, etwas davon zu erwähnen. Seit der Meuterei konnte er ihn nirgends erblicken und war daher überzeugt, daß die Schurken ihn über Bord geworfen hätten. Der Hund war aber in ein Loch unterm Fangboot gekrochen, aus dem er später nicht herauskonnte, denn er vermochte sich nicht darin umzudrehen. Peters ließ ihn schließlich heraus, und mit einer Gutmütigkeit, die mein Freund wohl zu schätzen wußte, hatte er ihm das Tier jetzt als Gefährten ins Vorderkastell gebracht, zugleich mit etwas Salzfleisch, Kartoffeln und einer Kanne Wasser; dann ging er an Deck, mit dem Versprechen, am nächsten Tag wieder etwas Eßbares mitzubringen.

Sobald er fort war, befreite Augustus Hände und Füße von ihren Fesseln. Dann kehrte er die Matratze um, nahm sein Taschenmesser (die Halunken hatten es nicht der Mühe wert gefunden, ihn zu untersuchen) und begann eine Planke der Scheidewand in möglichster Nähe der Koje anzuschneiden. Er wählte diese Stelle, damit er im Falle plötzlicher Unterbrechung seine Arbeit mit der Matratze verdecken konnte. An diesem Tag erfolgte jedoch keine weitere Störung, und als der Abend kam, war die Planke völlig entzwei. Es muß hier erwähnt werden, daß keiner von der Mannschaft im Vorderkastell schlief, da jene seit der Meuterei ausschließlich in der Kajüte hausten, wo man sich an den Weinen und Vorräten des Kapitäns gütlich tat; um die Führung des Schiffes kümmerte man sich so wenig wie möglich. Diese Umstände waren unser Glück; anders hätte mich Augustus nie erreichen können. Gegen Tagesanbruch beendete er die zweite Durchschneidung des Brettes, die sich ungefähr einen Fuß über dem ersten Einschnitt befand, und machte so die Öffnung groß genug, um nach der Kuhbrücke vordringen zu können. Von dort aus begab er sich ohne viele Schwierigkeiten nach der unteren Hauptluke, obwohl er, um dorthin zu gelangen, Berge von Tranfässern, die sich fast bis ans Oberdeck hinauftürmten, überklettern mußte; kaum war zwischen beiden Platz für seinen Körper vorhanden. Als er die Luke erreicht hatte, entdeckte er, daß Tiger ihm gefolgt war. Es schien jetzt zu spät, um vor Tag zu mir zu gelangen, da die größten Hindernisse in dem unteren Kielraum zu suchen waren. Er beschloß somit, umzukehren und bis zum nächsten Abend zu warten. In diesem Gedanken öffnete er ein wenig die untere Luke, um bei seiner Rückkehr nicht mehr Aufenthalt als nötig zu haben. Kaum hatte er das getan, als Tiger an die schmale Öffnung sprang, eifrig schnüffelte, dann ein langgedehntes Winseln hören ließ und aufgeregt mit seinen Pfoten daran kratzte. Offenbar ahnte, wußte er, daß ich mich im Kielraum befand, und Augustus hielt es für möglich, daß er sich bis zu mir durchdrängen würde. Jetzt kam er auf den Einfall, den Brief zu schreiben, ich sollte ja um keinen Preis selbständig einen Versuch zu meiner Befreiung unternehmen; und wer weiß, ob er am nächsten Tag schon seine Absicht ausführen konnte? Die Folge zeigte, wie glücklich dieser Einfall war; denn ohne den Brief wäre ich gewiß auf irgendeinen verzweifelten Ausweg verfallen, die Mannschaft zu alarmieren, und unser beider Leben wäre wahrscheinlich verloren gewesen.

Wie sollte er sich das zum Schreiben Nötige verschaffen? Aus einem alten Zahnstocher wurde bald eine Feder; er schrieb nur nach Gefühl, denn im Zwischendeck war's pechfinster. Papier bot das rückwärtige Blatt eines Briefes, eines Duplikats jener gefälschten Einladung des Herrn Roß. Er schnitt sich dann in den Finger, gerade überm Nagel, wo das Blut reichlich hervorzuquellen pflegt. Das war seine Tinte, und jetzt schrieb er im Dunkeln, so gut es ging, jene Mitteilung an mich. Es war darin gesagt, daß eine Meuterei stattgefunden habe, daß der Kapitän ausgesetzt worden sei, daß ich bald Hilfe erwarten könne, was Lebensmittel anbetreffe; aber keinerlei Störung hervorbringen möge. Die Schlußworte lauteten: »Ich schrieb dies mit meinem Blut – wenn Dir Dein Leben lieb ist, bleib still liegen.«

Dieser Papierstreifen wurde am Hund befestigt; der sprang durch die Luke. Augustus gelangte, so gut es ging, nach dem Vorderkastell, und er hatte keinen Grund, anzunehmen, daß einer von den Leuten inzwischen unten gewesen war. Um das Loch in der Wand zu verbergen, steckte er sein Messer ins Holz und hing seine Jacke daran auf. Dann legte er sich selbst wieder in Fesseln.

All das war kaum getan, als Dirk Peters herunterkam, stark bezecht, jedoch in bester Laune und mit Vorräten für meines Freundes leibliches Wohl. Jene bestanden in einem Dutzend gerösteter, großer, irischer Kartoffeln und einem Eimer Wasser. Er saß eine Weile auf einer Kiste nächst der Koje und sprach offenherzig über den Maat und die Zustände an Bord des Schiffes. Sein Benehmen war launisch, um nicht zu sagen grotesk. Einmal war Augustus durch sein Verhalten sehr beunruhigt. Endlich begab er sich wieder aufs Verdeck, indem er murmelte, er werde dem Gefangenen morgen ein gutes Essen bringen. Während des Tages kamen zwei Harpuniere, begleitet vom Koch; alle drei waren nahezu im letzten Stadium der Trunkenheit. Gleich Peters sprachen sie ohne Rücksicht über ihre Pläne. Sie schienen untereinander uneins in bezug auf den Kurs, der eingehalten werden sollte; einig waren sie nur in einem Punkt, nämlich bezüglich des Angriffes auf das Schiff von den Kapverdi-Inseln, das stündlich erwartet wurde. Die Meuterei schien nicht allein der Beute wegen in Szene gesetzt worden zu sein; ein persönlicher Groll des Unterschiffers gegen Kapitän Barnard schien den hauptsächlichen Anstoß gegeben zu haben. Jetzt gab es offenbar zwei Parteien, die des Unterschiffers und die des Kochs. Jener wollte das erste geeignete Schiff besetzen und es an irgendwelchem westindischen Eiland auf Seeräuberei einrichten. Doch die Gegenpartei, der auch Dirk angehörte, war stärker; sie wollten den ursprünglichen Kurs nach dem südlichen Teil des Stillen Ozeans beibehalten, dort entweder Walfische fangen oder etwas anderes beginnen, je nach den Umständen. Peters hatte oftmals diese Gegend besucht, und seine Vorstellungen waren von großem Gewicht bei den Meuterern, die zwischen Gewinn und Vergnügen unklar hin und her schwankten. Er betonte, welch eine neue, abwechslungsreiche Welt sich auf den zahllosen Inseln der Südsee finde, welch vollkommene Sicherheit, welche ungezügelte Freiheit man dort genießen könne, wie üppig das Leben, wie angenehm das Klima, wie wollüstig schön die Frauen seien. Noch war nichts Bestimmtes abgemacht; aber die Schilderungen des Halbblutes hatten sich der glühenden Einbildungskraft der Seeleute bemächtigt, und es war mehr als wahrscheinlich, daß sein Vorschlag durchgehen würde.

Nach einer Stunde entfernten sich die drei Männer, und während dieses Tages betrat niemand weiter das Vorderkastell. Augustus lag bis zum Abend still. Dann streifte er Strick und Handschellen ab und machte sich an sein Vorhaben. In einer der Kojen fand er eine Flasche, füllte sie mit Wasser und seine Tasche mit kalten Kartoffeln. Zu seiner Freude entdeckte er auch eine Laterne mit einem Stückchen Talgkerze darin. Als es ganz dunkel war, kroch er durch das Loch in der Scheidewand, nachdem er die Vorsicht gehabt hatte, der Koje das Ansehen zu geben, als schliefe hier einer. Als er hindurch war, hing er seine Jacke wie vorhin an seinem Messer auf; das fehlende Stückchen Planke fügte er vorläufig nicht wieder ein. Er war jetzt im Zwischendeck und arbeitete sich wie gestern zwischen den Tranfässern und dem oberen Verdeck nach der Hauptluke hin. Hier zündete er ein Licht an und stieg hinunter, indem er nur mit der größten Mühe zwischen den festen Verstauungen des Kielraums vorwärts drang. Bald beunruhigten ihn der unerträgliche Geruch und die Stickigkeit der Luft. Er konnte es kaum für möglich halten, daß ich meine Einsperrung so lange hatte überleben können. Er rief mich wiederholt beim Namen, aber ich antwortete nicht, und seine Befürchtungen schienen zur Wahrheit zu werden. Die Brigg stampfte heftig, und der Lärm war so groß, daß ein leiser Ton, wie mein Atem oder Schnarchen, nicht vernehmbar gewesen wäre. Er öffnete die Blendlaterne und hielt sie, so oft sich Gelegenheit ergab, so hoch wie möglich, damit ich, falls ich lebte, das Herannahen der Hilfe zu erkennen vermöchte. Noch immer war von mir nichts zu vernehmen, und die Vermutung, ich sei tot, gestaltete sich ihm allmählich zur Gewißheit. Trotzdem beschloß er, einen Weg zu meinem Koffer zu erzwingen. Eine Zeitlang kam er im jämmerlichsten Zustand der Besorgnis weiter, bis er endlich den Durchgang vollkommen verstopft fand und einsah, daß er auf diesem Weg sein Ziel nicht erreichen werde. Seine Gefühle überwältigten ihn, er warf sich verzweifelnd unter das Gerümpel und weinte wie ein Kind. In diesem Moment hörte er den Krach, den ich durch das Wegwerfen meiner Flasche hervorrief. Auf diesem so geringfügigen Vorkommnis beruhte, wie es scheint, mein Schicksal. Das aber habe ich erst nach vielen Jahren erkannt. Natürliche Scham und ein Bedauern seiner Schwäche verhinderten Augustus, mir sofort zu beichten, was er mir später in schrankenlosem Vertrauen enthüllte. Er hatte angesichts unüberwindlicher Hindernisse seinen Versuch, zu mir durchzudringen, bereits aufgegeben und beschlossen, ins Vorderkastell zurückzukehren. Man sollte ihn nicht gänzlich verdammen, ohne die quälenden Umstände, die ihn hemmten, in Betracht zu ziehen. Die Nacht war am Schwinden; seine Abwesenheit konnte entdeckt werden; ja, das mußte der Fall sein, wenn er nicht bei Tagesanbruch in der Koje war. Die Kerze verflackerte bereits; es würde daher sehr schwer sein, im Dunkeln den Weg zur Luke wiederzufinden. Dann hatte er auch allen Grund, mich für tot zu halten; was aber hätte es mir genützt, wenn er ohne Zweck einer Welt von Mühen begegnet wäre? Ich war jetzt elf Tage und Nächte unten; ich besaß kein Wasser außer dem in jenem Krug enthaltenen und würde schwerlich damit gespart haben, da ich Grund hatte, auf baldige Erlösung zu hoffen. Auch mußte ihm, der aus der verhältnismäßig freien Luft des Matrosenlogis kam, die Atmosphäre im Kielraum geradezu giftig und viel unerträglicher erscheinen, als ich sie beim Beziehen des Raumes empfunden hatte; waren doch die Luken vorher monatelang offen gewesen. Rechnet man noch hinzu die eben erlebten Szenen voll Blutvergießens und Schreckens, seine Einschließung und seine schlechte Ernährung, sein knappes Entrinnen aus Lebensgefahr und die fragliche Sicherheit, in der er sich noch befand – lauter Umstände, die wohl geeignet sind, jede Willenskraft zu brechen –, so wird es dem Leser leichtfallen, sein scheinbares Versagen eher mit Betrübnis als mit Entrüstung zu betrachten.

Deutlich hörte er den Krach der Flasche, aber er war nicht sicher, ob der Laut aus dem Kielraum gekommen war. Der Zweifel genügte ihm jedoch, um ihn zur Fortsetzung seiner Bemühungen anzuspornen. Er kletterte fast bis zum Zwischendeck empor und rief dann so kräftig wie möglich meinen Namen, indem er ein Nachlassen im Gestampf des Schiffes sich zunutze machte, ohne für den Augenblick daran zu denken, daß man ihn oben hören könne. Der Ruf erreichte mich, wie man weiß; aber die entsetzliche Aufregung nahm mir jede Fähigkeit, zu antworten. Nun hielt er seine schlimmsten Besorgnisse für begründet und machte sich, ohne Zeit zu verlieren, auf den Rückweg. In der Eile warf er ein paar Kisten um, das war der Lärm, den ich hörte. Dann fiel mein Messer zu Boden, und das machte ihn stutzig. Sogleich kehrte er um, erklomm abermals die verstauten Kisten und rief in einer Pause des Sturmes laut meinen Namen. Diesmal wurde es mir möglich, ihm Antwort zu geben. Hocherfreut über die Entdeckung, daß ich noch am Leben war, entschloß er sich jetzt, jeder Schwierigkeit Trotz zu bieten. Er entwand sich dem Gerümpel, das ihn gehemmt hatte, fand endlich einen besseren Durchgang und erreichte in einem Zustand völliger Erschöpfung mein Versteck.

Sechstes Kapitel

Jetzt berichtete mir Augustus nur die wichtigsten seiner Erlebnisse. Erst später füllte er die Erzählung mit Einzelheiten aus. Er fürchtete, vermißt zu werden, und ich war in wilder Ungeduld, endlich mein schreckliches Gefängnis verlassen zu dürfen. Wir entschlossen uns, sofort nach dem Loch in der Scheidewand unsern Weg zu nehmen; dort sollte ich vorläufig bleiben, während er erkunden ging. Tiger im Koffer zu lassen, war uns ein unerträglicher Gedanke; doch was sollten wir sonst mit ihm beginnen? Er schien jetzt ganz ruhig, und selbst wenn wir das Ohr an die Kofferwand legten, konnten wir nicht seinen Atem hören; ich war daher überzeugt, daß er tot sei, und entschloß mich, die Tür zu öffnen. Er lag lang ausgestreckt, in tiefer Betäubung; doch lebte er noch. Es war keine Zeit zu verlieren, und doch konnte ich mich nicht dazu bewegen, das Tier im Stich zu lassen, das mir zweimal das Leben gerettet hatte. Ein Versuch zu seiner Erhaltung mußte gemacht werden; wir schleppten es daher mit, so gut wir konnten, freilich unter unsagbaren Schwierigkeiten und todmüde. Augustus mußte wiederholt mit dem schweren Hund im Arm über Hindernisse hinwegklettern, was ich in meiner Schwäche niemals fertiggebracht hätte. Doch endlich kamen wir beim Loch an; Augustus kroch hindurch, Tiger wurde nachgeschoben. Alles war in Ordnung, und wir dankten Gott für unsere Errettung aus der unmittelbarsten Gefahr. Vorläufig sollte ich nahe der Öffnung bleiben, durch die mein Freund mir Lebensmittel zustecken sollte und an der ich in der Lage war, eine verhältnismäßig reine Luft zu atmen.

Um einige Stellen meines Berichtes, an denen ich von der Verstauung sprach, näher zu erklären, muß ich hervorheben, daß diese so wichtige Pflicht von Kapitän Barnard in einer Weise geübt worden war, die geradezu fahrlässig genannt werden mußte; er war keineswegs der vorsichtige und erfahrene Seemann, den sein Dienst gebieterisch zu erfordern schien. Eine richtige Verstauung kann nicht fürsorglich genug betrieben werden; viele der schlimmsten Unfälle sind die Folge von Unaufmerksamkeit oder Unwissenheit in dieser Beziehung. Küstenfahrer, die oft und in großer Eile ihre Ladung einnehmen, fallen am häufigsten einem Mangel an Aufmerksamkeit bei der Verstauung zum Opfer. Die Hauptsache ist, daß selbst beim ärgsten Schlingern oder Stampfen des Schiffes die Ladung und der Ballast ihre Lage nicht verändern dürfen. Auf den meisten Schiffen verstaut man die Ladung mit Hilfe einer Schraube. Der Zweck dieser Methode ist, mehr Platz im Kielraum zu gewinnen.

Die Verstauung an Bord des »Grampus« war eine gar elende Leistung, wenn man es überhaupt Verstauung nennen konnte, Tranfässer und Schiffsgerät achtlos durcheinander zu mengen. (Die meisten Walfänger sind mit eisernen Tranbehältern versehen; warum sie dem »Grampus« fehlten, habe ich nie ermitteln können.) Den Zustand im Kielraum habe ich schon beschrieben; im Zwischendeck blieb gerade Raum für meinen Körper, wie ich schon gesagt habe, wenn ich mich zwischen die Tranfässer und das Oberdeck zwängte; um die Hauptluke herum war Platz gelassen, und in der Verstauung gab es sonst noch etliche Lücken. Bei dem Loch, das Augustus herausgesägt hatte, war Raum für ein ganzes Faß; hier nahm ich vorläufig eine ziemlich bequeme Stellung ein.

Als mein Freund glücklich in seiner Koje lag und seine Fesseln wieder an Händen und Füßen hatte, war es heller

Tag geworden. Wir waren mit genauer Not davongekommen; denn kaum hatte er alles in Ordnung gebracht, als der Maat, Dirk Peters und der Koch herabkamen. Sie sprachen eine Zeitlang über das Schiff von den Kapverden, nach dessen Erscheinen sie ein lebhaftes Verlangen trugen. Endlich kam der Koch zu Augustus' Koje und setzte sich an den Kopf des Bettes. Ich konnte jedes Wort aus meinem Versteck hören und erwartete jeden Augenblick, daß der Neger sich an die über der Öffnung hängende Matrosenjacke lehnen würde; dann wäre alles entdeckt worden, und wahrscheinlich hätte man uns umgebracht. Doch blieb uns das Glück treu; denn sooft er auch, wenn das Schiff sich stark bewegte, an die Jacke rührte, so war sein Druck niemals stark genug, um eine Entdeckung herbeizuführen. Die Jacke war unten an der Schott befestigt, so daß sie das Loch nicht durch Hin- und Herschlenkern offenbaren konnte. Die ganze Zeit über lag Tiger am Fußende der Koje, und er schien einen Teil seiner Vernunft wiedergewonnen zu haben, denn ich sah ihn zuweilen die Augen öffnen und einen langen Zug tun.

Nach einigen Minuten ging der Maat mit dem Koch hinauf, und sobald sie fort waren, nahm Dirk Peters den Platz ein, auf dem jener gesessen hatte. Er ließ sich mit Augustus in eine gemütliche Unterhaltung ein, und wir erkannten jetzt, daß seine Trunkenheit erheuchelt war. Er antwortete offenherzig auf alle Fragen meines Freundes, sagte ihm, er zweifle nicht daran, daß man seinen Vater aufgefunden habe, da an jenem Tag nicht weniger als sechs Segel kurz vor Sonnenuntergang gesichtet worden seien, und sprach ihm auch sonst tröstlich zu, was mir ebenso überraschend wie erfreulich war. In der Tat fing ich an, zu hoffen, daß wir mit Peters' Hilfe uns der Brigg wieder bemächtigen könnten, und teilte diesen Gedanken meinem

Freund so bald wie möglich mit. Er hielt die Sache nicht für unmöglich, betonte aber, daß man sehr behutsam vorgehen müsse, da das Benehmen des Halbbluts möglicherweise nur einer Laune entsprungen sei; man konnte auch wirklich schwer sagen, ob er überhaupt bei Verstand war. Peters ging bald an Deck und kehrte erst gegen Mittag zurück; er brachte Augustus einen reichlichen Vorrat von gesalzenem Rindfleisch und Pudding, an denen ich mir später ebenfalls gütlich tat. Niemand anders kam während des Tages ins Vorderkastell; abends kroch ich in Augustus' Koje und schlief dort süß und tief bis Tagesanbruch; da hörte er ein Geräusch auf dem Verdeck, er weckte mich, und ich eilte in mein Versteck zurück. Als es völlig Tag war, fanden wir, daß Tiger sich fast gänzlich erholt hatte; er gab kein Zeichen von Wasserscheu, trank vielmehr, was wir ihm boten, mit sichtlichem Behagen. Während des Tages gewann er alle seine Kräfte und seinen guten Appetit zurück. Ohne Zweifel stand sein wunderliches Benehmen in keiner Beziehung zur Hundswut, es war vielmehr eine Folge der schädlichen Luft des Kielraums. Ich freute mich herzlich, daß ich darauf bestanden hatte, ihn mitzunehmen. Dieser Tag war der dreißigste Juni, der dreizehnte Tag nach der Abfahrt des »Grampus« von Nantucket.

Am zweiten Juli kam der Maat herunter, besoffen wie gewöhnlich und in ausgezeichneter Laune. Er trat in die Koje meines Freundes, gab ihm einen Klaps auf den Rücken und fragte ihn, ob er sich würde zu benehmen wissen, falls er freigegeben werde, und ob er verspräche, die Kajüte nicht mehr zu betreten. Natürlich antwortete Augustus mit Ja, worauf der Halunke ihn losband, nachdem er ihn genötigt hatte, Rum aus einer Flasche zu trinken, die er aus seiner Rocktasche zog. Nun stiegen beide hinauf, und während dreier Stunden bekam ich Augustus nicht zu Gesicht. Dann kam er mit der guten Nachricht, daß er auf der Brigg frei umhergehen dürfe, nur achter dürfe er sich nicht blicken lassen, und daß er wie bisher im Vorderkastell schlafen müsse. Er brachte mir auch ein gutes Essen und einen reichlichen Vorrat an Wasser. Die Brigg kreuzte noch in Erwartung des Schiffes von den Kapverden, und ein Segel war in Sicht, das für jenes gehalten wurde. Da sich in den folgenden Tagen nichts von Bedeutung ereignete, will ich hier in Tagebuchform so kurz wie möglich darüber berichten.

3. Juli. Augustus besorgte mir drei wollene Decken, so daß ich mir in meinem Versteck ein bequemes Lager einrichten konnte. Niemand außer ihm besuchte das Vorderkastell. Tiger machte sich's in der Koje dicht bei der Öffnung bequem und schlief sich gründlich aus, als ob er sich noch nicht ganz von seinem Unwohlsein erholt hätte. Gegen Abend warf sich eine Bö auf das Schiff, bevor man die Leinwand verringern konnte, so daß es beinahe gekentert wäre. Der Anprall hörte sofort wieder auf, und abgesehen von einem Riß im Fockmarssegel erlitt die Brigg keinen Schaden. Peters behandelte Augustus mit steter Freundlichkeit und unterhielt sich lange Zeit mit ihm über den Stillen Ozean und die Inseln, die er in dieser Gegend besucht hatte. Er fragte ihn, ob er nicht mit den Meuterern eine Art Entdeckungs- und Vergnügungsreise in jene Gegenden machen wolle, und fügte hinzu, die Leute gingen allmählich auf die Absichten des Unterschiffers ein. Augustus hielt es für angezeigt, darauf zu erwidern, daß er gern solche abenteuerliche Fahrt unternehmen würde, da sich nichts Besseres tun lasse, und daß alles und jedes einem Seeräuberleben vorzuziehen sei.

4. Juli. Das in Sicht gelangte Schiff erwies sich als eine kleine Brigg, die von Liverpool kam; man ließ sie unbelästigt ihres Weges ziehen. Augustus hielt sich tagsüber an

Deck auf, um möglichst viel über die Absichten der Meuterer zu erfahren. Sie stritten oft und heftig miteinander; einmal wurde ein Harpunier, Jim Bonner, über Bord geworfen. Die Partei des Maats fing an, die Oberhand zu gewinnen. Jim Bonner gehörte zur Partei des Kochs, zu der auch Peters zählte.

5. Juli. Gegen Tagesanbruch kam eine steife Brise von Westen, die mittags zu einem Sturm anschwoll, so daß die Brigg unter Schnau- und Focksegel laufen konnte. Beim Reffen des Focksegels stürzte Simms, ein gewöhnlicher Matrose und ebenfalls von der Partei des Schiffskochs, über Bord; er war stark bezecht und ertrank, ohne daß irgend jemand einen Versuch zu seiner Rettung gemacht hätte. Jetzt zählte die Bemannung des Schiffes dreizehn Personen, nämlich Dirk Peters, Symour, den schwarzen Koch, Jones, Greely, Hartman Rogers und William Allen von der Partei des Kochs; der Maat, dessen Namen ich nie gehört habe, Absalom Hicks, Wilson, John Hunt und Richard Parker von der Partei des Maats; dazu Augustus und mich selbst.

6. Juli. Der Sturm dauerte den ganzen Tag, er blies in schweren Böen; dazu regnete es, durch die Fugen der Brigg drang eine Menge Wasser ein, und die Pumpen waren in ununterbrochener Tätigkeit; auch Augustus mußte mithelfen. In der Dämmerung kam ein stattliches Schiff nahe an uns vorüber; man bemerkte es erst, als es in Rufweite war. Wahrscheinlich war es jenes, dem die Meuterer auflauerten. Der Maat rief es an, aber das Heulen des Sturmes verschlang die Antwort. Um elf brach sich eine See mittschiffs über dem Verdeck, riß einen großen Teil der Backbordreling weg und tat noch weiteren Schaden. Gegen Morgen ließ das Unwetter nach, und bei Sonnenaufgang wehte nur noch ein schwacher Wind.

7. Juli. Eine starke Dünung herrschte den ganzen Tag hindurch, die Brigg schlingerte entsetzlich, und im Kielraum rollten, wie ich wohl vernehmen konnte, viele Gegenstände von ihren Plätzen. Ich litt furchtbar unter der Seekrankheit. Peters hatte eine lange Unterredung mit Augustus und erzählte ihm, daß zwei von den Leuten, Greely und Allen, zum Maat übergegangen seien und sich bereit erklärt hätten, Seeräuber zu werden. Er richtete verschiedene Fragen an Augustus, die letzterem damals unverständlich waren. Während der Abendzeit machte sich ein Leck im Schiff mehr und mehr bemerkbar; man konnte nicht viel dagegen unternehmen, da es durch die schlechte Kalfaterung der Brigg verursacht wurde. Wir stopften die Öffnungen am Bug mit Segelgarn; das half ein wenig, und das Leck war für den Augenblick unschädlich gemacht.

8. Juli. Eine leichte Brise wehte um Sonnenaufgang aus dem Osten; der Schiffer ließ unsere Brigg einen südwestlichen Kurs nehmen, da er in Verfolgung seiner Seeräuberpläne eine Insel Westindiens anlaufen wollte. Peters und der Koch erhoben – wenigstens in Gegenwart meines Freundes – keinerlei Einspruch. Der Angriff auf jenes kapverdische Schiff war aufgegeben worden; das Leck wurde dadurch unschädlich gemacht, daß man alle dreiviertel Stunden an die Pumpen ging. Während des Tages wurden zwei kleine Schoner angesprochen.

9. Juli. Herrliches Wetter. Alle waren mit Ausbesserung der Schäden beschäftigt, die jene Sturzsee erzeugte, und Peters hatte abermals eine lange Besprechung mit Augustus; er sprach sich deutlicher aus, als er es bisher tat. Er äußerte, nichts könne ihn zu den Ansichten des Maats bekehren, und deutete sogar die Absicht an, jenem die Brigg wegzunehmen. Auch fragte er meinen Freund, ob er in diesem Falle auf seine Hilfe rechnen könne. Ohne Zögern

antwortete Augustus mit Ja. Darauf bemerkte Peters, er werde die andern Leute von seiner Partei ausholen, und ging seiner Wege. Während dieses Tages hatte Augustus weiter keine Gelegenheit, mit ihm zu reden.

Siebentes Kapitel

10. Juli. Sprachen eine Brigg von Rio an, die nach Norfolk fuhr. Das Wetter war dunstig, mit leichtem, unsicherem Wind von Osten. Heute starb Hartman Rogers, nachdem er schon am achten durch Genuß eines Glases Grog einen Krampfanfall erlitten hatte. Er gehörte zur Partei des Kochs, und Peters hatte zu ihm das größte Vertrauen. Er sagte zu Augustus, der Schiffer habe Rogers vergiftet und er müsse sich in acht nehmen, sonst käme er an die Reihe. Jetzt waren außer Peters selbst nur mehr Jones und der Koch von seiner Partei; die andere zählte sieben Mitglieder. Er hatte mit Jones darüber gesprochen, ob man nicht dem Maat das Schifferkommando entreißen könnte; aber der Vorschlag wurde kühl aufgenommen, daher ließ er ihn fallen und sagte auch dem Koch kein Wort. Diese Vorsicht war sein Glück, denn am Nachmittag ging der Koch förmlich zur Partei des Schiffers über; Jones aber suchte Streit mit Peters und drohte, dessen Plan den Machthabern zu enthüllen. Jetzt war keine Zeit zu verlieren; Peters erklärte sich bereit und fest entschlossen, das Schiff um jeden Preis zu nehmen, falls Augustus ihm beistehen wolle. Mein Freund versicherte ihm sofort seine Bereitwilligkeit und hielt nun die Gelegenheit für günstig, meine Anwesenheit an Bord zu verraten. Das Erstaunen und die Freude des Mestizen waren groß, da er sich auf Jones nicht mehr verlassen konnte und ihn schon zur Partei des Maats zu rechnen Grund hatte. Sofort gingen sie unter Deck, Augustus rief mich beim Namen und machte mich mit Peters bekannt. Wir einigten uns dahin, das Schiff bei der ersten günstigen Gelegenheit zurückzuerobern, und ließen

Jones völlig beiseite. Im Falle des Gelingens würden wir die Brigg nach dem nächstgelegenen Hafen steuern und dort abliefern. Da sein Anhang ihn im Stich gelassen hatte, gab Peters den Plan, nach dem Stillen Ozean zu segeln, auf; ohne Mannschaft ließ sich solch ein Unternehmen nicht durchführen, und er rechnete darauf, bei der Verhandlung entweder wegen Unzurechnungsfähigkeit freigesprochen zu werden (er behauptete feierlich, in einer Geistesstörung zur Teilnahme an der Meuterei verleitet worden zu sein) oder, falls er verurteilt würde, auf Grund unserer Darstellung begnadigt zu werden. Unsere Besprechung wurde durch den Befehl: »Alle Mann an Deck! Segel reffen!« unterbrochen, und ich allein blieb im Vorderkastell zurück.

Wie gewöhnlich, war die Mannschaft bis auf den letzten betrunken, und bevor man ordentlich ans Reffen gehen konnte, hatte eine heftige Bö das Schiff vornüber gelegt; doch gelang es, die Brigg wieder aufzurichten, nachdem sie eine Menge Wasser eingenommen hatte; kaum war alles in Ordnung, da kam eine zweite Bö und noch eine, aber es geschah kein Schaden. Ein Sturm schien sich vorzubereiten, und in der Tat blies er bald in großer Wut aus Norden und Westen. Man machte alles so fest wie möglich, und wir legten bei, wie gewöhnlich, unter gerefften Focksegeln. Die Nacht kam heran, der Sturm nahm an Heftigkeit zu, die See ging auffallend hoch. Peters kam nun mit Augustus ins Vorderkastell, und wir nahmen unsere Beratungen wieder auf.

Wir waren darin einig, daß keine Gelegenheit für die Ausübung unseres Vorhabens günstiger sein könne als die gegenwärtige, da ein Angriff in diesem Augenblick unmöglich erwartet würde. Man brauchte, bis wieder gutes Wetter eintrat, nicht zu manövrieren; dann könnten wir im Falle des Gelingens einen oder zwei von den Leuten verschonen, damit sie uns hülfen, das Schiff in den Hafen zu bringen. Die Hauptschwierigkeit lag in der großen Ungleichheit der Streitkräfte. Wir waren unser nur drei, die Kajüte zählte neun Mann. Alle Waffen befanden sich in ihrem Besitz außer ein paar kleinen Pistolen, die Peters an seinem Leib versteckt hatte, und dem großen Seemannsmesser, das er stets im Hosengürtel trug. Aus gewissen Anzeichen – zum Beispiel, daß Äxte und Handspeichen nicht mehr an ihrem gewöhnlichen Ort lagen – schlossen wir auf einen Verdacht des Maats, wenigstens auf Peters, und daß jener keine Gelegenheit vorübergehen lassen würde, sich des Halbbluts zu entledigen. Was wir beschlossen hatten, mußte bald getan werden, soviel war uns klar. Doch waren wir so sehr im Nachteil, daß wir nur mit der größten Behutsamkeit vorgehen durften.

Peters schlug vor, wir sollten an Deck gehen, dort wollte er ein Gespräch mit der Wache (Allen) beginnen und ihn dann ohne Umstände über Bord werfen; dann sollten Augustus und ich herankommen, uns mit irgendwelchen Waffen versehen und im Sturm den Eingang der Kajüte besetzen, ehe an Widerstand zu denken war. Dem widersprach ich, denn ich konnte nicht glauben, daß der Maat, ein verdammt schlauer Kerl in allen Dingen, die nichts mit seinem Aberglauben zu tun hatten, sich so leicht überfallen ließe. Die Tatsache, daß eine Wache auf dem Verdeck war, genügte schon als Beweis für sein Mißtrauen; denn auf Schiffen ohne Disziplin ist dergleichen nicht üblich, sobald das Schiff beigedreht hat. Da ich mich zumeist an Leser wende, die nie auf der See gewesen sind, möchte ich hier die Lage eines Fahrzeuges unter derartigen Umständen näher beschreiben. »Beidrehen« ist eine Maßnahme, zu der man zu verschiedenen Zwecken und auf verschiedene Art seine Zuflucht nimmt. Bei leidlichem Wetter handelt es sich oft nur darum, das Schiff aufzuhalten, etwa um auf ein anderes Schiff zu warten oder zu ähnlichem Zweck. Fährt das Schiff mit vollen Segeln, so pflegt man einen Teil der Segel zu brassen, so daß sie der Wind back legt und das Schiff stehenbleibt. Aber gegenwärtig handelt es sich um das Beidrehen während eines Sturmes. Das geschieht, wenn der Wind voraus ist und seine Heftigkeit eine größere Segellast nicht ohne Gefahr des Kenterns gestattet; manchmal sogar bei gutem Wind, wenn die See zu hoch geht. Läßt man ein Schiff bei stark bewegter See vor dem Wind treiben, so kann es leicht zuviel Wasser über das Heck bekommen, zuweilen auch durch das starke Tauchen des Vorderteils. Dieses Manöver wird daher nur im Notfall angewendet. Leckt das Schiff, so läßt man es oft in der ärgsten See vor dem Wind treiben, denn es könnten sonst seine Fugen durch den lebhaften Widerstand erweitert werden, und da ist das Treibenlassen immer noch ratsamer. Häufig wird's auch nötig, ein Schiff treiben zu lassen, wenn entweder der Sturm so entsetzlich ist, daß er die Segel zerreißen würde, oder wenn infolge von Fehlern in der Konstruktion oder aus anderen Gründen der Bug des Schiffes nicht gegen den Wind gerichtet werden kann.

Schiffe, die sich in einem Sturm befinden, werden je nach ihrem Bau auf verschiedene Art beigedreht. Manche liegen am besten unter Focksegel; es wird, glaube ich, am häufigsten benutzt. Große, mit Rahen getakelte Schiffe haben zu jenem Zweck besondere Sturmsegel. Manchmal wird der Klüver allein angewendet, manchmal Klüver und Focksegel oder ein doppelt gerefftes Focksegel, nicht selten gebraucht man auch die Achtersegel. Am brauchbarsten erweist sich häufig das Fockmarssegel. Der »Grampus« drehte gewöhnlich unter gerefftem Focksegel bei.

Soll ein Schiff beidrehen, so bringt man den Bug gewöhnlich so nahe an den Wind, daß er die Segel füllt, wenn sie diagonal über dem Schiffskörper liegen. Nun wendet sich der Bug wenige Grade von der Windrichtung, und die dem Sturm zugewendete Seite des Bugs empfängt den Anprall der Wogen. In dieser Stellung kann ein tüchtiges Schiff einen sehr schweren Sturm aushalten, ohne einen Tropfen Wasser zu bekommen und ohne daß die Mannschaft sich weiter darum zu kümmern braucht. Das Ruder wird gewöhnlich befestigt, aber das ist, abgesehen von dem Lärm, den das lose Ruder verursacht, vollkommen überflüssig, denn wenn es beigedreht ist, hat es keinen Einfluß auf das Schiff. Es ist sogar besser, wenn man das Ruder nicht allzu fest anbindet, denn eine schwere See kann es leicht abbrechen, sobald es keinen Spielraum hat. Solange das Segel hält, bleibt ein gut gebautes Schiff in seiner Lage und trotzt, als wäre es ein lebendiges und vernünftiges Geschöpf, jeglichem Andrang der Wellen. Sollte aber der Wind in seiner Heftigkeit das Segel zerreißen (unter gewöhnlichen Verhältnissen gehört dazu ein wahrer Orkan), dann ist unmittelbare Gefahr vorhanden. Das Schiff fällt vom Wind ab und kehrt der See die Flanke zu; dann ist es ihr auf Gnade oder Ungnade ausgeliefert; die einzige Hilfe besteht dann darin, daß man es ruhig vom Wind treiben läßt, bis es möglich ist, ein anderes Segel zu setzen. Manche Schiffe können überhaupt nicht beidrehen; solche darf man dem Meer niemals anvertrauen.

Nun war es dem Maat nie eingefallen, unter den geschilderten Umständen eine Wache aufs Deck zu stellen; daß er es jetzt tat, daß ferner die Äxte und Hebebäume fehlten, überzeugte uns völlig von der Wachsamkeit der Mannschaft und der Unmöglichkeit, den Petersschen Anschlag auszuführen. Etwas aber mußte geschehen, und das mit so wenig Verzug wie möglich, da nicht daran zu zweifeln war, daß Peters, einmal im Verdacht, bei der ersten Gelegenheit beiseite geschafft würde, und eine solche würde nach dem Abflauen des Sturmes entweder gefunden oder hervorgerufen werden.

Augustus schlug nun vor, daß Peters unter irgendwelchem Vorwand das Kettenkabel von der Falltür entfernen sollte, worauf wir vielleicht einen unerwarteten Angriff vom Kielraum her unternehmen könnten; aber nach kurzem Nachdenken mußten wir uns sagen, daß die stampfende und stoßende Bewegung des Schiffes einen solchen Versuch vollkommen aussichtslos mache.

Es war eine glückliche Eingebung, daß mir der Gedanke aufstieg, ob man nicht auf die abergläubische Furcht und das schlechte Gewissen des Maats einwirken könnte. Man wird sich erinnern, daß einer von den Leuten, Rogers, am Morgen starb, nachdem er offenbar vergifteten Grog getrunken hatte. Peters wenigstens hielt an dieser Anschauung fest, für die er unerschütterliche Gründe besaß; er wollte sie uns jedoch nicht sagen, was wiederum mit seinem sonstigen wunderlichen Wesen in Zusammenhang gebracht werden muß. Ob er nun bessere Gründe hatte als wir, um den Maat zu verdächtigen, bleibe dahingestellt; wir pflichteten seinem Verdacht bei und beschlossen, in diesem Sinne zu handeln.

Rogers war um elf Uhr vormittags unter heftigen Krämpfen verschieden, und sein Körper bot wenige Minuten nach dem Eintritt des Todes eines der grausigsten und widerwärtigsten Schauspiele, deren ich mich überhaupt entsinnen kann. Der Magen war unförmig aufgeschwollen, wie der eines Ertrunkenen, der lange im Wasser gelegen hat. Das gleiche war mit den Händen der Fall, während das Gesicht eingeschrumpft, runzelig und von kalkweißer Farbe war, die nur durch zwei oder drei hochrote Flecke belebt wurde, die an jene gemahnten, welche die Gesichtsrose erzeugt; einer dieser Flecke zog sich über das ganze Gesicht und bedeckte ein Auge wie mit einem Bande von rotem Samt. In diesem greulichen Zustand war der Leichnam mittags aus der Kajüte heraufgebracht worden, um über Bord geworfen zu werden, als der Maat, der ihn jetzt zum ersten Male sah, entweder von Gewissensbissen heimgesucht oder von der Furchtbarkeit des Anblicks erschreckt, Befehl erteilte, den Toten in eine Hängematte zu nähen und die gewöhnlichen Zeremonien eines Begräbnisses zur See abzuhalten. Als er dies angeordnet hatte, stieg er hinunter, als wolle er den ferneren Anblick seines Opfers meiden. Während man sich anschickte, seinen Befehl auszuführen, begann der Sturm mit aller Wut zu toben, und die Leute mußten von ihrem Vorhaben abstehen. Der Leichnam blieb sich selbst überlassen und wurde in die Speigatten an Backbord geschwemmt, wo er noch zur Stunde, von der ich spreche, mit den rasenden Stößen der Brigg hin und her kollerte.

Nachdem wir über unseren Plan einig geworden, gingen wir so rasch wie möglich an die Ausführung; Peters ging an Deck und wurde, wie er es vorhergesehen hatte, sofort von Allen angeredet, der mehr zur Bewachung des Vorderkastells als zu irgendeinem anderen Zweck dort postiert zu sein schien.

Das Los dieses Halunken war schnell entschieden: denn Peters, der sich ihm nachlässig, als ob er ihn ansprechen wollte, genähert hatte, packte ihn an der Kehle und schleuderte ihn über Bord, bevor er einen einzigen Schrei auszustoßen vermochte. Dann rief er uns herauf. Unsere erste Maßnahme war, nach etwas zu suchen, das einer Waffe glich; dabei mußten wir die größte Vorsicht üben, denn es war unmöglich, auch nur einen Augenblick auf dem Verdeck zu stehen, sobald man sich nicht festhielt, und heftige

Sturzseen brachen bei jedem Tauchen des Schiffes über es herein. Auch war es unerläßlich, daß wir uns beeilten, denn jede Minute konnte der Maat den Befehl zum Pumpen geben, da die Brigg sich offenbar immer stärker mit Wasser füllte. Nach einigem Suchen glaubten wir nichts Passenderes finden zu können als die Griffe der Pumpen; Augustus nahm einen, ich den andern. Nun beraubten wir den Leichnam seines Hemdes und warfen ihn ins Meer. Peters und ich gingen hinunter, Augustus hielt Wache auf dem Verdeck, und zwar gerade dort, wo Allen gestanden hatte, mit dem Rücken gegen den Kajüteneingang, so daß, falls einer von der Bande herauskäme, er denken mußte, es sei der ausgestellte Posten.

Sobald ich unten war, begann ich mich als Rogers' Geist zu verkleiden. Das Hemd kam uns sehr zustatten, es war von merkwürdigem Schnitt und Aussehen, eine Art Weiberhemd, das der Tote über seinen Kleidern getragen hatte. Es war aus blauem Baumwollenzeug, mit breiten weißen Streifen. Ich zog es über und versah mich dann mit einem falschen Bauch, in Nachahmung der gräßlichen Verunstaltung des aufgedunsenen Leichnams. Das geschah durch Vollstopfen mit Bettüchern; dann zog ich ein paar weißwollene Handschuhe an und füllte sie mit den ersten besten Fetzen, die ich finden konnte. Peters schminkte mich sodann, indem er mir das Gesicht zuerst tüchtig mit Kalk einrieb und dann mit Blut, das er einer Schnittwunde am Finger entnahm, vollkleckste. Der Streifen über dem Auge wurde nicht vergessen und machte einen höchst schauerlichen Eindruck.

Achtes Kapitel

Als ich mich jetzt in einem Stückchen Spiegel beim matten Schein einer Art Blendlaterne betrachtete, erfüllte mich mein Aussehen mit einem Gefühl dumpfen Grauens, denn ich mußte der grausen Wirklichkeit gedenken, die ich verkörperte. Mich erfaßte ein heftiges Beben; ich konnte mich kaum entschließen, meine Rolle weiterzuspielen. Doch es war nötig, mit Entschiedenheit vorzugehen; Peters und ich begaben uns an Deck.

Wir fanden alles ruhig, hielten uns dicht an die Reling und schlichen uns zu dem Eingang der Kajüte. Er war nur teilweise geschlossen; man hatte ein plötzliches Zuschieben durch Einpflanzen von Holzklötzen auf der obersten Stufe zu verhindern getrachtet. Es war nicht schwer, einen Einblick in das Innere zu gewinnen. Welch ein Glück, daß wir nicht versucht hatten, sie zu überrumpeln, denn sie waren offenbar darauf gefaßt. Nur einer schlief, er lag gerade am Fuß der Treppe, eine Muskete neben sich. Die übrigen saßen auf Matratzen, die man aus den Kojen genommen und auf den Boden geworfen hatte. Sie waren in ernstem Gespräch begriffen, und obwohl sie, wie aus zwei leeren Krügen und einigen herumliegenden Zinnbechern zu schließen war, ein Saufgelage abgehalten haben mußten, schienen sie doch nicht so betrunken wie gewöhnlich. Alle besaßen Messer, einer oder zwei hatten Pistolen, und eine Menge Musketen lag nahebei in einer Koje.

Wir lauschten eine Zeitlang ihrem Gespräch, ehe wir einen bestimmten Entschluß faßten; denn wir waren nicht völlig im klaren. Wir hatten eben nur vor, ihrem Widerstand durch die Erscheinung von Rogers' Geist zu begegnen. Sie besprachen ihre Seeräuberpläne; wir konnten bloß aufschnappen, daß sie sich mit der Mannschaft eines Schoners »Hornis« vereinigen und, wenn möglich, den Schoner selbst in ihre Hände bekommen wollten; doch war dies nur als Vorspiel zu einem größeren Unternehmen, dessen Einzelheiten uns allen entgingen, gedacht.

Einer der Leute sprach von Peters, worauf der Maat ihm eine leise, für uns unverständliche Antwort gab und dann laut hinzufügte, er könne nicht recht verstehen, weshalb der stets mit dem Kapitänsbengel im Vorderkastell stecke, und nach seiner Meinung sollten die beiden über Bord, je eher, desto besser. Darauf erfolgte keine Antwort, doch konnten wir wohl bemerken, daß die Andeutung bei der ganzen Bande, besonderes aber bei Jones, lebhaftes Verständnis fand. Eine große Aufregung bemächtigte sich meiner, die um so stärker war, als ich sehen mußte, daß weder Augustus noch Peters einen Entschluß zu fassen imstande waren. Doch beschloß ich bei mir, mein Leben so teuer wie möglich zu verkaufen und mich nicht durch einen Anfall von Verzagtheit überwältigen zu lassen.

Das entsetzliche Geräusch des im Takelwerk heulenden Sturmes und der über Deck hinspülenden See ließ uns nur in kurzen Pausen verstehen, was dort unten gesprochen wurde. So hörten wir einmal deutlich, wie der Maat zu einem der Leute sagte, er möge nach vorn gehen und die verdammten Tölpel in die Kajüte beordern, wo er ein Auge auf sie haben könne, denn er wolle an Bord der Brigg keine Geheimbündelei dulden. Zu unserm Glück stampfte das Schiff in diesem Augenblick so heftig, daß sein Befehl nicht sofort zur Ausführung gelangen konnte. Der Koch stand von seiner Matte auf, um uns zu holen, da warf ihn ein fürchterlicher Stoß, von dem ich erwartete, er würde die Masten entwurzeln, kopfüber gegen eine der Kabinentüren an Backbord, sprengte diese auf und rief noch weiter Verwirrung hervor. Glücklicherweise wurde keiner von unserer Partei aus seiner Stellung geschleudert, und wir hatten Zeit, uns rasch ins Vorderkastell zurückzuziehen und einen eiligen Kriegsplan zu schmieden, bevor der Bote erschien oder vielmehr den Kopf zur Kajütenluke herausstreckte, denn er kam nicht an Deck. Von hier konnte er nicht wahrnehmen, daß Allen fehlte, und er brüllte daher diesem, wie er glauben mußte, die Befehle des Schiffers zu. »Wohl, wohl!« rief Peters mit verstellter Stimme, und der Koch ging sofort unter Deck, ohne zu ahnen, daß etwas nicht in Ordnung sei.

Jetzt begaben sich meine Gefährten kühnlich nach der Kajüte, Peters schloß die Tür in der Art, wie er sie vorgefunden hatte. Der Maat empfing ihn mit erheuchelter Freundlichkeit und sagte Augustus, da er sich letzthin so gut geführt hätte, dürfe er von nun an in der Kajüte wohnen und in Zukunft einer der Ihrigen sein. Dann füllte er einen Becher halb mit Rum und drängte ihn meinem Freund auf. All dies hörte und sah ich, denn ich folgte meinen Genossen zur Kajütentür und nahm dort meinen früheren Posten ein. Ich hatte zwei Pumpengriffe mitgebracht, einen versteckte ich nahe dem Eingang, damit er im Notfall bei der Hand sei.

Ich trachtete jetzt, alles, was drinnen vorging, möglichst gut zu beobachten, und suchte meine Nerven recht straff zu halten, da ich bereit sein mußte, auf ein verabredetes Zeichen von Peters mich hinunterzubegeben, mitten unter die Meuterer. Jener verstand es, das Gespräch alsbald auf die blutigen Taten, die während der Meuterei geschehen waren, zu bringen, und verführte die Leute allmählich dazu, von tausend abergläubischen Vorstellungen zu reden, die unter den Seeleuten verbreitet sind. Ich hörte

nicht jedes Wort, das er sagte, aber ich las die Wirkung des Gespräches aus den Gesichtern der Anwesenden. Der Maat war offenbar stark erregt, und als einer den schrecklichen Anblick erwähnte, den Rogers' Leiche bot, da schien er einer Ohnmacht nahe zu sein. Peters fragte ihn jetzt, ob es nicht besser wäre, den Toten über Bord zu werfen; ihn in den Speigatten herumzappeln zu sehen, sei doch zu gräulich. Da rang der Schurke förmlich nach Atem und wendete den Kopf langsam nach den Gefährten um, als flehe er, einer von ihnen möge doch hinaufgehen und das Werk vollbringen. Aber keiner rührte sich, und es war klar, daß die ganze Gesellschaft sich in höchster Erregung befand. Jetzt gab Peters das Zeichen. Sofort stieß ich die Tür auf, stieg, ohne eine Silbe zu sprechen, die Treppe hinunter und stand aufrecht unter der Bande.

Über die furchtbare Wirkung dieses plötzlichen Erscheinens darf man sich nicht wundern, wenn man alle Umstände in Betracht zieht. Gewöhnlich bleibt in einem solchen Falle ein leise glimmender Zweifel im Gemüt des Zuschauers, ob denn das Geschaute auch wirklich sei; eine schwache Hoffnung, daß er das Opfer einer Neckerei, ob die Erscheinung nicht wirklich ein Gast aus dem alten Reich der Schatten sei. Es ist nicht zuviel gesagt, wenn man behauptet, solch blasser Zweifel sei mit jeder derartigen Heimsuchung verknüpft, und das vernichtende Grauen, das zuweilen erzeugt wird, sei sogar in den qualvollsten Fällen mehr eine Art ahnenden Schauderns vor der Möglichkeit einer tatsächlichen Erscheinung als die Frucht wirklichen Geisterglaubens. Aber in dem Falle, von dem ich hier berichte, wird man wohl einsehen, daß in den Gemütern der Meuterer nicht der Schatten eines Grundes für irgendwelchen Zweifel sein konnte, Rogers' Erscheinung sei nicht wirklich sein neubelebter, abscheuerregender Leichnam oder das gespenstische Abbild davon. Die vereinsamte Lage des Schiffes, seine Unzugänglichkeit infolge des Orkans, sie schränkten die Möglichkeiten eines Betruges in so enge Grenzen ein, daß die Meuterer diese Möglichkeiten sofort überblicken konnten. Sie waren jetzt vierundzwanzig Tage auf See gewesen, ohne eine andere Verbindung mit irgendeinem Schiff außer einem kurzen Gespräch durchs Rohr. Auch war die ganze Mannschaft – wenigstens alle, deren Anwesenheit an Bord den Meuterern bekannt war – in der Kajüte versammelt, mit Ausnahme des als Wache hingestellten Allen, dessen Riesengestalt (er maß sechs Fuß und sechs Zoll) ihren Augen zu vertraut war, als daß sie nur einen Augenblick geglaubt hätten, er sei der Darsteller des Geistes. Man denke sich dazu die schreckeinflößende Gewalt des Sturmes, den Einfluß der von Peters in Fluß gebrachten Unterhaltung, den tiefen Eindruck, den die Scheußlichkeit des wirklichen Leichnams am Morgen auf die Phantasie der Leute gemacht hatte, die vortreffliche Verkörperung, die ich ihm angedeihen ließ, die unsichere und flackernde Beleuchtung, in der sie mich erblickten, und wie der Schein der Kajütenlampe, die heftig hin und her schwankte, wechselnd und unbestimmt auf meine Gestalt fiel – so wird sich niemand wundern, daß die Wirkung noch alle unsere Erwartungen übertraf. Der Maat sprang von seiner Matratze auf und fiel dann, ohne eine Silbe zu stammeln, auf den Boden der Kajüte. Er war tot, und seine Leiche wurde wie ein Klotz durch das schwere Stampfen des Schiffes nach Lee gerollt. Von den sieben Übrigbleibenden gewannen zunächst nur drei ihre Geistesgegenwart. Die vier andern saßen eine Zeitlang, als wären sie festgewurzelt – die beklagenswertesten Opfer des Grauens und völliger Verzweiflung, die meine Augen je gesehen haben. Widerstand erfuhren wir nur vom Koch, von John

Hunt und Richard Parker; aber sie verteidigten sich auf matte und unentschlossene Art. Jene beiden schoß Peters sofort über den Haufen, und ich schmetterte Parker durch einen Kopfhieb mit dem Griff der Pumpe zu Boden. Inzwischen ergriff Augustus eine der herumliegenden Musketen und schoß einen anderen Meuterer, Wilson, durch die Brust. Jetzt waren nur noch drei übrig; aber sie hatten sich endlich aus der Lethargie aufgerafft; vielleicht fing es ihnen zu dämmern an: man hat uns genasführt; denn sie kämpften mit großer Entschlossenheit und Wut, und ohne Peters' unerhörte Muskelkraft wären sie wohl noch Sieger geblieben. Diese drei Leute waren: Jones, Greely und Absalon Hicks. Jones hatte Augustus niedergeworfen, ihm mehrere Stiche in den linken Arm versetzt, und er hätte ihn ohne Zweifel rasch abgetan, da weder Peters noch ich von unsern Gegnern loskommen konnten, wäre nicht ein Freund, auf dessen Beistand wir gar nicht rechneten, uns rechtzeitig zu Hilfe gekommen. Dieser Freund war kein anderer als Tiger. Mit einem dumpfen Geknurre kam er in die Kajüte gesprungen, gerade in dem Augenblick, der für Augustus die höchste Gefahr enthielt, warf sich auf Jones und hatte ihn sofort zu Boden gestreckt. Mein Freund war jedoch zu schwer verletzt, um uns irgendwelchen Beistand zu leisten, und mich hinderte meine Verkleidung an kräftigem Einschreiten. Der Hund wollte nicht von Jones' Kehle ablassen; Peters war den beiden Übrigbleibenden ein mehr als ebenbürtiger Gegner und wäre wohl schneller mit ihnen fertig geworden, hätten ihn nicht der enge Raum und das furchtbare Stampfen der Brigg stark behindert. Jetzt war es ihm möglich, einen schweren Stuhl zu packen; es lagen mehrere davon auf dem Boden herum. Mit ihm schlug er dem Greely, der eben seine Muskete auf mich abfeuern wollte, den Hirnkasten ein, und da ihn gleich darauf das Rollen des Schiffes mit Hicks in Berührung brachte, umfaßte er seinen Hals und erdrosselte den Mann augenblicklich, allein mit seiner ungeheuren Stärke. So waren wir in viel kürzerer Zeit, als meine Schilderung in Anspruch nahm, die Herren der Brigg geworden.

Von allen unseren Gegnern war nur noch Richard Parker am Leben. Diesen Menschen hatte ich, wie man sich erinnern wird, zu Anfang des Kampfes mit dem Pumpengriff niedergehauen. Er lag, ohne sich zu rühren, an der Tür der zertrümmerten Kabine; als Peters ihn mit dem Fuß anrührte, tat er den Mund auf und flehte um Gnade. Sein Kopf war nur leicht verwundet, und er hatte sonst keine Verletzung erlitten, da ihn der Schlag nur betäubt hatte. Er stand auf, und wir banden ihm vorläufig die Hände auf dem Rücken zusammen. Der Hund lag noch knurrend auf Jones, aber bei näherer Untersuchung ergab sich, daß der Kerl tot war; aus einer tiefen Wunde am Hals, die ihm offenbar das Tier mit seinen scharfen Zähnen geschlagen hatte, strömte Blut.

Es mochte jetzt *ein* Uhr morgens sein, und noch immer blies der Sturm mit aller Macht. Die Brigg arbeitete mit größerer Anstrengung als gewöhnlich, und es erschien unerläßlich, etwas zu ihrer Erleichterung zu unternehmen. Mit jedem Stoß nach Lee kam eine Sturzsee über sie; gar manche von ihnen überschwemmte während des Handgemenges zum Teil die Kajüte, da ich beim Hinuntersteigen die Luke offengelassen hatte. Die Reling an Backbord war völlig verschwunden, ebenso die Kombüse und die Jolle vom Heck. Das Ächzen und Arbeiten des Hauptmastes ließ vermuten, daß er nahezu gespalten war. Um im achtern Kielraum mehr verstauen zu können, hatte man seinen Hiel im Zwischendeck eingestaffelt, ein sehr verwerflicher Brauch, dem unwissende Schiffsbauer zuweilen huldigen, so daß er in unmittelbarer Gefahr war, aus seiner Spur zu weichen. Aber die Krone unseres Mißgeschickes blieb, daß wir nicht weniger als sieben Fuß Wasser im Pumpenpott vorfanden.

Wir ließen die Toten in der Kajüte liegen und begaben uns sofort ans Pumpen; natürlich wurde Parker befreit und mußte uns bei unserer Arbeit unterstützen. Meines Freundes Arm wurde so gut wie möglich verbunden, und er tat, was er konnte; aber das war nicht viel. Doch fanden wir, daß wir das Leck eben am Wachsen verhindern konnten, wenn wir eine Pumpe in steter Tätigkeit erhielten. Da wir nur unserer vier waren, bedeutete das harte Arbeit; aber wir trachteten, unsern Mut aufrechtzuerhalten, und blickten mit Sehnsucht der Dämmerung entgegen, bei deren Licht wir die Brigg durch Kappen des Großmastes zu erleichtern gedachten.

Auf diese Art verging eine Nacht voll schrecklicher Angst und Ermüdung; und als der Tag endlich dämmerte, hatte der Sturm nicht im geringsten abgenommen noch waren irgendwelche Anzeichen seines baldigen Nachlassens vorhanden. Nun schleiften wir die Leichname aufs Verdeck und warfen sie über Bord. Unsere nächste Sorge war, den Großmast loszuwerden. Nachdem die nötigen Vorbereitungen getroffen waren, griff Peters den Mast an (er fand Äxte in der Kajüte), während wir andern an den Stangen und Taljereepen standen. Als dann die Brigg wieder mächtig nach Lee rollte, wurde Befehl gegeben, die Luvwanten zu kappen, und die ganze Masse Holzes und Takelwerkes purzelte in die See, ohne die Brigg im geringsten zu beschädigen. Jetzt fanden wir, daß sie nicht mehr so schwer arbeitete wie zuvor; aber unsere Lage war noch immer sehr heikel, und trotz der größten Anstrengungen vermochten wir mit Hilfe beider Pumpen das Leck nicht zu schwächen.

A·D·McC

Der geringe Beistand, den Augustus uns gewähren konnte, kam tatsächlich nicht in Betracht. Um unsere Not noch zu mehren, warf sich eine schwere See von der Windseite auf das Schiff und drehte es um einige Striche vom Wind ab, und ehe die Brigg ihre Richtung zurückerlangen konnte, brach sich eine zweite Sturzsee mit voller Wucht über ihr und warf sie heftig auf die Seite. Jetzt rutschte der ganze Ballast nach Lee, die Verstauung hatte sich längst in Willkür aufgelöst, und einen Augenblick dachten wir, nichts könne uns vor dem Kentern bewahren. Doch alsbald richteten wir uns teilweise auf; immerhin blieb jedoch der Ballast an Backbord, so daß wir zu stark auf die Seite neigten, um an den Gebrauch der Pumpen denken zu dürfen, mit denen wir aber überhaupt nicht recht viel hätten anfangen können, da unsere Hände durch die fürchterliche Arbeit wie geschunden waren und auf abscheuliche Art zu bluten begannen.

Gegen Parkers Rat machten wir uns jetzt daran, auch den Fockmast zu kappen, und brachten dies endlich nach großer Mühe zustande. Beim Sturz über Bord nahm der zerstörte Mast auch das Bugspriet mit, so daß wir uns jetzt nur noch auf einem Rumpf befanden.

Bis dahin hatten wir Grund, uns zu freuen, daß unser Langboot nicht mitgegangen war und keinerlei Schaden durch die furchtbaren Sturzseen erlitten hatte. Aber die Freude blieb nicht von langer Dauer; denn nach dem Verlust des Fockmastes samt dem Focksegel, der die Brigg noch einigermaßen aufgehalten hatte, stürzten die Seen ohne Hindernis über uns weg, und in fünf Minuten war das Deck vom Heck bis zum Bug klar gefegt und sogar das Gangspill in Trümmer geschlagen. Ein jämmerlicherer Zustand ließ sich kaum erträumen.

Um die Mittagszeit schien der Sturm nachlassen zu wollen; aber das war nur ein Wahn, denn nach wenigen ruhigen Minuten raste er mit doppelter Gewalt. Von vier Uhr nachmittags ab war's unmöglich, aufrecht zu stehen, und als die Nacht über uns hereinsank, hatte ich kaum den Schatten einer Hoffnung, daß die Brigg sich bis zum Morgen zusammenhalten könne.

Um Mitternacht lagen wir sehr tief im Wasser; es stand jetzt schon im Zwischendeck. Bald darauf ging das Ruder fort; die See, die es wegriß, hob das Achterteil des Schiffes völlig aus dem Wasser, gegen das es beim Zurückstürzen mit einem Prall anschlug, als wäre es auf den Strand geworfen worden. Wir hatten alle auf das stramme Standhalten des Ruders gerechnet, denn es war so stark befestigt, wie ich es niemals an einem Steuerruder wahrgenommen habe. Eine Reihe von eisernen Haken begleitete den Hauptbalken, eine gleiche Reihe den Hintersteven. Durch diese Haken lief eine sehr dicke Stange aus Schmiedeeisen; das Ruder hielt sich somit fest an dem Steven und bewegte sich zugleich frei an der Eisenstange. Die ungeheure Gewalt der See, die es abriß, kann man sich vielleicht ausmalen, wenn ich sage, daß die Eisen am Hintersteven vollständig aus dem starken Holz herausgezogen wurden.

Wir hatten kaum Zeit, nach diesem grauenhaften Stoß Atem zu schöpfen, da brach eine der gewaltigsten Wogen, die ich je gesehen habe, geradeswegs über uns herein, fegte den Kajütenzugang weg, drang durch die Luken und füllte das Schiff bis zum Rand mit Wasser.

Neuntes Kapitel

Glücklicherweise hatten wir kurz vor Anbruch der Nacht alle vier uns an die Überreste des Gangspills angebunden, indem wir auf diese Art so flach wie möglich auf dem Verdeck lagen. Nur diese Maßregel rettete uns vor dem Tode. Wir waren alle mehr oder weniger betäubt durch die ungeheure Wasserlast, die sich auf uns gewälzt hatte und erst von uns abflutete, als wir nahezu erschöpft waren. Sobald ich atmen konnte, rief ich nach meinen Gefährten. Nur Augustus gab eine Antwort, und die war: »Mit uns ist es zu Ende, möge sich Gott unserer Seelen erbarmen!« Nach und nach erhielten die übrigen ihre Sprache zurück; sie suchten uns Mut einzuflößen, da noch Hoffnung vorhanden sei, denn es sei nach der Art der Ladung unmöglich, daß die Brigg unterginge, und beinahe sicher, daß der Sturm am Morgen abflauen würde. Diese Worte belebten mich aufs neue; denn, es mag ja sonderbar erscheinen, ich hatte bisher völlig übersehen, daß ein mit leeren Tranfässern beladenes Schiff nicht sinken könne, gerade das Untergehen war mir als unmittelbarste Gefahr vor Augen gestanden. Als mich nun neue Hoffnung erfüllte, eilte ich, nach Kräften die Fesseln, die mich ans Gangspill banden, zu verstärken, und sah bald meine Kameraden in gleicher Absicht beschäftigt. Die Nacht war so finster wie nur möglich, das entsetzliche Kreischen, die tosende Verwirrung um uns her spotteten jeder Beschreibung. Unser Verdeck lag in Meereshöhe; besser gesagt, es umringte uns ein hochgetürmter Schaumkamm, von dem jeden Augenblick ein Teil auf uns herabströmte. Es ist nicht zuviel behauptet: Unsere Köpfe waren kaum zwei bis drei Sekunden richtig außer Wasser.

Obwohl wir dicht beisammenlagen, konnte doch keiner den andern sehen noch irgendeinen Teil des Schiffes wahrnehmen, auf dem wir so toll herumgewirbelt wurden. Von Zeit zu Zeit riefen wir einander zu, indem wir auf diese Weise die Hoffnung zu erfrischen, den Mut zu stärken und denen Trost zu spenden suchten, die seiner am meisten bedurften. Der Schwächezustand meines Freundes erweckte unser aller Teilnahme; da er mit seinem zerfleischten Arm sich schwerlich sehr fest hatte anschnallen können, erwarteten wir jeden Moment, ihn über Bord gehen zu sehen; doch war es unmöglich, ihm irgendwie Beistand zu leisten. Zum Glück war seine Lage etwas mehr gesichert als die der übrigen; sein Oberkörper lag unter einem Teil des zertrümmerten Gangspills, und so wurde die Heftigkeit der Seen, die sich über ihn ergossen, einigermaßen abgeschwächt. In einer andern Lage als der, in die ihn, nachdem er dem Ärgsten ausgesetzt gewesen war, der Zufall gebracht hatte, hätte er ohne Zweifel den neuen Tag nicht erlebt. Infolge der starken Neigung der Brigg konnten wir nicht so leicht heruntergeschwemmt werden, wie es sonst der Fall gewesen wäre. Der Hiel war, wie ich schon sagte, an Backbord, und das halbe Verdeck lag beständig unter Wasser. Daher hielt die Schiffswand die über Steuerbord hereinbrechenden Seen auf, so daß sie uns nur geteilt erreichten, während wir flach auf unsern Gesichtern lagen, und die über Backbord kommenden Seen waren nicht imstande, uns aus unserer Fesselung herauszuspülen.

In dieser schaudervollen Lage blieben wir bis zum Anbruch des Tages, der uns die Schrecknisse um uns her aufs deutlichste zeigte. Die Brigg war nur noch ein Stück Holz, ein Spiel der übermütigen Wellen; der Sturm schien eher noch zu wachsen. Es war ein vollständiger Orkan, und es schien auf Erden keine Rettung mehr geben zu wollen.

Mehrere Stunden lang klammerten wir uns schweigend fest, jeden Augenblick gewärtig, daß entweder unsere Riemen und Seile zerreißen, die Reste des Gangspills über Bord gehen würden oder daß eine der titanischen Seen, die uns auf allen Seiten umbrüllten, den Rumpf so tief unter Wasser drücken möchte, daß wir vor seinem Wiederauftauchen ertrunken wären. Durch die Gnade Gottes wurden wir jedoch vor diesen unmittelbar drohenden Schrecken bewahrt, und gegen Mittag stärkte uns der Schein der lieben Sonne. Bald darauf empfanden wir ein merkliches Nachlassen des Sturmes, und jetzt endlich, das erstemal seit dem vorausgegangenen Abend, tat Augustus den Mund auf; er fragte Peters, der ihm zunächst lag, ob er glaube, daß Rettung noch möglich sei. Zuerst erfolgte keine Antwort, wir alle dachten schon, der Mestize sei ertrunken; plötzlich aber begann er zu unserer großen Freude zu sprechen, obwohl in sehr mattem Ton: er habe furchtbare Schmerzen, die Fessel schneide ihm gerade in den Magen ein, und wenn er sie nicht lockern könnte, müßte er sterben, es sei ihm unmöglich, seine Qualen noch länger zu ertragen. Das betrübte uns sehr; denn es war völlig unnütz, an eine Hilfeleistung zu denken, solange die Seen in dieser Stärke über uns hinweggingen. Wir beschworen ihn, seine Leiden heldenmütig zu ertragen, und versprachen, ihm bei der ersten Gelegenheit Erleichterung zu verschaffen. Er antwortete, es werde bald zu spät sein; es werde alles vorüber sein, bevor wir ihm helfen könnten. Er stöhnte noch eine Zeitlang und lag dann einige Minuten still, so daß wir annahmen, er sei tot.

Als der Abend herannahte, war die See so stark gefallen, daß etwa innerhalb fünf Minuten immer nur eine Welle von der Windseite her den Rumpf überspülte, und der Sturm hatte nachgelassen, obgleich er noch immer scharf genug blies. Seit mehreren Stunden hatte ich keinen meiner Gefährten sprechen hören, und ich rief jetzt nach Augustus. Er antwortete mit so schwacher Stimme, daß ich ihn nicht verstehen konnte. Dann redete ich Peters und Parker an; keiner von beiden gab eine Antwort.

Kurze Zeit nachher verfiel ich in eine Art Bewußtlosigkeit; die lieblichsten Bilder entstanden in meiner Phantasie: windbewegte Baumkronen, wogende Felder reifenden Getreides, Aufzüge von anmutigen Tänzerinnen, Reitertruppen und andere Gebilde. Ich erinnere mich jetzt, daß in allem, was ich erblickte, der leitende Gedanke Bewegung war. So träumte ich niemals von einem festwurzelnden Gegenstand, von einem Haus oder Berg oder dergleichen, sondern Windmühlen, Schiffe, große Vögel, Luftballons, Reiter, Wagen, die wahnsinnig schnell fuhren, und ähnliche bewegliche Dinge zogen in endloser Folge an mir vorüber. Als ich aus diesem Zustand erwachte, mochte die Sonne nach meinem Ermessen etwa seit vier Stunden aufgegangen sein. Es kostete mich viel Mühe, die verschiedenen Umstände, die mit meiner Lage verknüpft waren, ins Gedächtnis zurückzurufen, und ich blieb eine Zeitlang der festen Meinung, daß ich mich noch im Kielraum der Brigg befände und daß mein Nachbar Parker der Hund Tiger sei. Als ich endlich vollkommen in den Besitz meiner Sinne kam, fand ich, daß der Wind nur mehr als gemäßigte Brise wehte und die See viel ruhiger geworden war; nur mittschiffs spülte sie noch übers Deck hin. Mein linker Arm war von den Fesseln losgekommen und hatte mehrere Verletzungen am Ellbogen erlitten; mein rechter war eingeschlafen, Hand und Gelenke waren geschwollen vom Druck des Seils, das sich mir um die Schulter geschlungen hatte. Ein anderes Tau, das meine Hüften umfaßte, hatte sich so fest zusammengezogen, daß ich große Schmerzen litt. Ich sah mich nach meinen Gefährten um; Peters lebt noch, obwohl eine dicke Leine so gewaltsam um seinen Körper gewickelt war, daß seine Gestalt wie in zwei Hälften zerschnitten schien. Als ich mich rührte, machte er eine matte Bewegung und deutete nach dem Strick. Augustus gab kein Lebenszeichen und lag unter den Splittern des Gangspills nahezu krummgebogen. Parker sprach zu mir und fragte, ob ich nicht Kraft genug besäße, ihn aus seiner Lage zu befreien; wenn ich mich dazu aufraffen könnte, ihn loszubinden, dann wäre noch Rettung möglich, sonst müßten wir alle zugrunde gehen. Ich bat ihn, Mut zu schöpfen, ich würde versuchen, ihn zu befreien. In meiner Hosentasche fand ich mein Messer, und nach mehreren vergeblichen Versuchen klappte ich es endlich auf. Dann gelang es mir, mit meiner Rechten die Linke loszubinden, und nachher schnitt ich die übrigen Taue durch, die mich noch hielten. Als ich aber versuchte, mich vom Fleck zu bewegen, ließen mich meine Füße völlig im Stich; ich konnte nicht aufstehen, konnte auch meine rechte Hand nicht weiter rühren. Ich sagte dies Parker; er riet mir, ein paar Minuten still zu liegen, indem ich mich mit der Linken am Gangspill festhalten sollte. So begann das Blut bald wieder zu kreisen, die Betäubung wich; ich konnte erst ein Bein bewegen, dann das andere; bald darauf erhielt ich den Gebrauch des rechten Armes zurück. Ich kroch nun vorsichtig auf Parker zu, und bald hatte ich alle seine Fesseln durchschnitten; binnen kurzem erhielt auch er teilweise den Gebrauch seiner Glieder. Jetzt eilten wir, Peters von seiner Leine zu befreien. Sie hatte den Gürtel seiner wollenen Beinkleider samt zwei Hemden durchgerieben und die Weichen verwundet, die nach Entfernung des Strickes reichlich zu bluten begannen. Doch schien er sofort erleichtert, sprach ein paar Worte und bewegte sich viel weniger mühsam als Parker und ich; das hing offenbar mit dem Abfließen des Blutes zusammen.

Wir wagten kaum zu hoffen, daß Augustus sich erholen würde, da er gar kein Lebenszeichen gab; doch als wir ihn erreicht hatten, sahen wir, daß er nur infolge des Blutverlustes ohnmächtig war, weil das Wasser den Verband von seinem wunden Arm heruntergerissen hatte; die Taue, die ihn hielten, waren nicht eng genug angezogen, um seinen Tod zu verursachen. Wir banden ihn los, räumten die Trümmer des Gangspills fort und brachten ihn an eine trockene Stelle auf der Luvseite, legten den Kopf etwas tiefer als den Körper und rieben ihm emsig die Glieder. Nach einer halben Stunde ungefähr kam er zu sich, obgleich er erst am nächsten Morgen in der Lage war, uns zu erkennen und Sprechversuche zu machen. Als wir alle vier der Bande ledig waren, brach schon tiefe Nacht herein, und Wolken zogen am Himmel auf, so daß wir in tödlichster Angst einem neuen Sturm entgegensahen, vor dem uns keine Macht der Welt hätte retten können, erschöpft, wie wir jetzt waren. Zum Glück blieb das Wetter über Nacht ziemlich gut; die See beruhigte sich immer mehr und mehr, so daß wir aufs neue zu hoffen begannen. Eine sanfte Brise wehte noch aus Nordwest, aber die Luft war nicht zu kalt. Augustus wurde auf der Luvseite behutsam angeschnallt, so daß er nicht beim Schlingern der Brigg über Bord fallen konnte; denn er war noch zu schwach, um sich irgendwie festzuklammern. Für uns bestand keine solche Notwendigkeit. Wir saßen dicht beisammen, unterstützten einander mit Hilfe der zerrissenen Taue am Gangspill und berieten darüber, wie wir aus unserer entsetzlichen Lage entrinnen sollten. Es tat uns wohl, unsere Kleider ausziehen und auswringen zu können. Wir fühlten sie danach sehr warm und angenehm auf unseren Leibern und fanden uns dadurch nicht wenig gestärkt. Wir entledigten Augustus seiner Sachen, behandelten sie ebenso, und auch er empfand es als eine Wohltat.

Jetzt litten wir hauptsächlich an Hunger und Durst, und unseren Herzen entsank der Mut, wenn wir daran dachten, wie wir diese Bedürfnisse befriedigen sollten; wir bedauerten fast, daß wir den minder schrecklichen Gefahren des Meeres entgangen waren. Wir trachteten jedoch, uns mit der Hoffnung zu trösten, daß irgendein Schiff uns bald auflesen würde, und sprachen uns gegenseitig Mut zu, die künftigen Übel mit männlicher Fassung zu tragen.

Endlich dämmerte der Morgen des vierzehnten Juli, und das Wetter blieb noch immer klar und lieblich, mit einer beständigen, aber sehr leichten Brise aus Nordwest. Die See war jetzt spiegelglatt, und da aus irgendeinem Grund, der uns verborgen blieb, das Schiff nicht mehr so stark auf der Seite lag, war das Verdeck ziemlich trocken, und wir konnten uns frei darauf bewegen. Wir waren jetzt mehr als drei Tage und drei Nächte ohne Nahrung, ohne einen Trunk, und es wurde höchste Zeit, zu versuchen, ob man etwas von unten heraufschaffen könne. Die Brigg stand voll Wasser; darum schritten wir mutlos und ohne die Erwartung, irgend etwas auftreiben zu können, an unser Werk. Wir machten uns eine Art Schleppnetz, indem wir ein paar Nägel aus der Kajütenluke in zwei Stücke Holz eintrieben. Diese banden wir aneinander, befestigten sie an ein Tauende und schleppten sie hin und her in der schwachen Hoffnung, auf diese Art könne irgendein eßbarer Gegenstand daran hängenbleiben. Wir brachten mit dieser Arbeit den größten Teil des Morgens hin und fischten nur ein paar Bettücher auf, die an den Nägeln haftenblieben. In der Tat, unser Werkzeug war so plump, daß der Mißerfolg vorauszusehen war.

Dann suchten wir das Vorderkastell ab, doch gleichfalls ohne etwas zu finden, und wir waren am Verzweifeln, als Peters vorschlug, daß wir an seinem Leib ein Tau festmachen und ihn in die Kajüte tauchen lassen möchten. Neu erwachende Hoffnung begrüßte diesen Vorschlag mit Entzücken. Sogleich zog er sich bis auf die Beinkleider aus. Ein starkes Seil wurde vorsichtig um die Mitte seines Körpers gelegt und so über seine Schultern gezogen, daß es nicht gleiten konnte. Das Unternehmen war ebenso schwierig wie gefährlich; denn wir konnten kaum erwarten, etwas Rechtes in der Kajüte zu finden, und dann mußte der Taucher, nachdem er ins Wasser herabgelassen war, nach rechts abschwenken und zehn bis zwölf Fuß weit in einem engen Gang bis zur Vorratskammer dringen und ebenso zurückkehren, ohne Atem geschöpft zu haben.

Alles war bereit; Peters stieg in die Kajüte hinab, bis ihm auf der Treppe das Wasser ans Kinn reichte. Dann tauchte er, mit dem Kopf voran, indem er sich nach rechts wandte, um die Vorratskammer zu erreichen. Jedoch das erstemal mißglückte es ihm vollständig. Nach weniger als einer halben Minute riß er heftig an der Leine, und sofort zogen wir ihn, der Verabredung gemäß, in die Höhe, leider so unvorsichtig, daß er sich auf schmerzhafte Weise an der Treppe stieß. Er hatte nichts mitgebracht, hatte nur ein kleines Stück in den Gang vordringen können, da er sich dagegen wehren mußte, mit dem Deck in unsanfte Berührung zu kommen. Er war vollkommen entkräftet und mußte fünfzehn Minuten ausruhen, ehe er einen neuen Tauchversuch unternehmen konnte.

Der zweite Versuch fiel noch übler aus; denn er blieb, ohne ein Zeichen zu geben, so lange unter Wasser, daß wir, um seine Sicherheit besorgt, ihn ohne ein Signal herauszogen. Er war am Ersticken und hatte, wie er erzählte, wiederholt am Tau gerissen, ohne daß wir es fühlten, wahrscheinlich, weil ein Teil des Taues sich am Treppengeländer verfangen hatte. Dieses Geländer war ein so großes Hindernis, daß wir vor allem an seine Beseitigung gehen mußten. Wir wendeten Gewalt an, indem wir alle vier so tief wie möglich ins Wasser stiegen und mit vereinter Kraft die Balustrade abbrachen.

Der dritte Versuch mißlang wie die beiden ersten, und es wurde uns jetzt klar, daß auf diese Art nichts auszurichten sei, wenn der Taucher sich nicht durch ein Gewicht während seiner Nachforschungen auf dem Fußboden der Kajüte halten könne. Endlich entdeckten wir nach langem vergeblichem Suchen zu unserer größten Freude, daß eine der vorderen Ketten so locker saß, daß wir sie ohne Mühe losreißen konnten. Peters befestigte die Kette behutsam an seinen Füßen, dann stieg er zum vierten Male hinunter, und diesmal gelang es ihm, bis zur Tür der Stewardskabine zu kommen. Doch zu seiner unsagbaren Betrübnis fand er sie versperrt und mußte umkehren, ohne eingedrungen zu sein, da er mit der größten Anstrengung höchstens noch eine Minute unter Wasser zu bleiben vermochte. Nun waren unsere Aussichten düster genug, und weder Augustus noch ich enthielten uns bitterer Tränen, als wir bedachten, welch ein Heer von Schwierigkeiten uns umgab, wie gering die Wahrscheinlichkeit endgültiger Rettung war. Aber diese Schwäche blieb nicht von langer Dauer. Wir warfen uns auf die Knie und flehten Gott um Hilfe an in den vielen Gefahren, die uns drohten; dann erhoben wir uns mit erneuter Hoffnung und gestärkten Herzens, um zu überlegen, was sterbliche Kräfte noch zu unserer Erlösung vollbringen könnten.

Zehntes Kapitel

Bald darauf ereignete sich ein Zwischenfall, der mir tiefere Erregung, größere Fülle des äußersten Entzückens wie des ärgsten Entsetzens enthalten zu haben dünkt als irgendeine der tausend Zufälligkeiten, die mich nachher in neun langen Jahren heimsuchten – diesen Jahren, in denen Geschehnisse der überraschendsten, der unerhörtesten und unbegreiflichsten Art einander förmlich drängten. Wir lagen nahe der Kajütentreppe auf dem Deck und besprachen die Möglichkeit, trotz allem nach der Vorratskammer zu gelangen, als mein Blick auf mein Gegenüber fiel, auf Augustus: Er war blaß wie der Tod, und seine Lippen bebten auf eine seltsame und unverständliche Weise. Tief beunruhigt redete ich ihn an; doch gab er keine Antwort, und ich fing an zu glauben, er sei plötzlich erkrankt, als ich seine Augen wahrnahm, die offenbar auf einen hinter mir befindlichen Gegenstand starrten. Ich wandte mich um, und niemals werde ich die Seligkeit vergessen, die jedes Teilchen meines Körpers zu durchzittern schien, als ich eine große Brigg in einer Entfernung von wenigen Seemeilen auf uns zusegeln sah. Ich sprang in die Höhe, als wäre mein Herz von einer Kugel getroffen worden; ich streckte meine Arme in der Richtung des Schiffes aus und stand so, unbeweglich, ohne eine Silbe hervorstammeln zu können. Peters und Parker waren ebenso ergriffen, doch auf verschiedene Art: jener tanzte wie ein Toller auf dem Verdeck herum, indem er die wahnsinnigsten Reden vermengt mit Geheul und Flüchen von sich gab; dieser brach in Tränen aus und weinte eine ganze Zeitlang gleich einem Kind.

Das Schiff war eine große Schonerbrigg von niederländischer Bauart, schwarz bemalt, mit protzig vergoldeter Bugzier. Sie mußte viel böses Wetter überstanden haben, und der Sturm, der sich für uns so verhängnisvoll zeigte, mochte auch sie arg zerzaust haben, denn ihr Fockmast fehlte, und am Steuerbord war sie arg beschädigt. Sie lag, als wir sie zuerst erblickten, wie ich wohl schon sagte, etwa zwei Meilen entfernt und kam im Winde auf uns zu. Die Brise war gelind, und wir wunderten uns, daß die Brigg nur wenige Segel aufgesetzt hatte; natürlich kam sie langsam vorwärts, und unsere Ungeduld steigerte sich bis zum Fieber. Trotz unserer Erregung entging uns nicht das ungeschickte Manövrieren des fremden Schiffes. Es fiel so stark ab, daß wir es für unmöglich hielten, von ihm aus gesichtet zu werden. Dann glaubten wir wieder, man habe unsere Brigg gesehen, aber niemand an Bord bemerkt und wolle nun durch den Wind wenden und einen anderen Kurs einschlagen. Da brüllten wir nun jedesmal mit aller Kraft unserer Lungen, worauf der Fremde seine Absicht zu ändern und auf uns zuzuhalten schien, und dieses sonderbare Manöver wiederholte sich zwei- oder dreimal, so daß wir endlich nur eine Erklärung dafür fanden: Der Steuermann mußte betrunken sein.

Wir bemerkten niemand auf ihrem Verdeck, bis die Brigg etwa eine Viertelmeile entfernt war. Da erblickten wir drei Seeleute, nach ihrer Tracht Holländer. Zwei lagen auf ein paar Segeln am Vorderkastell, der dritte schien, nahe dem Bugspriet über Steuerbord gelehnt, uns mit lebhafter Neugier zu betrachten. Es war ein großer, dicker Mensch; seine Haut war von sehr dunkler Färbung. Er schien uns zur Geduld zu ermahnen, indem er uns auf lustige, aber wunderliche Weise zunickte und dabei fortwährend lachte, so daß man seine blendendweißen Zähne sehen konnte.

Als sein Schiff näher kam, fiel ihm die rote Flanellmütze, die er aufgehabt, vom Kopf herab ins Wasser, ohne daß er sich darum zu kümmern schien; er fuhr fort zu lächeln und uns zuzunicken. Ich berichte diese Umstände ganz genau und schildere sie, das muß betont werden, geradeso, wie sie uns erschienen.

Langsam und mit größerer Stetigkeit als zuvor kam die Brigg heran, und – ich kann nicht ohne Erregung von diesem Erlebnis sprechen – unsere Herzen hoben sich in stürmischer Freude, und wie strömten unsere Seelen aus in Jubelrufen, in Dankgebeten an Gott, da wir so völlig, so ganz wider Erwarten wunderbar errettet werden sollten! Mit einem Male wehte über das Wasser von jenem fremden Schiffe, das jetzt dicht an unserm Kurs war, ein Geruch, ein Gestank, für den die Welt keinen Namen hat – höllisch, atemraubend, unerträglich, unfaßlich. Ich war am Ersticken, und da ich mich nach meinen Gefährten umsah, merkte ich, daß sie bleicher als Marmor dreinschauten. Aber jetzt blieb uns keine Zeit zu Fragen und Vermutungen; fünfzig Fuß war die Brigg von uns entfernt, und ihre Absicht schien es, uns am Heck anzulaufen, so daß wir, ohne ein Boot auszusetzen, an Bord gehen könnten. Wir stürzten achter; da fiel sie plötzlich weit, um fünf oder sechs Strich, von ihrem Kurs ab, und als sie im Abstand von etwa zwanzig Fuß unter unserem Stern vorbeizog, konnten wir ihr Verdeck voll überblicken. Werde ich jemals das dreimal gräßliche Entsetzen dieses Schauspiels vergessen? Fünfundzwanzig oder dreißig männliche Körper, darunter einige Frauen, lagen zwischen Heck und Galion verstreut im grauenhaftesten Zustand der Verwesung. Wir erkannten, daß auf dem unseligen Schiff keine Seele am Leben war! Dennoch konnten wir uns nicht enthalten, die Toten um Hilfe anzurufen! Ja, laut und lange flehten wir diese schweigsamen und ekelerregenden Gestalten an, sie möchten dableiben, sie möchten uns nicht im Stich lassen, daß wir ihnen gleich würden; sie möchten uns aufnehmen in ihre wackere Gesellschaft! Wir waren fast rasend vor Entsetzen und Verzweiflung, vollkommen wahnsinnig durch die Qual der allerschmerzlichsten Enttäuschung.

Als unser erstes lautes Schreckensgeschrei losbrach, da war es, als antwortete etwas aus der Gegend des Bugspriets, ein Ton, so ähnlich dem Ruf einer Menschenstimme, daß die feinsten Ohren dadurch erschreckt und getäuscht werden mußten. In diesem Augenblick brachte ein erneutes Abfallen des fremden Schiffes die Gegend des Vorderkastells in Sicht, und in einem Augenblick erkannten wir die Ursache dieses Lautes. Noch immer lehnte sich die große, dicke Gestalt über die Brüstung, noch immer nickte sie hin und her, aber ihr Gesicht war von uns abgewendet. Die Arme hingen über die Reling herab, die Handflächen waren nach außen gewendet. Die Knie fingen sich in einem starken, vom Bugspriet achterwärts ausgereckten Tau. Auf dem Rücken der Gestalt, von dem ein Teil des Hemdes heruntergerissen war, saß eine riesige Seemöwe, die sich an dem scheußlichen Fleisch gütlich tat; ihr Schnabel, ihre Fänge waren tief hineingegraben, ihr weißes Gefieder war über und über mit Blut bespritzt. Als die Brigg sich weiterbewegte, so daß wir sichtbar wurden, zog der Vogel mit offenbarer Mühe seinen blutroten Kopf aus dem Fleisch, betrachtete uns alle mit einem stumpfsinnigen Ausdruck, erhob sich dann schwerfällig vom Leichnam, der ihm zum Fraß gedient hatte, flog gerade über unser Verdeck hin und blieb da eine Weile schweben, mit einem Stück bluttränkter, leberartiger Substanz im Schnabel. Der schaudervolle Bissen plumpste endlich mit plötzlichem Aufklatschen unmittelbar vor Parkers Füße. Gott verzeih' es mir, aber jetzt zuckte zum ersten Male ein Gedanke durch mein Hirn, ein Gedanke, den ich nicht nennen will, und ich fühlte, wie ich einen Schritt auf den blutigen Fetzen zu tat. Ich blickte auf, und Augustus' Augen begegneten den meinen mit einer grausigen Bedeutung, die mir zugleich meine Vernunft wiedergab. Ich sprang eilends vor und schleuderte mit einem tiefen Schauder den scheußlichen Gegenstand ins Meer.

Der Leichnam, von dem er stammte, war, da er auf dem Tau ruhte, durch die Anstrengungen des im Fleisch wühlenden Tieres leicht hin und her geschaukelt worden, und diese Bewegung hatte in uns die Meinung erzeugt, er sei etwas Lebendiges. Als die Möwe ihre Last von ihm weghob, schwang er sich herum und fiel halb über Bord, so daß sein Gesicht vollkommen sichtbar wurde. Noch nie habe ich so Entsetzliches, so Fürchterliches gesehen! Die Augen fehlten, ebenso alles Fleisch um den Mund, so daß man die entblößten Zähne sah. Das war also das Lächeln gewesen, das Hoffnung in uns erweckt hatte! Das … doch ich will lieber schweigen. Die Brigg zog, wie gesagt, unter unserm Heck vorüber und hielt langsam, aber stetig auf Lee. Mit ihr und ihrer grauenvollen Besatzung entflohen alle die heiteren Traumgesichter, die uns Erlösung, Seligkeit vorgespiegelt hatten. Wie sie bedächtig vorbeizog, hätten wir sie vielleicht anborden können, wäre nicht jedes Vermögen des Leibes und der Seele durch unsere plötzliche Enttäuschung und die Furchtbarkeit des Anblicks lahmgelegt gewesen. Wir hatten geschaut, empfunden, aber wir vermochten nicht eher zu denken, zu handeln, als bis es, ach! zu spät war. Wie sehr unsere Fassungskraft durch jenes Ereignis gelitten hatte, möge man aus dieser Tatsache folgern: Als die Brigg schon so weit von uns trieb, daß man nur noch die Hälfte ihres Rumpfes sehen konnte, wurde in allem Ernst der Vorschlag erwogen, sie durch Schwimmen wieder einzuholen.

Ich habe seitdem vergebens danach getrachtet, irgendeinen Einblick in das grauenhafte Geheimnis zu erhalten, das um das Schicksal jenes fremden Schiffes webte. Sein Bau und allgemeines Aussehen machten es, wie ich schon sagte, wahrscheinlich, daß es ein holländisches Kauffahrteischiff war, und die Tracht der Mannschaft unterstützte diese Ansicht. Wir hätten leicht seinen Namen am Stern lesen und andere Beobachtungen anstellen können, aber die tiefgehende Erregung des Augenblickes raubte uns den Sinn für alle diese Fragen. Aus der safrangelben Farbe der noch nicht völlig verwesten Leichen schlossen wir auf die Vernichtung der gesamten Bemannung durch das Gelbe Fieber oder irgendeine andere giftige Krankheit derselben furchtbaren Art. War dies der Fall (und ein anderer dünkt mir kaum möglich), so muß, nach der Lage der Körper zu urteilen, der Tod mit entsetzlicher und überwältigender Plötzlichkeit über sie gekommen sein, anders, als selbst bei den tödlichsten Epidemien gewöhnlich zu geschehen pflegt. Vielleicht war durch Zufall Gift in ihre Vorräte geraten, oder sie hatten von irgendeinem unbekannten giftigen Fisch oder Seevogel gegessen; jedoch ist es vollkommen unnütz, Mutmaßungen zu hegen, wo alles auf immer in das Dunkel eines erschreckenden und unergründlichen Geheimnisses gehüllt erscheint.

Elftes Kapitel

Wir verbrachten den Rest des Tages in einer Art stumpfen Hinbrütens und sahen dem entschwindenden Schiff nach, bis die Finsternis es unseren Blicken entzog und uns einigermaßen die Besinnung zurückgab. Die Qualen des Hungers und des Durstes kamen nun wieder und ließen alle übrigen Sorgen und Betrachtungen klein erscheinen. Bis zum Morgen aber war nichts zu tun, wir trachteten also, ein wenig auszuruhen, so gut es eben ging. Mir gelang das über alle Erwartung, ich schlief, bis meine Gefährten, die minder glücklich gewesen waren, mich bei Tagesanbruch weckten, um mich an neuen Versuchen, etwas von den Vorräten im Schiffsraum zu bergen, teilnehmen zu lassen.

Jetzt herrschte eine große Windstille; die See war glatter, als ich sie je gesehen hatte, das Wetter warm und angenehm. Die Brigg war außer Sicht. Wir begannen damit, daß wir noch eine der Ketten abrissen und beide an Peters' Füßen befestigten; er machte wiederum Versuche, die Tür der Vorratskammer zu erreichen, da er es für möglich hielt, sie aufzubrechen; und dafür war in der Tat eine Möglichkeit vorhanden, da der Schiffsrumpf sich jetzt stärker aufgerichtet hatte. Es gelang ihm, die Tür zu erreichen; dort löste er eine der Ketten vom Fuß und suchte damit den Eingang zu erzwingen, was aber trotz aller Anstrengungen ohne Erfolg blieb, da das Holz sich fester zeigte, als wir dachten. Der lange Aufenthalt unter Wasser hatte ihn vollkommen erschöpft; es war unbedingt nötig, daß ein anderer seinen Platz einnahm. Parker meldete sich freiwillig, konnte jedoch nach drei fruchtlosen Versuchen nicht einmal bis zur Tür gelangen. Augustus mit seinem wunden Arm blieb natürlich ausgeschlossen, da er die Tür, auch wenn er sie erreicht hätte, nicht würde aufsperren können, und so wurde die Aufgabe mir übertragen. Peters hatte eine der Ketten im Gang gelassen, und beim Tauchen erkannte ich, daß ich nicht genügend Kraft besaß, mich unten im Gleichgewicht zu halten. Ich beschloß daher, zunächst die andere Kette zurückzuerobern. Indem ich den Boden befühlte, stieß ich auf etwas Hartes, das ich sofort erfaßte, obwohl ich keine Zeit hatte, die Natur des Gegenstandes festzustellen. Es war eine Flasche, und man kann sich unsere Freude ausmalen, wenn ich sage, daß sie mit Portwein gefüllt war. Wir dankten Gott für diese willkommene und ermutigende Hilfe, öffneten den Kork mit meinem Taschenmesser und taten ein jeder einen bescheidenen Schluck. Die Wärme, die Kraft, die Belebung, die wir daraus schöpften, spendeten uns unermeßlichen Trost. Dann korkten wir die Flasche sorgfältig zu und hingen sie mit einem Taschentuch so auf, daß sie nicht zerbrochen werden konnte.

Eine Weile nach dieser glücklichen Entdeckung ruhten wir erst, dann stieg ich abermals hinab und fand nun die Kette, mit der ich emportauchte. Ich befestigte sie an mir und tauchte ein drittes Mal, bis ich überzeugt war, daß in dieser Lage keine Macht der Welt die Tür der Vorratskammer aufzubrechen vermöchte. Verzweifelnd kehrte ich um.

Jetzt schien kein Raum mehr für irgendwelche Hoffnung, und ich sah in den Zügen meiner Gefährten, daß sie sich in ihr Schicksal ergeben wollten. Der Wein hatte offenbar eine Art Delirium in ihnen erzeugt, vor dem ich vielleicht durch mein Untertauchen bewahrt geblieben war. Sie redeten ohne Zusammenhang und von Dingen, die mit unserer Lage nichts zu tun hatten; Peters fragte mich wiederholt über Nantucket aus. Auch Augustus kam, wie ich mich erinnere, mit ernster Miene auf mich zu und bat mich, ihm einen Taschenkamm zu leihen, da sein Haar voller Fischschuppen sei, die er heraushaben wolle, bevor er an Land ginge. Parker erschien mir etwas vernünftiger; er riet mir, aufs Geratewohl in die Kajüte zu tauchen und das erste beste mit heraufzubringen. Ich stimmte zu, und nach einer Minute brachte ich einen kleinen Lederkoffer herauf, der Kapitän Barnard gehört hatte. Man öffnete ihn sofort in der Hoffnung, etwas zum Trinken oder Essen darin zu finden. Jedoch wir fanden nichts außer einem Rasiermesserkasten und zwei Leinenhemden. Wieder tauchte ich und kam unverrichteterdinge zurück. Wie mein Kopf über Wasser war, hörte ich auf dem Verdeck einen Krach und merkte alsbald, daß die Undankbaren meine Abwesenheit benutzt hatten, um den Rest des Weines auszutrinken; bei dem Versuch, die Flasche unbemerkt an ihren Platz zu hängen, war sie ihnen zerschellt. Ich machte ihnen Vorwürfe über ihre Herzlosigkeit. Augustus brach in Tränen aus. Die andern versuchten, die Sache als einen Spaß hinzustellen, und lachten – möge ich nie wieder solch Lachen sehen; die Verzerrung ihrer Gesichter war geradezu fürchterlich. In der Tat schienen ihre leeren Mägen eine heftige Wirkung des Weines begünstigt zu haben; sie waren im höchsten Grade berauscht. Mit größter Not veranlaßte ich sie zum Liegen, worauf sie bald in einen schweren Schlaf sanken, der von lautem, röchelndem Atem begleitet war.

Ich befand mich jetzt so gut wie allein an Bord, und meine Betrachtungen waren, das läßt sich wohl denken, von der bängsten und düstersten Art. Keine Aussicht bot sich mir außer einem langsamen Hungertod oder im besten Fall der Vernichtung durch den ersten Sturm, der sich erheben würde; denn in unserm gegenwärtigen Zustand durften wir nicht hoffen, einen neuen Anprall zu überleben.

Unerträglich fast war der nagende Hunger, den ich jetzt empfand, und ich fühlte mich fähig, zu seiner Befriedigung alles und jedes zu tun. Mit dem Messer schnitt ich ein Stückchen vom Lederkoffer ab und versuchte es zu essen; aber es war mir unmöglich, auch nur einen Bissen hinabzuwürgen, obwohl mir schien, das Kauen und Ausspucken kleiner Teilchen gewähre mir Erleichterung. Gegen Abend erwachten meine Genossen, einer nach dem andern, ein jeder in einem unbeschreiblichen Zustand von Schwäche und Grausen, einer Folge des Weingenusses. Der Rausch war verflogen, sie zitterten wie im heftigsten Schüttelfrost, sie schrien jämmerlich nach Wasser. Ihr Zustand ergriff mich auf die schmerzlichste Art, zugleich aber freute ich mich, daß eine Reihe günstiger Umstände mich vor übermäßigem Trinken bewahrt hatte; denn sonst hätte ich ihre höchst traurige, höchst quälende Verfassung teilen müssen. Doch beunruhigte und erschreckte mich ihr Benehmen nicht wenig; sie waren, trat nicht eine unvorhergesehene Glückswendung ein, außerstande, mich in der Arbeit für unsere gemeinsame Rettung zu unterstützen.

Ich hatte den Gedanken noch nicht völlig aufgegeben, etwas dort unten aufzugabeln; aber der Versuch konnte nicht wiederholt werden, solange keiner von ihnen sich genug beherrschte, um mir durch Halten des Taues beizustehen. Parker schien etwas mehr bei Sinnen als die übrigen; ich bemühte mich nach Kräften, ihn aufzurütteln. Auf die Wirkung eines tüchtigen Seebades vertrauend, befestigte ich um seinen Körper ein Tau und führte ihn dann (er ließ alles ruhig und gleichgültig mit sich geschehen) zum Eingang der Kajüte, stieß ihn hinein und zog ihn sofort wieder heraus. Ich hatte allen Grund, mich zu diesem Einfall zu beglückwünschen; denn er zeigte sich belebt und erfrischt und fragte mich in ganz vernünftigem Ton, weshalb ich ihn denn so behandelt hätte. Nachdem ich ihm meine Absicht erklärt hatte, dankte er mir herzlich, sagte, das Eintauchen habe ihm wohlgetan, und sprach dann ganz verständig über unsere Lage. Wir beschlossen jetzt, Augustus und Peters auf gleiche Weise zu behandeln, taten es sofort, und auch sie fühlten sich durch die Berührung mit dem kalten Element belebt. Der Einfall war eine Frucht meiner Lektüre; ich hatte einmal in ärztlichen Büchern über die gute Wirkung einer Dusche auf Patienten gelesen, die unter »*mania a potu*« litten.

Nun konnte ich den Gefährten das Seil übergeben; ich tauchte noch drei-, viermal in die Kajüte, obwohl es jetzt ganz finster war und eine sanfte, doch lange Dünung von Norden her den Rumpf erschütterte. So brachte ich allmählich herauf: zwei Klappmesser, einen großen leeren Krug und eine Decke; doch war nichts Eßbares dabei. Ich setzte meine Versuche bis zur gänzlichen Erschöpfung fort, fand aber weiter nichts. Während der Nacht beschäftigten sich Peters und Parker in der gleichen Art; aber es wurde nichts gefunden, und so gaben wir denn verzweifelnd diese Bemühungen auf, da wir uns vergebens unserer letzten Kräfte beraubten.

Den Rest der Nacht verbrachten wir in einem Zustand der tiefsten leiblichen und seelischen Todesangst. Endlich dämmerte der Morgen des Sechzehnten, und wir blickten uns eifrig in der Runde nach Hilfe um, aber ohne Erfolg. Die See war noch glatt, nur, wie gestern, mit einer langen Dünung von Norden her. Seit sechs Tagen hatten wir nichts genossen außer jener Flasche Portwein, und es war klar, daß wir nicht mehr lange aushalten konnten, falls sich nicht irgend etwas erlangen ließ. Nie sah ich so ausgemergelte menschliche Wesen, wie Peters und Augustus es jetzt waren. Wären sie mir auf dem Land begegnet, nie und nimmer hätte ich sie erkannt. Der Charakter ihrer Züge war so vollständig umgewandelt, daß ich kaum zu glauben vermochte, sie seien dieselben Menschen, in deren Gesellschaft ich mich vor ein paar Tagen befand. Obgleich furchtbar heruntergekommen und so schwach, daß er seinen Kopf kaum von der Brust aufheben konnte, schien Parker doch nicht so völlig verelendet wie die beiden andern. Er litt mit großer Geduld, klagte gar nicht und suchte uns noch auf jede Art mit Hoffnung zu erfüllen. Was mich anbetrifft, so litt ich trotz meines Übelbefindens am Anfang der Reise und meiner gebrechlichen Natur weniger als alle übrigen, hatte nicht viel an Umfang verloren und behielt in überraschendem Grad meine geistigen Fähigkeiten, während die andern völlig verblödet in eine zweite Kindheit eingetreten zu sein schienen, indem sie dümmlich lächelten, freundlich grinsten und nur die albernsten Plattheiten zu äußern imstande waren. Zuzeiten lebten sie jedoch plötzlich auf, als ob das Bewußtsein ihres Zustandes sie beseelte, sprangen in einer Anwandlung von Kraft auf ihre Füße, sprachen eine Weile vernünftig, zugleich freilich mit bitterster Hoffnungslosigkeit von unseren Aussichten. Doch ist es möglich, daß ich mich gleich ihnen über meinen Zustand täuschte, daß ich, ohne es zu wissen, dieselben Torheiten und Kindereien beging wie sie; das ist eine Angelegenheit, über die sich nichts Bestimmtes sagen läßt.

Gegen Mittag erklärte Parker, er sähe Land über Backbord, und mit knapper Not konnte ich ihn davon abhalten, sogleich in die See zu springen und hinzuschwimmen. Peters und Augustus beachteten ihn nicht; sie waren in dumpfes Brüten versunken. Ich blickte in die angedeutete Richtung und sah nicht die blasseste Spur einer Küste, auch wußte ich nur zu gut, wie weit entfernt von jedem Land wir uns befinden mußten. Lange währte es, bis ich

Parker von seiner Täuschung überzeugt hatte. Dann brach er in eine Flut von Tränen aus, heulte wie ein Kind unter lautem Schluchzen und Schreien, bis er endlich vor Entkräftung einschlief.

Peters und Augustus machten ein paar vergebliche Versuche, etwas von jenem Leder hinunterzuschlucken. Ich riet ihnen nun das Kauen und Ausspeien an; doch waren sie bereits zu schwachsinnig, um meinem Rat folgen zu können. Ich setzte das Kauen fort, und es verschaffte mir einige Erleichterung; meine größte Sehnsucht aber ging nach Wasser, und nur die Erinnerung an die gräßlichen Folgen, die andern in ähnlicher Lage aus dem Genuß von Seewasser erwachsen waren, hielt mich vom Trinken ab.

So ging der Tag dahin; da entdeckte ich auf einmal ein Segel im Osten, über Backbord. Ein großes Schiff schien es zu sein, und es kreuzte nahezu unsern Kurs in der Entfernung von etwa zwölf oder fünfzehn Meilen. Keiner meiner Gefährten hatte es gesehen, und ich hütete mich, sie darauf aufmerksam zu machen, damit wir nicht abermals enttäuscht würden. Doch als es näher kam, sah ich deutlich, daß es auf uns zuhielt, die leichten Segel vom Wind geschwellt. Ich konnte jetzt nicht länger an mich halten, ich wies meinen Leidensgenossen das Schiff. Sie sprangen alsbald in die Höhe, ergaben sich abermals den ausgelassensten Freudenbezeigungen, weinten, lachten auf trottelhafte Art, machten Luftsprünge, stampften das Verdeck, rissen sich die Haare aus, beteten und fluchten abwechselnd. Ihr Benehmen und die scheinbar gewisse Aussicht auf Rettung ergriffen mich so sehr, daß ich mich nicht enthalten konnte, an ihrem Wahnwitz teilzunehmen; so drückte denn auch ich meinen leidenschaftlichen Dank, meine Begeisterung dadurch aus, daß ich mich auf dem Verdeck herumwälzte, in die Hände klatschte, brüllte und mich überhaupt wie ein Toller betrug, bis ich auf einmal wieder in alle Tiefen des Jammers stürzte; denn das Schiff kehrte uns jetzt den Stern zu und steuerte in einer Richtung, die der vorigen ganz entgegengesetzt war.

Es dauerte eine ganze Weile, bis ich meine armen Gefährten davon überzeugt hatte, daß unsere Hoffnung abermals getäuscht worden sei. Ihre Antwort auf alle meine Versicherungen war, daß sie mich groß ansahen, als wären sie nicht geneigt, derartigen Täuschungsversuchen Glauben zu schenken. Am schmerzlichsten ergriff mich Augustus' Verhalten. Trotz aller meiner Beweise des Gegenteils bestand er darauf, das Schiff nähere sich in fliegender Eile, und begann sich bereitzuhalten, drüben an Bord zu gehen. Vorüberschwimmenden Seetang bezeichnete er hartnäckig als das erwartete Boot und schickte sich an, hinüberzuspringen, wobei er in der herzzerreißendsten Weise heulte und schrie, während ich ihn mit aller Kraft daran hindern mußte, sich ins Meer zu werfen. Allmählich wurden wir ruhiger; lange blickten wir dem Schiff nach, bis es endlich im Nebel der Ferne verschwand; denn das Wetter wurde dunstig, eine leichte Brise erhob sich. Als das Schiff gänzlich unsichtbar geworden war, wendete sich Parker plötzlich zu mir mit einem Ausdruck im Gesicht, der mich schaudern machte. Er hatte eine Sicherheit der Haltung, die ihm zuvor nicht eigen war, und ehe er noch die Lippen geöffnet hatte, sagte mir mein Herz, was er sprechen würde. In wenigen Worten machte er den Vorschlag, einer von uns müsse sterben, um die andern am Leben zu erhalten.

Zwölftes Kapitel

Ich hatte schon eine Zeitlang an die Möglichkeit gedacht, daß wir zu diesem letzten grauenvollen Schluß gelangen würden, und war im stillen entschlossen, lieber den Tod, in welcher Form immer, zu erleiden, als unter irgendwie gearteten Umständen ein solches Mittel ergreifen zu lassen. Die Entsetzlichkeit meiner Hungerqualen änderte nichts an der Festigkeit dieses Vorsatzes. Weder Peters noch Augustus hatten den Vorschlag vernommen. Daher nahm ich Parker beiseite, und indem ich innerlich zu Gott flehte, er möge mich in meinem Vorhaben stärken, suchte ich ihn von seinem gräßlichen Plan abzubringen. Ich rang lange Zeit mit ihm, bat und beschwor ihn, bei allem, was ihm heilig sei, bedrängte ihn mit jeglichem Vernunftsgrund, den die Lage mir eingab, er möchte den Gedanken aufgeben und den andern davon nichts sagen.

Er hörte alles an, ohne eine Widerlegung zu versuchen, und schon begann ich zu hoffen, daß er mir nachgeben würde. Aber als ich fertig war, sagte er: er wisse sehr gut, daß ich recht habe, daß die Zuflucht zu solchem Greuel das furchtbarste sei, wozu sich ein Mensch entschließen könne; aber jetzt habe er so lange geduldet, wie die menschliche Natur es zulasse; es sei unnütz, daß alle zugrunde gehen sollten, wenn es möglich und wahrscheinlich sei, daß der Tod des einen die andern retten werde; ich möchte mir nur keine Mühe mehr geben, ihn von seinem Vorhaben abwendig zu machen, sein Entschluß habe schon vor dem Erscheinen des Schiffes festgestanden und nur sein Insichtkommen habe ihn daran gehindert, diese Absichten schon früher kundzutun. Jetzt bat ich ihn, er möge den Plan wenigstens aufschieben, es könne noch immer irgendein Schiff uns zu Hilfe kommen; wiederum kam ich mit jedem Beweisgrund, von dem ich dachte, er würde auf seine rauhe Natur von Einfluß sein. Er erwiderte, er habe nicht eher gesprochen, als bis er nicht mehr anders konnte; eine längere Existenz ohne Nahrung sei unmöglich, am nächsten Tag würde, wenigstens was ihn beträfe, sein Vorschlag zu spät kommen.

Da ihn gar nichts von dem, was ich in sanftem Ton vorbrachte, zu rühren vermochte, schlug ich jetzt einen anderen Weg ein; ich sagte ihm, er müsse sehen, daß ich weniger als die übrigen gelitten habe, daß meine Gesundheit und Kraft größer sei als ihre, kurz und gut, daß ich Gewalt anwenden würde, falls es nötig sei, und ihn, sollte er jenen seine blutigen Kannibalengedanken enthüllen, ohne Zögern ins Meer werfen würde. Darauf packte er mich beim Hals, zog sein Messer und versuchte wiederholt, es mir in den Magen zu stoßen; nur seine außerordentliche Schwäche hinderte ihn an der Ausführung dieser Gewalttat. Nun flammte aber mein Zorn hoch auf, ich drängte ihn an die Brüstung in der festen Absicht, ihn über Bord zu stoßen. Doch rettete ihn die Dazwischenkunft von Dirk Peters, der uns trennte und fragte, was denn los sei. Ehe ich Parker daran hindern konnte, hatte er schon den Grund des Zerwürfnisses mitgeteilt.

Die Wirkung seiner Worte war noch weit entsetzlicher, als ich es mir vorstellte. Sowohl Augustus wie auch Peters, die offenbar längst im stillen den gleichen Schreckensgedanken gehegt hatten, gaben Parker recht und bestanden auf sofortiger Ausführung seines Vorschlages. Ich hatte erwartet, wenigstens einer von beiden würde Überlegung genug besitzen, mir den Widerstand gegen die schrecklichen Pläne Parkers leichter zu machen; und mit Hilfe des einen oder andern hätte ich keine Furcht gehabt, daß mein Versuch, dagegen aufzutreten, zuschanden werden könne. Da ich in dieser Erwartung getäuscht war, wurde es höchste Zeit, an die eigene Sicherheit zu denken, denn ein fernerer Widerstand meinerseits konnte die Rasenden veranlassen, mir in der bevorstehenden Tragödie keine ehrliche Behandlung zuzubilligen.

Ich erklärte nun meine Zustimmung und bat nur um eine Stunde Aufschub, damit der Nebel Zeit habe, sich aufzulösen; dann wäre es ja nicht unmöglich, daß wir das Schiff wieder erblicken würden. Sie gingen nach längerem Hin und Her darauf ein, und wie ich vermutet hatte – denn die Brise war stärker geworden –, hob sich der Nebel, ehe die Stunde um war; es war kein Schiff zu sehen. Wir machten uns bereit, Lose zu ziehen.

Nur mit tiefem Widerstreben verweile ich bei der greulichen Szene, die nun folgen mußte; spätere Ereignisse haben sie nicht im entferntesten aus meiner Erinnerung zu löschen vermocht, und das herbe Gedächtnis an sie wird mir jeden zukünftigen Augenblick meines Lebens vergällen. Ich will daher so rasch wie möglich über diese Vorkommnisse hinwegeilen. Die einzige Methode, die wir anwenden konnten, war das Ziehen von Strohhalmen. Sie wurden durch Holzsplitter ersetzt, und ich sollte sie in der Hand halten. Ich zog mich an ein Ende des Rumpfes zurück, indes meine unseligen Gefährten am andern Ende mir schweigend den Rücken zukehrten. Während ich die Lose ordnete, erduldete ich die allerbitterste Seelenangst. In den meisten Lagen des Lebens fühlt der Mensch ein Interesse an der Erhaltung seines Ichs; dieses Interesse wächst mit der Gefährdung des Lebens. Jetzt aber, da mich die schweigsame, ernste Natur meiner Aufgabe (so verschieden vom Kampf gegen tobenden Sturm oder

Hungersqualen) an die geringen Möglichkeiten denken ließ, die mich vom grauenvollsten Tod schieden – einem Tod zu allergrauenvollstem Zweck –, da zerstob jedes Titelchen der Energie, die mich bis jetzt aufrecht hielt, wie Federn vorm Wind, und ich fiel der jämmerlichsten, verächtlichsten Furcht zur Beute. Ich konnte anfangs nicht einmal die Kraft aufbieten, die Holzsplitter zu zerreißen und anzupassen; meine Finger versagten rundweg den Dienst, meine Knie schlugen aneinander. Tausend wahnwitzige Pläne, die mein Teilnehmen an der scheußlichen Lotterie vereiteln sollten, schossen mir durch den Kopf. Ich wollte mich vor meinen Gefährten auf die Knie werfen und sie anflehen, mir diese Notwendigkeit zu erlassen, wollte mich plötzlich auf sie stürzen und einen von ihnen töten, um so die Entscheidung durchs Los überflüssig zu machen; kurz, alles wollte ich eher, als das mir Übertragene durchführen. Endlich, nachdem ich lange Zeit auf diese Unsinnigkeiten verschwendet hatte, rief mich Parkers Stimme zur Besinnung zurück; er drang in mich, ihn und die andern rasch aus ihrer gräßlichen Ungewißheit zu erlösen. Selbst dann konnte ich nicht gleich die Splitter in Ordnung legen, sondern überdachte bei mir jegliche Art von List, durch die ich einen meiner Leidensgefährten verleiten könnte, den kurzen Splitter zu ziehen; denn es war ausgemacht, daß, wer das kürzeste der vier Hölzer zog, für die Erhaltung der übrigen sterben sollte. Möge mich meiner Herzlosigkeit wegen verdammen, wer sich noch nie in einer solchen Lage befunden hat!

Endlich war kein Aufschub mehr möglich, und ich schwankte nach dem Vorderkastell, indes mir mein Herz mit seinem Klopfen die Brust zu zersprengen drohte. Ich streckte die Hand mit den Splittern meinen Gefährten entgegen; Peters zog sofort. Er war frei – seiner wenigstens war nicht der kürzeste; eine Wahrscheinlichkeit mehr gegen mein Davonkommen! Ich nahm alle Kraft zusammen und gab die Lose an Augustus weiter. Er zog ebenfalls rasch, war ebenfalls frei; und jetzt waren die Möglichkeiten des Lebens oder Sterbens für mich gleich groß. In diesem Augenblick durchwühlte die Wut eines Tigers meine Seele, und ich empfand gegen dieses arme Mitgeschöpf, Parker, den tiefsten, teuflischsten Haß. Aber dies es Gefühl währte nicht lange, und mit einem krampfhaften Schauder und geschlossenen Augen hielt ich ihm die noch übrigen Splitter hin. Volle fünf Minuten dauerte es, bevor er sich entschließen konnte, zu ziehen, und während dieser ganzen Zeit voll herzzerreißender Spannung öffnete ich die Augen nicht. Mit einem Male wurde eins der beiden Lose schnell aus meiner Hand gezogen. Die Entscheidung war gefallen, doch wußte ich noch nicht, ob für oder gegen mich. Keiner von uns sprach, und ich wagte es nicht, mich selbst zu überzeugen ... Endlich nahm Peters meine Hand und zwang mich, aufzuschauen, und sofort erkannte ich an Parkers Antlitz, daß ich frei, daß er der Verurteilte war. Ich rang nach Atem und stürzte bewußtlos aufs Deck hin.

Ich kam rechtzeitig zur mir, um noch die Vollendung der Tragödie durch den Tod dessen zu schauen, der sie am eifrigsten ins Werk gesetzt hatte. Er wehrte sich nicht im geringsten; Peters durchbohrte ihn von rückwärts, und er fiel tot zu Boden. Ich darf nicht bei dem grausen Mahl verweilen, das nun folgte. Dergleichen läßt sich träumen, aber von dem höllischen Entsetzen der Wirklichkeit vermögen Worte keine Vorstellung zu geben! Genug! Wir lebten davon vier nie aus dem Gedächtnis wegzulöschende Tage, vom 17. bis zum 20. des Monats.

Am Neunzehnten kam ein scharfer Regenguß, der etwa eine Viertelstunde dauerte; wir fingen uns etwas Regenwasser in einem Bettuch, das wir gleich nach dem Sturm in der Kajüte aufgefischt hatten. Es mochte nicht mehr als eine halbe Gallone ausmachen; aber schon diese magere Ausbeute erfüllte uns mit Hoffnung und Kraft.

Am Einundzwanzigsten waren wir wieder in äußerster Not. Das Wetter blieb warm und schön; zuweilen gab es Nebel oder leichte Brisen, meist aus Norden und Westen.

Am Zweiundzwanzigsten saßen wir eben dicht aneinandergedrängt, unsere klägliche Lage trauervoll bedenkend, da zuckte ein Gedanke durch meinen Sinn, der einen Schimmer leuchtender Hoffnung barg. Ich erinnerte mich, daß nach dem Kappen des Fockmastes Peters mir eine Axt übergeben hatte, die ich an einen sicheren Ort legen sollte, und daß, wenige Minuten bevor die letzte schwere See das Schiff überschwemmte, ich diese Axt in eine der Backbordkojen im Vorderkastell gebracht haben mußte. Jetzt schien es mir möglich, daß wir mit dieser Axt das Deck über der Vorratskammer aufbrechen und uns so bequem mit Nahrung versehen könnten.

Meine Gefährten brachen in ein mattes Freudengeschrei aus und eilten alle nach dem Vorderkastell. Hier hinabzutauchen war noch schwerer als das Hinabsteigen in die Kajüte, da die Öffnung viel kleiner war; denn man wird sich erinnern, daß die ganze Einfassung der Kajütenluke fortgerissen wurde; diese hier jedoch, eine einfache Luke von drei Fuß Durchmesser, war unverletzt geblieben. Doch zögerte ich nicht, am Seil befestigt, hinabzusteigen; ich tauchte mit den Füßen voran, erreichte die Koje und fand sofort die Axt. Ein Jubel und Triumph sondergleichen begrüßte mich, und diese rasche Auffindung wurde als eine Vorbedeutung unserer Rettung angesehen.

Nun hackten wir mit aller Macht neubelebten Hoffens auf das Deck los; Peters und ich wechselten uns ab, Augustus konnte seines Armes wegen nicht mittun. Aber da wir noch so schwach waren, daß wir ohne Unterstützung kaum aufrecht stehen konnten, und alle ein oder zwei Minuten ausruhen mußten, würde es offenbar Stunden dauern, ehe ein genügend großes Loch vorhanden war. Doch wir ließen uns den Mut nicht rauben. Nachdem wir die ganze Nacht beim Schein des Mondes gearbeitet hatten, erreichten wir unseren Zweck, als der Morgen des Dreiundzwanzigsten zu dämmern begann.

Peters erbot sich jetzt, hinabzusteigen; und bald kehrte er mit einem kleinen Topf zurück, der zu unsrer großen Freude mit Oliven gefüllt war. Wir verteilten sie untereinander, verschlangen sie mit heißer Gier und ließen unsern Kameraden dann wieder hinab. Diesmal übertraf das Ergebnis alle unsere Erwartungen; Peters kam sofort wieder, beladen mit einem großen Schinken und einer Flasche Madeira. Aus dieser trank jeder nur einen Schluck, da wir noch der Folgen jenes übermäßigen Genusses von Portwein eingedenk waren. Der Schinken war bis auf zwei Pfund am Knochen ungenießbar, das Salzwasser hatte ihn verdorben. Wir teilten uns den eßbaren Rest. Peters und Augustus, die ihr Verlangen nicht bezähmen konnten, schluckten ihren Anteil sogleich hinunter; ich war vorsichtiger, dachte an die drohende Strafe des Durstes und aß nur ein wenig. Nun ruhten wir ein Weilchen von unsern entsetzlich mühevollen Anstrengungen aus.

Mittags erneuerten wir, etwas gestärkt und erfrischt, unsere Versuche, Proviant aufzutreiben. Peters und ich tauchten abwechselnd und mit mehr oder weniger Erfolg bis Sonnenuntergang. In dieser Zeit waren wir so glücklich, vier kleine Töpfe mit Oliven, noch einen Schinken, nahezu drei Gallonen ausgezeichneten Kapweins und, was für uns der erfreulichste Fund war, eine Schildkröte von der Galapager Art heraufzubringen; mehrere von ihnen hatte Kapitän Barnard vor der Ausfahrt vom Schoner »Mary Pitts« übernommen, der gerade von der Seehundsjagd im Stillen Ozean heimkehrte.

Diese Art Schildkröten befinden sich zumeist auf den Galapagosinseln, die in der Tat nach den Tieren benannt sind; denn »*galôpago*« bedeutet im Spanischen eine Süßwasser-Schildkröte. Gewisse Eigentümlichkeiten in bezug auf Größe und Fortbewegung haben ihnen den Namen »Elefanten-Schildkröte« verschafft. Oft sind sie von fabelhaftem Umfang. Ich habe einzelne gesehen, die 1 200 bis 1 500 Pfund schwer waren. Ihr Aussehen ist sonderbar, eigentlich geradezu widerlich. Sie schreiten langsam, gemessen, schwerfällig und tragen den Leib etwa einen Fuß überm Erdboden. Sie haben sehr lange und schlanke Hälse, die gewöhnlich bis zu zwei Fuß messen; ich selbst habe eine erlegt, die vom Kopf zur Schulter einen Abstand von drei Fuß zehn Zoll aufwies. Der Kopf ähnelt auf merkwürdige Weise dem Haupt einer Schlange. Sie können unglaublich lange ohne Nahrung bestehen; man weiß von Schildkröten, die zwei Jahre ohne jegliches Futter im Kielraum eines Schiffes gelebt haben und nach Ablauf dieser Zeit noch ebenso fett und wohlauf waren, wie man sie hineingesetzt hatte. In einer Beziehung gemahnen diese wunderlichen Tiere an das Dromedar oder Kamel der Wüste. Sie haben an der Halswurzel einen Sack, der beständig einen Vorrat frischen Wassers birgt. Man hat Schildkröten getötet, die ein Jahr lang gehungert hatten, und hat in ihren Säcken an drei Gallonen frischen, süßen Wassers gefunden. Sie leben hauptsächlich von wilder Petersilie und Sellerie, auch von Portulak, Seekraut und Stachelbirnen; bei letztem Gewächs gedeihen sie vorzüglich. Man findet es in Menge an den Hängen jener Küsten, die das Tier zu bewohnen pflegt. Diese Schildkröten bieten eine treffliche und sehr nahrhafte Kost und haben ohne Zweifel Tausenden von Seeleuten das Leben gefristet, die als Walfischfänger oder in ähnlichem Beruf den Stillen Ozean befuhren.

Die von uns im Vorratsraum gefundene war nur von mäßiger Größe; sie mochte etwa siebzig Pfund schwer sein. Es war ein Weibchen, in vortrefflichem Zustand, außerordentlich fett, und führte über ein Quart frischen, süßen Wassers in ihrem Sack, Das war ein wahrer Schatz; so fielen wir denn einmütig auf die Knie und dankten Gott für so rechtzeitige Hilfe.

Es kostete viel Mühe, das Tier durch die Luke zu bringen, da es sich ingrimmig wehrte und eine furchtbare Kraft besaß. Schon war es daran, Peters' Griff zu entschlüpfen und ins Wasser zurückzuplumpsen, als Augustus ihm ein Tau mit einer Schleife um den Hals warf und es so in der Schwebe hielt, bis ich zu Peters hinuntergesprungen war und ihm geholfen hatte, die Last herauszuheben.

Das Wasser füllten wir sorgfältig aus dem Säckchen in den Krug, der, wie man sich entsinnen wird, aus der Kajüte heraufgebracht worden war. Dann tranken wir jeder ein bestimmtes Maß und beschlossen, uns, solange der Vorrat währte, täglich darauf zu beschränken.

Die letzten Tage war das Wetter trocken und angenehm gewesen; das Bettzeug aus der Kajüte war, ebenso wie unsere Kleider, durch und durch getrocknet, und so verging uns diese Nacht (die des Dreiundzwanzigsten) in verhältnismäßigem Wohlbefinden. Nachdem wir ein reichliches Abendbrot, Schinken und Oliven mit einem kleinen Guß Wein, genossen hatten, überließen wir uns einer tiefen Ruhe. Unsere Vorräte befestigten wir an den Trümmern des Gangspills, damit nicht im Falle eines Wetterumschlages etwas davon über Bord gespült würde. Die Schildkröte, die wir so lange wie möglich am Leben erhalten wollten, warfen wir auf den Rücken und fesselten sie außerdem mit entsprechender Vorsicht.

Dreizehntes Kapitel

24. Juli. Dieser Morgen fand uns an Leib und Seele wunderbar gekräftigt. Trotz der gefahrvollen Lage, in der wir uns noch befanden, ohne Kenntnis des Ortes, obwohl jedenfalls weit von jedem Land entfernt, ohne Vorräte für eine längere Zeit als etwa vierzehn Tage, selbst wenn wir uns aufs peinlichste beschränkten, fast ohne Trinkwasser, herumgetrieben als ein Spiel von Wind und Wellen auf einem elenden Wrack – betrachteten wir dennoch unsere gegenwärtigen Beschwerden als gewöhnliche, alltägliche Übel, wenn wir sie mit den unsagbaren Schrecknissen, die hinter uns lagen, verglichen. So sehr hängt der Begriff des Wohl- oder Übelbefindens von den Verhältnissen ab, an denen man sie mißt.

Nach Sonnenaufgang schickten wir uns an, die Vorratskammer weiter zu durchfischen, als ein starker Schauer herankam, von Blitzen begleitet; sofort machten wir uns daran, mittels des Bettuches, wie schon neulich, Wasser einzusammeln. Wir besaßen kein anderes Mittel, den Regen aufzufangen, als dies; man breitete das Tuch aus und belastete es mit einem Kettenring. So floß das Wasser in die Mitte und wurde in den Krug durchgeseiht. Kaum hatten wir ihn auf diese Art nahezu vollgefüllt, da brach eine mächtige Bö von Norden her auf uns ein; wir mußten aufhören, da der Hulk wieder mächtig zu stampfen begann. Wir eilten nach vorn, banden uns am Gangspill fest und warteten der Ereignisse mit einer Ruhe des Gemüts, die wir unter diesen Umständen nicht für möglich gehalten hätten. Mittags hatte sich der Wind zu einer strammen Brise angefrischt, nachts war's schon ein harter Sturm, den eine gewaltige, schwere Dünung begleitete. Jetzt aber waren wir in der Kunst des Festbindens erfahren und ertrugen die trübselige Nacht in leidlicher Sicherheit, obwohl uns die See bis auf die Haut durchnäßte und wir beständig fürchteten, weggespült zu werden. Glücklicherweise war das Wetter so warm, daß uns das Wasser beinahe wohltat.

25. Juli. Diesen Morgen hatte sich der Sturm zu einer gewöhnlichen Zehnknotenbrise abgeschwächt, und die See war so ruhig geworden, daß wir uns auf Deck trocken halten konnten. Zu unserer Betrübnis aber waren trotz aller Vorsichtsmaßregeln zwei Oliventöpfe und der ganze Schinken über Bord gegangen. Wir beschlossen, die Schildkröte noch nicht zu schlachten, und frühstückten ein jeder nur ein paar Oliven und etwas Wasser; wir mischten es halb und halb mit Wein und fanden die Mischung sehr kräftigend und anregend und ohne die üblen Folgen des Portweingenusses. Die See war noch zu rauh, um neue Tauchversuche im Hulk zu ermöglichen. Während des Tages wurden verschiedene Gegenstände, die für uns augenblicklich ohne Wert waren, aus der Kajüte heraus und sogleich über Bord gespült. Auch bemerkten wir, daß der Hulk sich stärker denn je auf die Seite neigte, so daß wir nicht darauf stehen konnten, ohne angebunden zu sein. Somit verbrachten wir einen betrüblichen und ungemütlichen Tag. Mittags schien die Sonne fast senkrecht über uns zu stehen, und wir zweifelten nicht daran, daß wir durch eine lange Reihe von Nord- und Nordwestwinden in die Nähe des Gleichers getrieben worden waren. Gegen Abend sahen wir mehrere Haifische; die Unverschämtheit, mit der ein ungeheures Exemplar sich uns näherte, versetzte uns in nicht geringen Schrecken. Als einmal das Verdeck sehr weit unter Wasser geriet, schwamm das Untier tatsächlich auf uns zu, zappelte eine Weile über der Kajü-

tenluke und schlug mit dem Schwanz nach Dirk Peters. Zu unserer großen Erleichterung wälzte eine schwere See das Tier über Bord. Bei mäßigem Wetter hätten wir es leicht fangen können.

26. Juli. Diesen Morgen beschlossen wir, da der Wind fühlbar nachgelassen und die See sich etwas beruhigt hatte, unsere Bemühungen in der Vorratskammer zu erneuern. Nach vieler und harter Arbeit, die den Tag fast ganz in Anspruch nahm, sahen wir ein, daß hier nichts mehr zu erwarten sei, denn die Zwischendeckwände waren in der Nacht eingedrückt und der Inhalt in den Kielraum geschwemmt worden. Man kann sich denken, daß diese Entdeckung uns mit Verzweiflung erfüllte.

27. Juli. Die See fast völlig glatt, dazu ein leichter Wind, immer von Norden und Westen. Nachmittags brach die Sonne glühend durch; wir machten uns ans Trocknen unserer Kleider. Ein Seebad erfrischte uns außerordentlich; doch war dabei die größte Vorsicht angezeigt, denn mehrere Haifische hatten während des Tages die Brigg umschwommen.

28. Juli. Noch immer gutes Wetter. Die Brigg liegt so stark auf der Seite, daß wir in steter Furcht sind, sie möchte kentern. Wir suchten uns auf dies Äußerste vorzubereiten, banden Schildkröte, Wasserkrug und Oliventöpfe möglichst auf der Windseite fest, und zwar außerhalb des Hulks. Die See immerfort sehr glatt; fast gar kein Wind.

29. Juli. Das Wetter bleibt sich gleich. Augustus' wunder Arm fängt an abzusterben. Er klagt über Schläfrigkeit und gräßlichen Durst, hat aber keine großen Schmerzen. Man konnte ihm höchstens die Wunden mit etwas Essig (aus den Oliven) einreiben, und das schien ihm wenig zu nützen. Wir taten alles mögliche für seine Bequemlichkeit und gaben ihm die dreifache Ration Wasser.

30. Juli. Ein entsetzlich heißer Tag, ohne Wind. Ein riesiger Hai trieb sich den ganzen Vormittag in der Nähe des Hulks umher. Wir machten ein paar vergebliche Versuche, ihn mit einer Schlinge zu fangen. Augustus ging es viel schlechter; er litt nicht allein unter den Folgen seiner Wunden, sondern noch mehr durch ungenügende, ungesunde Ernährung. Er betete ununterbrochen, Gott möge ihn von seinen Leiden erlösen; er wollte nichts als sterben. Abends aßen wir die letzten Oliven und fanden das Wasser im Krug so faulig, daß wir es ohne Wein nicht hätten genießen können. Morgen soll die Schildkröte geschlachtet werden.

31. Juli. Nach einer Nacht voll furchtbarer Angst und Ermüdung, infolge der Lage des Hulks, machten wir uns ans Schlachten und Aufschneiden der Schildkröte. Sie erwies sich kleiner, als wir vermutet hatten, doch in gutem Zustand – etwa zehn Pfund Fleisch waren an ihr. Wir schnitten es der guten Erhaltung wegen in kleine Stückchen und füllten damit unsere drei Olivenkrüge und die Weinflasche, worauf wir den Essig nachgossen. Wir wollten uns auf etwa vier Unzen täglich beschränken; dann meinten wir dreizehn Tage auszukommen. Ein kräftiger Regenguß, mit Blitz und Donner, kam um die Dämmerung über uns, war aber von so kurzer Dauer, daß wir nur eine halbe Pinte Wasser faßten. Diese bekam nach allgemeinem Beschluß Augustus für sich allein; er schien sich jetzt seinem Ende zu nähern. Er trank das Wasser aus dem Tuch, wie es aufgefangen wurde (wir hielten jenes über den Liegenden, so daß es ihm in den Mund rinnen mußte) – denn wir hatten jetzt kein Gefäß mehr, wollten wir nicht das Fäßchen Wein oder den Wasserkrug leeren. Wäre der Guß von Dauer gewesen, wir hätten eins von beiden getan.

Dem Kranken schien der Trunk wenigstens Linderung zu gewähren. Sein Arm war vom Gelenk bis zur Schulter vollständig schwarz, seine Füße waren kalt wie Eis. Jeden Augenblick erwarteten wir, er werde den letzten Atemzug tun. Er war entsetzlich abgemagert, so daß er wohl von 127 Pfund, die er in Nantucket wog, auf höchstens vierzig oder fünfzig herabgekommen schien. Seine Augen lagen so tief eingesunken, daß man sie kaum noch sah, und die Haut seiner Wangen hatte sich so gelockert, daß er ohne große Anstrengungen nicht kauen und selbst Flüssiges kaum hinabschlucken konnte.

1. August. Noch immer ruhiges Wetter, die Sonne drückend heiß. Wir litten furchtbar an Durst; das Wasser im Krug war gänzlich verfault und voll Gewürm. Dennoch tranken wir etwas davon, vermischt mit Wein; aber unserem Durst half das wenig. Die Seebäder erquickten uns schon mehr; doch konnten wir sie nur in langen Zwischenräumen genießen, wegen der beständigen Nähe der Haifische. Augustus noch zu retten, gaben wir jede Hoffnung auf; er lag im Sterben. Wir waren außerstande, seine furchtbaren Qualen zu lindern. Um zwölf Uhr verschied er nach heftigen Krämpfen, nachdem er schon mehrere Stunden nicht mehr gesprochen hatte. Sein Tod erfüllte uns mit trüben Vorahnungen und bedrückte unsere Gemüter so sehr, daß wir den ganzen Tag über regungslos neben der Leiche saßen und nur flüsternd miteinander verkehrten. Erst einige Zeit nach Anbruch der Nacht faßten wir den Mut, den Toten über Bord zu werfen. Der Leichnam war grauenhaft anzusehen und schon so stark verwest, daß ein Bein sich ablöste, als Peters ihn in die Höhe hob. Als diese Masse Fäulnis über Bord glitt, zeigte uns ihr phosphoreszierendes Leuchten mit erschreckender Deutlichkeit sieben oder acht große Haie; und als sie die Beute zwischen

sich in Stücke rissen, hätte man das Zuschnappen ihrer scheußlichen Zähne meilenweit hören können. Wir erbebten im Innersten vor diesem schaudervollen Ton.

2. August. Das gleiche beunruhigend stille und heiße Wetter. Die Dämmerung fand uns kläglich bedrückt, körperlich entkräftet. Das Wasser des Kruges war nur mehr eine sulzige Masse, in der Würmer von haarsträubender Häßlichkeit ihr Wesen trieben. Wir gossen es weg und wuschen den Krug sorgfältig in der See, nachdem wir etwas Essig hineingeschüttet hatten. Der Durst war kaum noch zu ertragen; Wein bot seinen Flammen nur noch neue Nahrung und erregte uns zu wahnsinniger Trunkenheit. Nachher mengten wir ihn mit Seewasser, aber das verursachte uns heftiges Würgen, so daß wir es nie mehr wagten. Den ganzen Tag hindurch sehnten wir uns vergeblich nach einem Bad; der Hulk war jetzt von Haien förmlich belagert – gewiß denselben Ungeheuern, die unsern armen Freund verzehrt hatten und jeden Augenblick eines ähnlichen Bissens gewärtig waren. Dieser Umstand war uns besonders entsetzlich, und die bedrückendsten Vorgefühle gewannen Leben in uns. Wie hatten uns die Bäder erfrischt, und von dieser Wohltat so grauenvoll abgeschnitten zu sein, war mehr, als wir ertragen konnten. Auch waren wir nicht frei von unmittelbarer Gefährdung, denn ein Ausgleiten, ein falscher Tritt konnten uns in den Bereich dieser gefräßigen Fische bringen, die oft schnurstracks auf uns loskamen, indem sie auf der Leeseite heranschwammen. Schreien und Armschwenken schien sie in keiner Weise zu stören. Sogar als Peters den größten mit einer Art Axt getroffen und arg verwundet hatte, gab er seine Versuche, auf uns einzudringen, noch immer nicht auf. Im Dämmern zog eine Wolke auf, aber sie ging an uns vorüber, ohne sich in Regen aufzulösen. Unsre

Durstesqualen sind von nun an nicht mehr zu beschreiben. Wir verbrachten die Nacht ohne Schlaf, teils wegen des Durstes, teils aus Furcht vor den Haien.

3. August. Keine Aussicht auf Rettung. Die Brigg neigt sich immer stärker auf die Seite; wir konnten auf dem Verdeck nicht länger stehen. Trachteten Wein und Schildkrötenfleisch zu sichern, falls wir kentern sollten. Holten zwei lange Nägel von vorn, schlugen sie luvwärts in den Schiffsleib, wenige Fuß überm Wasser; das ist nicht sehr weit vom Kiel, da wir fast ganz auf der Seite liegen. Hier banden wir unsere Vorräte an, da sie hier sicherer waren als am Vorderteil. Litten Höllenqualen durch den Durst; ans Baden war nicht zu denken, die Haifische verlassen uns keinen Augenblick. Schlaf unmöglich.

4. August. Kurz vor Tagesanbruch merkten wir, daß der Hulk am Kentern war, und machten uns aufs Äußerste gefaßt. Zuerst war die Bewegung langsam und stetig, wir konnten gut nach der Windseite klettern, denn die Taue hingen noch von den Nägeln herab. Aber wir hatten nicht genug mit der Beschleunigung des Falles gerechnet, denn plötzlich konnten wir mit der heftigen Drehung nicht mehr Schritt halten, und ehe wir uns irgendwie besinnen konnten, waren wir mit wütender Gewalt ins Meer geschleudert und zappelten fadentief unter der Oberfläche, gerade unter der ungeheuren Masse des Hulks.

Im Versinken hatte ich das Tau loslassen müssen, und da ich völlig unter dem Schiff und meine Kraft nahezu erschöpft war, kämpfte ich kaum noch um mein Leben, war vielmehr gefaßt, in wenigen Sekunden zu sterben. Aber auch darin täuschte ich mich, da ich das natürliche Zurückschnellen des Hulks nach Luv nicht in Betracht gezogen hatte. Durch das Zurückrollen des Schiffes entstand ein Druck nach oben, der mich noch heftiger in die Höhe hob, als ich vorhin untergetaucht war. Als ich auftauchte, schwamm ich etwa zwanzig Ellen vom Hulk entfernt. Er lag mit dem Kiel nach oben, schaukelte entsetzlich von einer Seite auf die andre, und die See ringsum war voll von mächtigen Wirbeln. Peters war nicht zu sehen. Ein Tranfaß schwamm noch an mir vorüber, und verschiedene andre Gegenstände von der Brigg lagen auf dem Wasser verstreut.

Meine größte Angst waren die Haie, die, wie ich wußte, sich ganz in der Nähe aufhielten. Um sie möglichst abzuschrecken, machte ich ein großes Geplätscher und erzeugte eine Unmenge Schaumes, während ich auf den Hulk zuschwamm. Diesem einfachen Hilfsmittel verdanke ich ohne Zweifel meine Erhaltung; denn gerade vor dem Kentern der Brigg war die See ringsherum von diesen Untieren so bevölkert, daß ich während des Schwimmens sie tatsächlich gestreift haben muß. Durch ungeheuren Glückszufall erreichte ich in Sicherheit das Schiff; doch war ich so ermattet, daß ich ohne Peters' rechtzeitige Hilfe niemals hinaufgelangt wäre. Der erschien jetzt zu meiner großen Freude (er hatte den Kiel von der Gegenseite erklettert) und warf mir das Ende eines Taues zu – eines von denen, die wir an den Nägeln befestigt hatten.

Kaum waren wir knapp solcher Gefahr entronnen, da wurde unsere Aufmerksamkeit auf eine noch schlimmere gerichtet – auf die unmittelbar drohende Gefahr des Verhungerns. Trotz alles mühevollen Befestigens waren unsere Vorräte über Bord geschwemmt; da gaben wir uns beide ohne Rückhalt unserer Verzweiflung hin und weinten laut gleich Kindern, keiner versuchte, den andern zu trösten. Solche Schwäche kann sich keiner vorstellen, und jedem, der nicht in ähnlicher Lage war, muß sie unnatürlich erscheinen. Aber wir waren so entmündigt, so aus allen Zusammenhängen gerissen durch Schrecken und Entbehrung, daß wir kaum noch als vernünftige Wesen gelten konnten. In späteren Gefahren, die ebenso groß waren, wenn nicht größer, erduldete ich tapfer alle Übel meiner Lage, und Peters zeigte, wie man sehen wird, eine stoische Denkart, die ebenso unglaublich schien wie seine gegenwärtige Kindischkeit und Schwäche; der Unterschied lag im Zustand unsres Geistes.

Das Kentern der Brigg hätte trotz des Verlustes von Wein und Schildkrötenfleisch unsre Lage nicht beklagenswerter gemacht, als sie zuvor schon war, wären nicht unsre Regenfänger, die Bettücher und der Krug, unser Wasserbewahrer, verschwunden gewesen; denn die ganze Unterseite, vom Kiel bis drei Fuß innerhalb der Kniehölzer, bedeckten große Schiffsmuscheln in Mengen, die eine köstliche und nahrhafte Speise boten. So war der Unfall in doppelter Hinsicht zu einer Wohltat geworden, obwohl wir ihn so gefürchtet hatten: Er hatte uns Vorräte erschlossen, die für mehr als einen Monat reichen würden; und unsre körperliche Lage war um vieles bequemer geworden, da wir weit sicherer und mehr im Gleichgewicht waren als zuvor.

Doch die Wasserfrage machte uns für alle Vorzüge dieser Wandlung der Verhältnisse völlig blind. Wir zogen unsere Hemden aus, um uns einen etwaigen Schauer sogleich zunutze machen zu können. Wir wollten sie wie jene Tücher gebrauchen; das Ergebnis würde freilich viel geringer sein, unter den günstigsten Umständen höchstens eine Viertelpinte auf einmal. Keine Spur von einer Wolke! Die Marter des Durstes kaum noch zu ertragen! In der Nacht war Peters ein Stündchen unruhigen Schlafes vergönnt, aber meine furchtbaren Qualen erlaubten mir nicht einen Augenblick erlösenden Schlummers.

5. August. Eine sanfte Brise erhob sich und trieb uns durch eine große Menge Seetangs, in dem wir glücklicherweise elf kleine Krabben fanden, die uns ein paar köstliche Mahlzeiten verschafften. Ihre Schalen waren so dünn, daß wir sie essen konnten, und sie machten uns nicht so durstig wie die Kielmuscheln. Im Seetang waren keine Haifische, so wagten wir denn zu baden und blieben mehrere Stunden im Wasser; während dieser Zeit ließ unser Durst erheblich nach. Wir wurden sehr erfrischt; die Nacht war etwas besser, wir konnten beide ein wenig schlafen.

6. August. An diesem Tag wurde uns die Gnade eines andauernden Regengusses zuteil, der vom Mittag bis in die Nacht währte. Wir vermißten aufs schmerzlichste unser Fäßchen und unseren Krug, denn wir hätten eines von ihnen füllen können, vielleicht beide. So löschten wir unseren brennenden Durst, indem wir die wassergetränkten Hemden auswrangen, wobei die willkommene Flüssigkeit uns in den Hals lief. Auf diese Art brachten wir den Tag hin.

7. August. Gerade bei Tagesanbruch erspähten wir beide zu gleicher Zeit im Osten ein Segel, das offenbar auf uns zuhielt! Ein langgedehnter Freudenruf begrüßte den glorreichen Anblick, und sofort begannen wir, alle nur möglichen Zeichen zu geben, indem wir unsere Hemden in der Luft flattern ließen und so hoch sprangen, wie es unser elender Zustand gestattete, ja sogar mit aller Kraft unserer Lungen »Schiff ahoi!« riefen, obwohl es etwa fünfzehn Meilen entfernt war. Doch immer näher kam es unserem Wrack, und wir fühlten: Hält es nur den jetzigen Kurs ein, so muß es endlich so nahe kommen, daß man unserer ansichtig werden kann. Eine halbe Stunde, nachdem wir es wahrgenommen hatten, konnten wir deutlich die Menschen auf dem Verdeck sehen. Es war ein läng-

licher, niedriger, etwas liederlich aussehender Schoner mit einem schwarzen Ball im Focksegel und, wie es schien, mit vollzähliger Bemannung. Nun packte uns die Angst, denn wenn es auch kaum möglich war, daß man uns nicht bemerkte, so schien es doch nicht ausgeschlossen, daß man uns unserem Schicksal überlassen würde. So unglaublich es sich anhören mag, ist solche teuflische und barbarische Handlungsweise durchaus nichts Seltenes, und Geschöpfe, die sich zum Menschengeschlecht zählten, haben sich ihrer mehr als einmal schuldig gemacht. Von dieser Befürchtung jedoch sahen wir uns durch die Gnade Gottes aufs herrlichste befreit, denn mit einem Male gab es eine Bewegung auf dem Deck des fremden Schiffes, das alsbald die britische Flagge hißte und, unter halbem Wind segelnd, gerade auf uns zuhielt. In einer halben Stunde waren wir in seiner Kajüte. Es war die »Jane Guy« von Liverpool, Kapitän Guy, zum Zweck des Handels und Robbenfanges unterwegs nach der Südsee und dem Stillen Ozean.

Vierzehntes Kapitel

Die »Jane Guy« war ein stattlicher Toppsegelschoner von hundertundachtzig Tonnen. Sie war am Bug ungemein schlank gebaut und unter dem Wind, bei leidlichem Wetter, der schnellste Segler, den ich je gesehen habe. Doch zum Segeln auf rauher See war sie weniger geeignet, vor allem hatte sie für ein Schiff dieser Gattung einen viel zu starken Tiefgang. Für ihre Zwecke eignet sich am besten ein größeres Schiff, mit leichtem, angemessenem Tiefgang – sagen wir: ein Schiff von 311 bis 350 Tonnen. Es sollte wie eine Barke getakelt und überhaupt anders gebaut sein als die gewöhnlichen Südseefahrer. Eine gute Bewaffnung ist unbedingt vonnöten. Sagen wir: mindestens zehn Zwölfpfünder-Karronaden, zwei oder drei Langrohre, dazu kupferne Doppelhaken und wasserdichte Waffenkisten für jedes Deck. Seine Anker und Taue sollten um vieles fester sein, als man sie sonst findet, und vor allem müßte die Mannschaft zahlreich und tüchtig sein – sie muß an Bord eines Schiffes der beschriebenen Art aus fünfzig bis sechzig rüstigen Leuten bestehen. Die »Jane Guy« hatte eine Bemannung von siebenunddreißig Mann (einschließlich Kapitän und Maat), lauter ordentliche Seeleute; aber sie war nicht ganz so trefflich armiert und ausgerüstet, wie es einem Kenner ihres schwierigen und gefährlichen Geschäfts wünschenswert erschienen wäre.

Kapitän Guy war ein Gentleman von sehr liebenswürdigen Manieren und beträchtlicher Erfahrung im Südseehandel, dem er den größten Teil seines Lebens gewidmet hatte; doch fehlte es ihm an Energie und vor allem an dem Unternehmungsgeist, der hier unbedingt gefordert wird.

Er war Teilhaber des von ihm befehligten Schiffes und besaß Vollmacht, in der Südsee nach beliebiger Ladung zu kreuzen. Er führte, wie es auf solchen Reisen üblich ist, allerhand an Bord: Glasperlen, Spiegel, Feuerwerk, Äxte, Sägen, Meißel, Ahlen, Schrauben, Bohrer, Feilen, Hämmer, Scheren, Rasiermesser, Nägel, Nadeln, Bindfaden, Porzellan und Steingut, Kaliko, Schmucksachen und ähnliche Dinge.

Der Schoner hatte Liverpool am 10. Juli verlassen, am 25. den Wendekreis des Krebses überschritten und Sal, eine der Kapverden, am 29. angelaufen; dort nahm er Salz und anderes für die Reise Nötige ein. Am 3. August verließ er die Kapverdinsel und steuerte nach Südwest, auf die brasilische Küste zuhaltend, so daß er den Gleicher zwischen dem achtundzwanzigsten und dreißigsten Grad westlicher Länge überschritt. Dies ist der gewöhnliche Kurs der von Europa nach dem Kap der Guten Hoffnung oder der ums Kap nach Indien segelnden Schiffe. So vermeiden sie die Windstellen und Gegenströme, die beständig von der Küste Guineas drohen, und es ist in der Tat die kürzeste Strecke, da es nie an Westwinden fehlt, mit deren Hilfe man das Kap erreicht. Kapitän Guy dachte den ersten Aufenthalt in Kerguelenland zu nehmen, weshalb, kann ich nicht sagen. Als wir aufgefischt wurden, hatte der Schoner Kap Roque passiert, wir befanden uns am einunddreißigsten Grad westlicher Länge; so waren wir denn von Nord nach Süd getrieben worden durch nicht weniger als fünfundzwanzig Grade.

An Bord der »Jane Guy« erfuhren wir alle Freundlichkeit, die unsere Lage erheischte. Binnen vierzehn Tagen, während welcher Zeit wir unausgesetzt nach Südosten steuerten und das beste Wetter mit linden Brisen uns beglückte, erholten wir uns beide von unseren entsetzlichen

Leiden und Entbehrungen. Was wir erlebt hatten, erschien uns eher wie ein fürchterlicher Traum, von dem wir glücklich erwacht waren, denn als nackte Wirklichkeit. Ich habe seitdem erkannt, daß diese Art halben Vergessens meist durch plötzliche Übergänge herbeigeführt wird, sei's von Lust zur Trauer oder von der Trauer zur Lust; der Grad der Vergeßlichkeit entspricht der Stärke des Wechsels. So ist es mir jetzt unmöglich, das ganze Elend der auf dem Hulk verbrachten Tage nachzufühlen. Man entsinnt sich der Begebenheiten, nicht aber der Empfindungen, die jene durch ihr Eintreten hervorriefen. Ich weiß nur, daß ich *während* dieser Geschehnisse der Meinung war, die menschliche Natur könne größere Qualen nicht ertragen.

Wir segelten so einige Wochen hindurch, ohne daß Wichtigeres sich ereignete als Begegnungen mit Walfischfängern und häufiger noch mit dem schwarzen oder echten Wal, wie er im Gegensatz zum Pottfisch genannt wird. Am 16. September, in der Nähe des Kaps, erlebte das Schiff den ersten größeren Sturm seit seiner Ausfahrt von Liverpool. In dieser Gegend, namentlich im Süden und Osten des Vorgebirges (wir befanden uns im Westen), haben die Seefahrer oftmals wütende Nordstürme auszustehen. Sie erzeugen immer eine starke Dünung, und eine ihrer gefährlichsten Eigenheiten ist das unvermittelte Umschlagen des Windes, das gewöhnlich dann eintritt, wenn der Sturm gerade die größte Kraft hat. Ein wahrer Orkan bläst eben aus Norden oder Nordosten, und im nächsten Augenblick fühlt man in dieser Richtung kein Lüftchen, während der Wind alsbald mit einer kaum glaublichen Gewalt von Südwesten her einsetzt. Ein heller Fleck im Süden ist der sichere Vorbote des Umschlags, und so kann der Schiffer die nötigen Vorsichtsmaßregeln treffen, bevor jener eintritt.

Sechs Uhr morgens war es, die Bö kam wie gewöhnlich mit schäumender See von Norden her. Um acht Uhr hatte sich der Wind erheblich gesteigert und eine der furchtbarsten Seen, die ich je geschaut habe, auf uns herangewälzt. Es war alles so fest wie möglich gemacht, aber der Schoner arbeitete schwer und erwies sich als wenig seetüchtig, indem er bei jedem Stampfen mit dem Vorderkastell untertauchte und nur mit der größten Mühe hochkam, ehe die nächste Woge ihn wieder begrub. Gerade vor Sonnenuntergang zeigte sich der helle Fleck, nach dem wir schon ausgelugt hatten, im Süden, und eine Stunde später schlugen die paar Vorsegel wie leblos gegen den Mast. Zwei Minuten darauf waren wir trotz aller Vorbereitungen wie durch Zaubermacht auf die Seite gelegt, und ein Ozean von Schaum ging über uns hinweg. Doch zum Glück war dieser Südwester eine Bö, und bald richtete sich das Schiff wieder auf, ohne eine Spiere eingebüßt zu haben. Das wild erregte Meer machte uns noch ein paar Stunden lang zu schaffen, aber gegen Morgen fanden wir uns in keiner schlechteren Verfassung als zuvor. Kapitän Guy war der Ansicht, daß wir nur wie durch ein Wunder davongekommen seien.

Am 13. August sichteten wir die Prinz-Eduards-Insel in 46° 53' südlicher Breite, bei 37° 46' östlicher Länge. Zwei Tage später waren wir nahe an der Besitzergreifungs-Insel, und alsbald passierten wir die Crozet-Eilande. Am 18. erreichten wir Kerguelenland, auch Ödnis-Insel genannt, im südlichen Indischen Ozean, und gingen bei vier Faden Wasser im Weihnachtshafen vor Anker.

Diese Insel, eigentlich eine Inselgruppe, liegt südöstlich vom Kap und ist etwa achthundert Meilen davon entfernt. Ihr erster Entdecker war der Baron Kerguelen, ein Franzose, der das Land für die Küste eines großen Südfestlandes hielt und solches daheim auch meldete, was damals nicht wenig Aufsehen hervorrief. Die Regierung nahm die Sache in die Hand und sandte den Baron im nächsten Jahr abermals dorthin, um ihn seine Entdeckung kritisch untersuchen zu lassen, wobei der Irrtum zutage kam. 1777 berührte Cook diese Gruppe und taufte die Hauptinsel »Ödnis-Eiland«, ein Name, auf den sie vollgültigen Anspruch hat. Wenn er sich zuerst dem Land nähert, mag freilich der Seefahrer anderer Ansicht sein, denn die Abhänge fast sämtlicher Berge sind vom September bis März mit leuchtendem Grün bekleidet. Dieser trügerische Anblick wird durch ein kleines Kraut erzeugt, eine Art Steinbrech, der in üppiger Fülle auf Polstern von Krümelmoos gedeiht. Aber neben dieser Pflanze gibt es auf der Insel kaum eine Spur von Vegetation, wenn man etwas das rauhe, saure Gras am Hafen, einige Flechten und einen Strauch ausnimmt, der an unsern Kohl, wenn dieser in Saat schießt, erinnert und einen bittren und scharfen Geschmack hat.

Die Gegend ist bergig, obwohl keine der Höhen bedeutend genannt werden könnte. Ihre Gipfel bedeckt ewiger Schnee. Es gibt mehrere Häfen, unter denen der Weihnachtshafen als bester gilt. Man trifft sogleich auf ihn, wenn man hinter Kap François, das die Nordküste bildet und durch seine absonderliche Gestalt auf den Hafen aufmerksam macht, nach der Nordostseite der Insel steuert. Das Ende des Vorgebirges gleicht nämlich einem Tor, da hier ein hoher Felsen von einer großen Öffnung durchbrochen wird. Wenn man hier einfährt, findet man guten Ankergrund im Schutz einiger kleiner Inseln, die jeden östlichen Wind hinreichend abwehren. Steuert man von hier aus ostwärts, so kommt man durch die Wespenbucht an den Eingang des Hafens. Er ist ein kleines, völlig vom Land umschlossenes Becken, das vier Faden Tiefe und einen harten Tonboden aufweist, in dem sich trefflich ankern läßt. Hier kann ein Schiff das ganze Jahr durch mit seinem besten Buganker vorauf liegen, ohne daß es Schaden zu fürchten hätte. Westlich an der Spitze der Wespenbucht mündet ein Bach mit köstlichem Wasser, das leicht zu beschaffen ist. Auch findet man pelzige und behaarte Robben auf den Inseln, und See-Elefanten gibt es in Mengen. Das Vogelgeschlecht ist sehr stark vertreten. Pinguine sind sehr häufig; es gibt deren vier verschiedene Arten. Der Königspinguin, so getauft wegen seines herrlichen Gefieders und stattlichen Aussehens, ist der größte. Der Körper ist oben gewöhnlich von grauer, manchmal von fliederblauer Farbe; die Unterseite leuchtet im reinsten Weiß. Kopf und Füße sind von einem glatten, glänzenden Schwarz. Den größten Schmuck des Gefieders bilden jedoch zwei Streifen von goldiger Färbung, die vom Kopf bis zur Brust laufen. Sein langer Schnabel ist rosa oder leuchtend scharlachrot. Diese Vögel schreiten aufrecht; ihre Haltung ist würdevoll. Sie tragen den Kopf hoch, und da ihre Flügel wie Arme herabhängen, haben sie in der Entfernung, besonders im ungewissen Dämmerlicht, etwas Menschenähnliches, das unerfahrene Betrachter leicht zu täuschen vermöchte. Die Königspinguine, die wir auf Kerguelen antrafen, waren etwas größer als Gänse. Man unterscheidet noch den Makkaroni-, den Esels- und den Herdenpinguin, die sämtlich kleiner und unansehnlicher sind. Außer dem Pinguin gibt es hier noch eine Menge von Vögeln, wie Seehühner, blaue Sturmvögel, Wildenten, Port-Egmont-Hühner, Kaptauben, Seeschwalben, Seemöwen und endlich Albatrosse.

Der große Sturmvogel gleicht an Gefräßigkeit und Größe dem gemeinen Albatros. Man nennt ihn oft den Gosaarsturmvogel. Er ist gar nicht scheu und bei guter Zubereitung kein übles Essen. Im Fliegen segelt er manchmal mit ausgespannten Schwingen dicht überm Wasser hin, ohne daß er die Flügel zu bewegen oder sich irgendwie anzustrengen scheint.

Der Albatros ist der größte und wildeste Vogel der Südsee. Er gehört zu den Möwen und raubt seine Beute im Flug. Er besucht das Land nur, um zu brüten. Zwischen diesem Vogel und dem Pinguin herrscht eine höchst merkwürdige Freundschaft. Ihre Nester werden nach einem gemeinsamen Plan angelegt, das Nest des Albatros nimmt die Mitte eines von vier Pinguinnestern umzirkten Platzes ein. Die Seeleute nennen eine Gesamtheit solcher Nestlager ein Krähengenist. Diese Geniste sind häufig in Büchern beschrieben worden; trotzdem sei es mir erlaubt, noch ein Wort darüber zu sagen.

Wenn die Brutzeit herankommt, versammeln sich die Vögel in großen Mengen, und einige Tage lang scheinen sie in Erwägung begriffen, was anzufangen sei. Endlich gehen sie ans Werk. Ein ebner Fleck von geeignetem Umfang wird ausgesucht, meist drei oder vier Acres groß und so nahe am Meer wie möglich, doch noch außerhalb seines Bereiches. Für die Wahl des Ortes gibt die Ebenheit seines Bodens den Ausschlag, und man zieht jene Örtlichkeiten vor, die am wenigsten mit Steinen beladen sind. Sobald dies erledigt ist, machen sich die Vögel einmütig und, wie es scheint, von einem gemeinsamen Gedanken bewegt, an die mathematisch genaue Umgrenzung eines Quadrats oder anderen Parallelogramms, so wie es der Natur des Bodens am besten angepaßt ist und von solcher Größe, daß es sämtliche versammelten Vögel, doch nicht mehr, auf den Kopf beherbergen kann, wodurch sie offenbar ihren Entschluß ausdrücken, spätere Nachzügler, die an der Errichtung des Lagers nicht teilgenommen haben, von ihm abzuwehren. Eine Seite des also abgegrenzten Raumes verläuft in gleicher Linie mit dem Strand und wird für den Zutritt oder Abgang offen gelassen. Nachdem sie die Grenzen des Genistes bestimmt haben, beginnen die Ansiedler damit, den Platz von jeglichem Unrat zu säubern, heben einen Stein nach dem andern auf und tragen ihn über den Rand hinaus, doch in seine Nähe, so daß auf den drei Landseiten eine Mauer entsteht. Knapp an der Innengrenze dieser Mauer wird ein vollkommen ebener und bequemer Pfad angelegt, der sechs bis acht Fuß breit ist, das ganze Lager umzieht und so den Zweck eines allgemeinen Spazierweges erfüllt.

Die nächste Arbeit ist die Einteilung des ganzen Bezirks in kleine Vierecke von völlig gleichem Umfang. Dies geschieht durch die Anlage schmaler, sehr sanfter Wege, die sich über die ganze Breite des Genists hin in rechtem Winkel schneiden. An jedem Schnittpunkt dieser Pfade wird ein Albatrosnest gebaut und in der Mitte jedes Vierecks ein Pinguinnest; so ist jeder Pinguin von vier Albatrossen umgeben und jeder Albatros von ebensoviel Pinguinen. Das Nest des Pinguins besteht in einem sehr seichten Erdloch, das gerade tief genug ist, um das Herausrollen des einzigen Eies zu verhindern. Der Albatros trifft etwas umständlichere Vorkehrungen, indem er einen Hügel aufwirft, der etwa einen Fuß in der Höhe mißt und zwei in der Breite. Er baut diesen Hügel aus Erde, Tang und Muscheln; auf dem Gipfel errichtet er dann sein Nest.

Die Vögel tragen besondere Sorge dafür, daß ihre Nester während der Brutzeit keinen einzigen Augenblick unbesetzt sind; ja eigentlich dauert dies bis zu dem Zeitpunkt, wo die junge Nachkommenschaft kräftig genug ist, um selbst auf sich achtzugeben. Während das Männchen draußen auf dem Meer nach Futter äugt, hält das Weibchen die Wache und wagt sich erst nach der Rückkehr ihres

Genossen vom Nest weg. Die Eier bleiben überhaupt niemals unbedeckt, sobald ein Vogel sein Nest verlassen will, läßt sich schon der andere an seiner Seite nieder. Solche Vorsicht wird durch die im Genist vorherrschenden diebischen Neigungen notwendig gemacht, da die Bewohner sich nicht entblöden, einander die Eier bei der ersten besten Gelegenheit wegzumausen.

Obwohl es einige Brutstätten gibt, an denen Pinguin und Albatros die ganze Bevölkerung bilden, trifft man doch in den meisten die verschiedensten Seevögel an, die alle Vorteile der Mitbürgerschaft genießen und ihre Nester hier und dort ausstreuen, wo sie eben Platz finden, doch ohne jemals die Nistplätze der größeren Arten in Anspruch zu nehmen. Der Anblick dieser Heerlager ist aus der Ferne sehr eigentümlich. Die Luft über einem solchen Genist ist völlig dunkel von der Unmenge der Albatrosse, vermengt mit kleineren Arten, die unaufhörlich darüber schweben, entweder vom Ozean kommend oder auf dem Weg dahin. Zugleich schiebt sich in den engen Gängen ein Gedränge von Pinguinen hin und her; manche marschieren mit dem ihnen eigenen soldatischen Stelzen auf dem allgemeinen Spaziergrund umher, der das Genist umgibt. Kurz, wie wir es auch betrachten, es kann nichts Erstaunlicheres geben als die überlegende Klugheit dieser gefiederten Wesen, und nichts scheint mehr geeignet, jeden wohlgeregelten Menschenverstand zu allerhand Betrachtungen anzuregen.

Am Morgen nach unserer Ankunft im Weihnachtshafen nahm der Oberbootsmann, Herr Petterson, die Boote und ging, obwohl es noch etwas früh im Jahr war, auf die Seehundsjagd; der Kapitän und ein junger Verwandter von ihm landeten auf einer öden Landspitze im Westen, da sie irgendein Geschäft, über das ich nichts Näheres erfahren konnte, im Innern der Insel zu erledigen hatten. Kapitän

Guy nahm eine Flasche mit, in der ein versiegelter Brief war, und begab sich vom Ort der Landung nach einem der höchsten Gipfel der Gegend. Wahrscheinlich wollte er dort den Brief für irgendein Schiff, das später hier einlaufen sollte, niederlegen. Sobald er außer Sicht war, kreuzten wir – Peters und ich waren im Boot des Maats – die Küste entlang und lugten nach Seehunden aus. Diese Beschäftigung nahm drei Wochen in Anspruch; wir durchsuchten sorgsam jeden Winkel, nicht nur von Kerguelenland, sondern auch an den kleinen Nachbarinseln. Doch hatten unsere Bemühungen nicht viel Erfolg. Wir sahen viele Pelzrobben, aber sie waren sehr scheu, und wir erbeuteten nicht mehr als dreihundertfünfzig Pelze. See-Elefanten gab es in Mengen, besonders an der Westküste; aber wir erlegten ihrer nur zwanzig und nur mit großer Mühe. Auf den kleinen Inseln fanden wir zahlreiche behaarte Seehunde; aber wir ließen sie in Ruhe. Wir kehrten am Elften nach dem Schoner zurück, wo wir den Kapitän und seinen Neffen antrafen, die vom Innern eine sehr ungünstige Schilderung gaben; sie nannten es eine der traurigsten und wüstesten Gegenden der Erde. Sie hatten infolge eines Mißverständnisses von Seiten des Unterbootsmannes, der sie in der Jolle hätte abholen müssen, zwei Nächte auf der Insel zugebracht.

Fünfzehntes Kapitel

Am Zwölften segelten wir vom Weihnachtshafen ab und kehrten zunächst auf unserem Kurs zurück, indem wir die Marionsinsel, die zur Crozetgruppe gehört, auf Backbord ließen. Ebenso passierten wir die Prinz-Eduard-Insel, die gleichfalls zur Linken blieb. Dann steuerten wir mehr nach Norden und erreichten in fünfzehn Tagen die Inseln von Tristan d'Acunha in 37° 8' südlicher Breite, 12° 8' westlicher Länge.

Diese heute so wohlbekannte Gruppe, die aus drei runden Eilanden besteht, ist zuerst von den Portugiesen entdeckt und nachher von den Holländern (1643) und den Franzosen (1767) besucht worden. Die drei Inseln bilden zusammen ein Dreieck und stehen etwa zehn Meilen voneinander ab, so daß schöne offene Durchfahrten zwischen ihnen liegen. Alle sind sehr gebirgig, besonders die eigentliche Tristaninsel, die größte der Gruppe, die fünfzehn Meilen im Umfang hat und so hoch emporsteigt, daß man sie bei klarem Wetter aus achtzig oder neunzig Meilen Entfernung erblicken kann.

Im Norden erhebt sich ein Teil des Landes mehr als tausend Fuß hoch senkrecht über das Meer. In dieser Höhe streckt sich ein Tafelberg fast bis zur Mitte der Insel zurück, und aus ihm wächst ein erhabener Kegel gleich dem von Teneriffa. Seine untere Hälfte ist mit schönem Baumwuchs überkleidet, die obere jedoch ist nackter Fels, den zumeist Wolken umhüllen und den größten Teil des Jahres leuchtender Schnee bedeckt. Es gibt weder Untiefen noch Sandbänke um die Insel herum, die Küste ist auffallend steil, das Wasser tief. Auf der Nordwestseite ist eine Bucht mit einem Strand von schwärzlichem Sand, in der leicht ausgebootet werden kann, namentlich bei Südwind. Hier findet man vorzügliches Trinkwasser in Menge; Kabeljau und andere Fische lassen sich hier bequem angeln.

Das zweitgrößte und westlichste Eiland der Gruppe nennt man »Unerreichbare Insel«. Es hat sieben oder acht Meilen im Umfang und ist auf allen Seiten von schroffen Abstürzen umgeben, die abweisend und stolz dreinschauen. Oben ist es ganz eben und öde, und nur ein paar verkümmerte Sträucher sind darauf zu entdecken.

Die Nachtigall-Insel, die kleinste und südlichste, wird an ihrem Südende durch eine Reihe felsiger Holme fortgesetzt; man sieht auch einige von gleicher Art im Norden des Eilands. Der Boden ist uneben und unfruchtbar, und ein tiefes Tal schneidet in die Insel ein.

Die Küsten dieser Inseln wimmeln in der entsprechenden Jahreszeit von Seelöwen, See-Elefanten, Seehunden, Pelzrobben und allen Gattungen ozeanischen Gevögels. Auch gibt es in der Nachbarschaft viele Wale. Die bequeme Jagd zog seit der Entdeckung der Gruppe viele Besucher hierher. Früh kamen schon Franzosen und Holländer. Im Jahre 1790 lief Kapitän Patten, von der »Industry«, Philadelphia, die Tristaninseln an und blieb dort sieben Monate. In dieser Zeit erbeutete er nicht weniger als fünftausendsechshundert Pelze und hätte, sagte er, in drei Wochen leicht ein großes Schiff mit Öl befrachten können. Bei seiner Ankunft fand er außer wilden Ziegen keinen Vierfüßler; jetzt aber ist die Insel voll der nützlichsten Haustiere, die von späteren Seefahrern eingeführt worden sind.

Nicht lange nach dem Besuch des Kapitäns Patten legte Kapitän Colquhoun von der amerikanischen Brigg »Betsey« an der Hauptinsel an, seinen Leuten Erholung zu gönnen. Er baute Zwiebeln, Kartoffeln, Kohl und viele anderen Gemüse an, die jetzt in Fülle dort gedeihen.

Im Jahre 1811 berührte Kapitän Haywood vom »Nereus« die Tristaninsel. Er fand dort drei Amerikaner, die sich auf der Insel der Pelze und des Tranes wegen niedergelassen hatten. Einer von ihnen, Jonathan Lambert, nannte sich den Beherrscher des Landes. Er hatte sechzig Acker Land angebaut und wendete seine Aufmerksamkeit der Pflege des Kaffeebaumes und des Zuckerrohres zu, die ihm der amerikanische Gesandte in Rio de Janeiro besorgt hatte. Doch wurde diese Kolonie schließlich aufgegeben, und 1817 nahm die britische Regierung, die vom Kap aus eine Abteilung dahin gesandt hatte, Tristan in Besitz. Doch behielt sie das Land nur kurze Zeit. Nachdem es von England aufgegeben worden war, siedelten sich jedoch zwei oder drei englische Familien dort an, unabhängig von ihrer Regierung. Am 25. März 1824 lief die »Berwick«, Kapitän Jeffrey, auf der Fahrt von London nach Vandiemensland die Insel an und fand dort einen Engländer namens Glaß, der früher Korporal im britischen Heer gewesen war. Er machte Ansprüche auf die Würde eines Gouverneurs der Inseln und regierte über einundzwanzig Männer und drei Frauen. Er äußerte sich aufs günstigste über die Zuträglichkeit des Klimas und die Fruchtbarkeit des Bodens. Die Bevölkerung beschäftigte sich mit dem Erbeuten von Robbenpelzen und See-Elefantentran. Glaß besaß einen kleinen Schoner, mit dessen Hilfe ein Absatz der Ausbeute nach dem Kap der Guten Hoffnung möglich war. Als wir landeten, lebte dieser Statthalter noch; seine kleine Gemeinde hatte sich vergrößert; es wohnten sechsundfünzig Personen auf Tristan, sieben auf der Nachtigalleninsel. Wir konnten uns ohne Schwierigkeit alles Nötige verschaffen: Schafe, Schweine, Ochsen, Kaninchen, Geflügel, Ziegen,

Fische aller Art, Gemüse in Hülle und Fülle. Wir warfen Anker in achtzehn Faden Tiefe, nahe an der Hauptinsel, und nahmen bequem an Bord, wessen wir immer bedurften. Unser Kapitän kaufte von Glaß fünfhundert Robbenhäute und einiges Elfenbein. Wir blieben eine Woche hier, bei vorherrschenden nördlichen und westlichen Winden und etwas nebligem Wetter. Am 15. November segelten wir nach Südwesten, da wir eine Inselgruppe, genannt die Auroras, aufsuchen wollten, über deren Vorhandensein eine große Meinungsverschiedenheit geherrscht hatte.

Diese Inseln sollen schon um 1762 von dem Befehlshaber des Schiffes »Aurora« entdeckt worden sein. Im Jahre 1790 segelte Kapitän Manuel de Oyarvido mit der »Prinzessin«, die der Königlichen Philippinen-Gesellschaft gehörte, mitten durch die Gruppe hindurch. 1794 trachtete die spanische Korvette »Atrevida« ihre genaue Lage festzustellen, und es heißt in einer Veröffentlichung der Hydrographischen Gesellschaft zu Madrid vom Jahre 1809: »Die Korvette ›Atrevida‹ stellte vom 21. bis zum 27. Januar alle nötigen Beobachtungen an und maß die Verschiedenheit der Länge, die zwischen diesen Inseln und dem Hafen Soledad in den Maluinen besteht. Es sind drei Inseln; sie liegen fast im gleichen Meridian; die mittelste ist ziemlich flach, die andern sieht man schon in einer Entfernung von neun Meilen.«

Am 27. Januar 1820 segelte Kapitän Wedell, von der britischen Marine, vom Statenland ab, ebenfalls in der Absicht, die Auroras zu finden. Er meldete, daß er die ganze Gegend aufs genaueste abgesucht, nicht nur getreulich die von der »Atrevida« gemessenen Punkte befahren, sondern in jeder Richtung die Nachbarschaft durchforscht habe, ohne irgendeine Spur von Land zu erblicken. Diese widersprechenden Berichte veranlaßten andere Reisende, nach den Inseln zu suchen; und merkwürdig genug, während einige von ihnen jeden Zollbreit des Meeres, in dem sie liegen sollten, durchschifften, ohne sie zu finden, gibt es nicht wenige, die ausdrücklich erklären, sie gesehen zu haben, ja sogar an ihren Küsten vorbeigesegelt zu sein. Es war Kapitän Guys Absicht, keine Anstrengung, die in seiner Macht lag, zu scheuen, um die so seltsam umstrittene Frage aufzuhellen.

Bis zum zwanzigsten behielten wir bei schwankender Witterung unseren südwestlichen Kurs bei, und nun waren wir an der fraglichen Stelle angekommen, nämlich in 53° 15' südlicher Breite und 47° 58' westlicher Länge, wo ungefähr die südlichste der drei Inseln liegen soll. Wir sahen von Land nicht die Spur und setzten unsere Reise in der Parallele des dreiundfünfzigsten Breitengrades bis zum fünfundfünfzigsten Längengrad fort. Jetzt steuerten wir nordwärts und ostwärts, bis zum Meridian der Westküste Georgias, und zurück zum Ausgangspunkt. Dann zogen wir durch das geschilderte Gebiet diagonale Kurse, hatten beständig einen Auslug im Mastkorb und wiederholten unsere Untersuchungen drei Wochen lang. Während dieser Zeit war das Wetter von seltener Schönheit und Freundlichkeit, ohne jede Spur von Dunst oder Nebel. Natürlich waren wir überzeugt, daß, mochte es auch vormals hier Inseln gegeben haben, gegenwärtig von ihnen kein Schatten mehr existiere. Seit meiner Rückkehr habe ich gehört, daß dieselbe Strecke im Jahre 1822 von Kapitän Johnson mit dem amerikanischen Schoner »Hetty« und von Kapitän Morrell auf der »Wespe« mit ähnlicher Sorgfalt abgesucht worden war; in beiden Fällen war das Ergebnis dem unsern gleich.

Sechzehntes Kapitel

Ursprünglich war es Kapitän Guys Absicht gewesen, nachdem er Klarheit über die Auroras gewonnen, durch die Magelhaenstraße nach der Westküste Patagoniens zu segeln; aber Nachrichten, die er auf Tristan empfangen hatte, veranlaßten ihn, südwärts zu steuern, weil er auf ein paar Eilande zu stoßen hoffte, die in 60° südlicher Breite und 41° 20' westlicher Länge gelegen sein sollten. Falls er diese Inseln nicht auffinden würde, gedachte er, wenn die Jahreszeit es gestattete, gegen den Pol vorzudringen. Somit nahmen wir am 12. Dezember unseren Kurs dorthin. Am Achtzehnten waren wir in der von Glaß bezeichneten Gegend und kreuzten drei Tage in der Nachbarschaft, ohne eine Spur der erwähnten Inseln zu entdecken. Am Einundzwanzigsten war das Wetter von ungewöhnlicher Lieblichkeit; so segelten wir denn südwärts mit dem Entschluß, so weit wie möglich vorzudringen. Für jene Leser, die mit den Fortschritten der Polarforschung nicht vertraut sind, sei hier einiges über die Versuche mitgeteilt, die in dieser Richtung gemacht worden sind.

Der Versuch des Kapitäns Cook ist der erste, von dem wir Genaueres wissen. Er segelte im Jahre 1772 auf der »Resolution« nach Süden, begleitet von Leutnant Furneaux auf der »Adventure«. Im Dezember befand er sich in 58° südlicher Breite und 26° 57' westlicher Länge. Hier begegnete er dünnen Eisfeldern, die nach Nordwest und Südost trieben. Das Eis hatte die Form großer Fladen und war meist so eng gepackt, daß die Schiffe sehr schwer hindurch konnten. Aus der großen Menge von Vögeln, die er erblickte, sowie aus andern Zeichen schloß Cook auf die

Nähe eines Landes. Er hielt trotz furchtbarer Kälte weiter nach Süden, bis er den vierundsechzigsten Breitengrad erreichte. Hier hatte er durch fünf Tage lindes Wetter mit sanften Brisen, das Thermometer zeigte sechsunddreißig Grad Fahrenheit. Im Januar 1773 überschritten die Schiffe den südlichen Polarkreis, ohne jedoch viel weiter zu kommen, denn eine ungeheure Eismauer, die den Südhorizont, so weit die Blicke reichten, begleitete, machte jedem weiteren Vordringen ein Ende. Das Eis war von sehr verschiedener Art, und einige gewaltige Schollen von mehreren Meilen im Umfang bildeten eine feste Masse, die sich gegen zwanzig Fuß über das Wasser erhob. Es war zu spät im Jahr, und an ein Umsegeln der Hindernisse war nicht zu denken, somit wendete sich Cook, wenn auch zögernd, dem Norden zu.

Im November des nächsten Jahres erneuerte er seine Forschungen im Südpolarmeer. Er traf in 59° 40' auf eine starke, südlich gerichtete Strömung. Im Dezember, am siebenundsechzigsten Grad, wurde die Kälte entsetzlich; die Stürme waren heftig, schwere Nebel umgaben das Schiff. Auch hier wimmelte es von Vögeln: Albatrossen, Pinguinen, vor allem Sturmvögeln. Am siebzigsten Grad begegnete man großen Eisinseln, und die Wolken im Süden hatten die schneeige Weiße, die von der Nähe eines Eisfeldes spricht. Unter dem einundsiebzigsten Grad endlich gebot abermals die riesige Weite festen Eises, die den Südhorizont vollkommen ausfüllte, dem Seefahrer Halt. Der Nordrand der Eiswüste war zerrissen und rauh, aber so dicht verkeilt, daß ein Überschreiten unmöglich schien. Dahinter erstreckte sich eine glatte Ebene, die in der Ferne durch ungeheure Eisbergketten, von denen sich eine immer über die andere türmte, abgeschlossen wurde. Cook war der Ansicht, daß dieses weitgedehnte Feld den Südpol erreichen oder ein Festland berühren müsse. Herr Reynolds spricht folgendermaßen von dem Versuch der »Resolution«: »Es ist kein Wunder, daß Cook nicht weiter nach Süden vorzudringen vermochte, aber merkwürdig genug, daß er diesen Punkt in 106° 54' westlicher Länge erreichte. Palmersland liegt südlich von Shetland am vierundsechzigsten Grad und erstreckt sich weiter nach Süden und Westen, als irgendein Seefahrer jemals vorgedrungen ist. Hierher strebte Cook, als das Eis ihn aufhielt; das muß an jenem Punkt immer der Fall sein, besonders im Januar, zu so früher Zeit wie am Sechsten dieses Monats; es wäre nicht überraschend, wenn ein Teil der geschilderten Eisgipfel zu Palmersland gehörte oder zu anderen Gebieten südlich und westlich von ihm.«

Im Jahre 1803 sandte Alexander von Rußland die Kapitäne Kreutzenstern und Lisiawsky auf eine Weltumsegelung aus. In ihrem Streben nach Süden kamen sie nicht weiter als 59° 58' Breite und 70° 75' Länge. Hier trafen sie auf eine starke, östlich gerichtete Strömung. Wale gab's in Mengen, aber kein Eis. Herr Reynolds meint dazu, daß Kreutzenstern Eis angetroffen haben müßte, wäre er früh im Jahr dahin gekommen; er erreichte den betreffenden Punkt erst im März. Die hauptsächlich von Süden und Westen wehenden Winde hatten mit Hilfe der Strömungen die Schollen in jene eisige Region getragen, die im Norden von Georgia, im Osten von Sandwichland und den Süd-Orkneys, im Westen von den Süd-Shetlandinseln begrenzt wird.

Im Jahre 1822 drang der Kapitän James Weddell, von der britischen Marine, mit zwei sehr kleinen Schiffen weiter als irgendein früherer Seefahrer, ohne dabei besonderen Schwierigkeiten zu begegnen. Er berichtet, daß er zwar vor Erreichung des zweiundsiebzigsten Grades häufig vom Eis gehemmt worden sei, nach seiner Überschreitung aber kein

Stückchen mehr gesehen und am vierundsiebzigsten Grad keine Felder, nur drei Eisinseln, erblickt habe. Obwohl Unmassen von Vögeln wahrgenommen wurden, nebst anderen Anzeichen von Land, und obgleich südlich von den Shetlands unbekannte Küsten, die sich nach Süden zogen, vom Mastkorb aus gesichtet wurden, will Weddell sonderbarerweise doch nicht recht an das Vorhandensein eines Festlandes in den Polgegenden glauben.

Am 11. Januar 1823 segelte Kapitän Benjamin Morell, vom amerikanischen Schoner »Wespe«, von Kerguelenland ab in der Absicht, so weit wie möglich nach Süden vorzudringen. Am 1. Februar befand er sich in 64° 52' südlicher Breite und 118° 27' östlicher Länge. Er schrieb an diesem Tag in sein Logbuch: »Der Wind verstärkte sich bald zu einer Elfknotenbrise, und wir benutzten die Gelegenheit, um nach Westen zu segeln. Doch da es nach Süden zu immer weniger Eis zu geben schien, überschritten wir den Südpolarkreis und erreichten 69° 15' östlicher Breite. In dieser Breite sah man kein Eisfeld und sehr wenig Eisinseln.«

Ich finde folgende Eintragung vom 18. März: »Die See war jetzt frei von Eisfeldern, und es waren nicht mehr als ein Dutzend Eisinseln zu sehen. Zugleich war die Temperatur von Luft und Wasser mindestens um dreizehn Grad höher und milder, als wir es je zwischen dem sechzigsten und zweiundsechzigsten Grad fanden … Ich habe den Südpolarkreis wiederholt in verschiedenen Längen passiert und stets gefunden, daß Luft und Wasser immer milder werden, je weiter man sich über den fünfundsechzigsten Grad hinauswagt. Nördlich von diesem Grad war es oft sehr schwer, einen Durchgang für unser Schiff zu finden, denn die Zahl großer Eisinseln war ungeheuer; einige von ihnen hatten mehr als zwei Meilen im Umfang und hoben sich fünfhundert Fuß hoch über das Wasser hinaus.«

Da es ihm an Brennholz, Wasser und geeigneten Instrumenten fehlte und es schon spät im Jahr war, mußte Morrell jetzt umkehren, obgleich ein völlig offenes Meer im Süden vor ihm lag. Er spricht die Überzeugung aus, daß er ohne diese unüberwindlichen Hindernisse wenn nicht zum Pol, so doch bis zum fünfundachtzigsten Grad vorgedrungen wäre. Ich habe mich so lange bei seinen Ausführungen aufgehalten, damit der Leser beurteilen kann, inwieweit sie durch meine eigene Erfahrung bestätigt worden sind.

Im Jahre 1831 segelte Kapitän Biscoe, im Dienst der Herren Enderby, Walfangunternehmer in London, auf der Brigg »Lively« nach der Südsee, begleitet vom Kutter »Tula«. Am 28. Februar kam Land in Sicht (66° 30' südlicher Breite, 47° 13' östlicher Länge), und er »erkannte deutlich durch den Schnee die schwarzen Gipfel einer ostsüdlich ziehenden Bergkette«. Er blieb den ganzen folgenden Monat in der Nähe, konnte aber wegen des stürmischen Wetters nicht näher als zehn Meilen an die Küste herankommen. Da er einen weiteren Vorstoß nicht unternehmen durfte, kehrte er nach Norden zurück und überwinterte auf Vandiemensland.

Im Anfang des Jahres 1832 fuhr er wieder nach Süden, und am 4. Februar kam Land in Sicht (67° 15' südlicher Breite, 69° 29' westlicher Länge). Es erwies sich als eine Insel in der Nähe des zuerst entdeckten Landes. Am Einundzwanzigsten lief er sie an und ergriff im Namen Williams IV. davon Besitz, indem er sie zu Ehren der englischen Königin Adelaiden-Insel taufte. Die Königliche Geographische Gesellschaft in London folgerte aus seinen Mitteilungen, daß eine ununterbrochene Landstrecke von 47° 30' östlicher Länge nach 69° 29' westlicher Länge geht, deren Küste zwischen 66 und 67° südlicher Breite verläuft. Herr Reynolds bemerkt zu dieser Schlußfolgerung: »Wir können sie nicht unbedingt für richtig halten, noch bestätigen Biscoes Entdeckungen eine solche Annahme. Innerhalb dieser Grenzen drang Weddell auf einem Grad östlich von Georgia, Sandwichland, den Süd-Orkneys und Shetlandinseln nach Süden.« Meine eigene Erfahrung wird den Irrtum der Gesellschaft aufs genaueste bezeugen.

Dies sind die hauptsächlichsten Versuche, die man angestellt hat, um in hohe südliche Breiten vorzudringen, und es blieben, wie man sehen wird, vor der Reise der »Jane« noch dreihundert Längengrade, an denen der Polarkreis noch nicht überschritten worden war. Natürlich lag ein weites Feld für Entdeckungen vor uns, und mit dem Gefühl wärmsten Anteils vernahm ich den Entschluß des Kapitäns Guy, mutig nach Süden weiterzusegeln.

Siebzehntes Kapitel

Wir steuerten vier Tage lang einen südlichen Kurs – das Suchen nach den von Glaß erwähnten Inseln hatten wir aufgegeben – und trafen nirgends auf Eis. Am Sechsundzwanzigsten mittags befanden wir uns in 63° 23' südlicher Breite, 41° 25' westlicher Länge. Wir sahen jetzt ein paar große Eisinseln und ein Feld von geringer Größe. Der Wind blies aus Südost oder Nordost, und immer war er von leichter Art. Wenn einmal Westwind eintrat, was selten der Fall war, so begleitete ihn stets eine regnerische Bö. Jeden Tag schneite es weniger. Am Siebenundzwanzigsten stand der Wärmemesser auf fünfunddreißig Grad.

1. Januar 1828. An diesem Tag waren wir vom Eis völlig eingeschlossen, und unsere Aussichten waren trübe. Ein heftiger Sturm blies den ganzen Vormittag aus Nordosten und warf große Treibeisfladen gegen das Steuer mit solcher Gewalt, daß wir vor den Folgen zu zittern begannen. Gegen Abend – der Wind blies noch immer mit wahrer Wut – teilte sich ein mächtiges Feld gerade vor unserem Bug, und wir vermochten, indem wir alle Segel aufsetzten, durch einige kleine Schollen eine Durchfahrt ins offene Wasser zu erzwingen. Als wir ihm nahe kamen, verringerten wir nach und nach unsere Segelfläche und legten, als wir endlich frei geworden waren, unter gerefftem Focksegel bei.

2. Januar. Nun wurde das Wetter ziemlich schön. Mittags befanden wir uns in 69° 10' südlicher Breite, 42° 20' westlicher Länge; wir hatten den Polarkreis überschritten. Man sah im Süden sehr wenig Eis, obwohl so große Felder hinter uns lagen. Diesen Tag machten wir die Sonde zu-

recht, indem wir einen großen eisernen Topf benutzten, der zwanzig Gallonen fassen konnte, und eine Leine von hundert Faden. Die Strömung ging jetzt nordwärts, ungefähr eine Viertelmeile in der Stunde. Die Temperatur der Luft betrug dreiunddreißig Grad, die Abweichung nach Osten 14° 28'.

5. Januar. Immer südwärts, ohne große Schwierigkeiten. Am Morgen dieses Tags aber, in 73° 75' südlicher Breite, legte sich uns abermals eine ungeheure Strecke festen Eises in den Weg. Doch sahen wir im Süden viel offenes Wasser und zweifelten nicht daran, es endlich erreichen zu können. Ostwärts am Rand der Scholle hinsteuernd, kamen wir endlich an einen Durchgang von der Breite einer Meile und werpten uns bis Sonnenuntergang durch ihn hindurch. Die See war jetzt dicht mit Eisinseln bedeckt, aber es fehlten ihr die Felder, und so drangen wir mutig vor. Die Kälte schien nicht zuzunehmen, trotz häufigen Schnees und der hier und da mit großer Heftigkeit anprasselnden Hagelböen. Unendliche Flüge von Albatrossen zogen über den Schoner hin; sie flogen von Südost nach Nordwest.

7. Januar. Die See noch immer so ziemlich offen; wir konnten ohne Mühe unsern Kurs einhalten. Im Westen sahen wir Eisberge von unerhörter Größe, und am Mittag passierten wir einen, der nicht weniger als vierhundert Faden von der Oberfläche des Wassers bis zum Gipfel messen mochte. Sein Umfang an der Basis mochte dreiviertel Meilen nach Landmaß betragen, und mehrere Wasserläufe rannen aus Spalten an seinen Flanken nieder. Wir behielten diese Insel zwei Tage lang in Sicht, und erst als ein Nebel einfiel, entschwand sie unseren Augen.

10. Januar. Früh am Morgen verloren wir leider einen Mann, der über Bord stürzte. Es war ein Amerikaner, Peter Vredenburgh, ein New Yorker und einer unserer tüch-

tigsten Leute. Er glitt am Bug aus und fiel zwischen zwei Schollen Eis, um nicht mehr aufzutauchen. Mittags waren wir dreißig Minuten über dem achtundsiebzigsten Grad. Die Kälte war entsetzlich; von Nord und Ost kamen beständig Hagelschauer. In dieser Richtung sahen wir riesenhafte Eisberge, und der ganze Osthorizont schien mit Eis zugebaut, das in Staffeln massig aufstieg. Treibholz Schwamm am Abend vorüber, eine Unmenge von Vögeln flog daher, Sturmvögel, Albatrosse, Möwen und ein großer Vogel mit leuchtend blauem Gefieder. Die Abweichung der Nadel blieb hier geringer, als sie es vor dem Überschreiten des Südpolarkreises gewesen war.

12. Januar. Der Durchbruch nach Süden erschien wieder zweifelhaft, da in der Richtung des Pols nur ein endloses Eisfeld zu sehen war, dessen Hintergrund wahre Gebirge von Eis bildeten, die sich in trotziger Wildheit aufeinandertürmten. Wir hielten bis zum Fünfzehnten nach Westen, in der Hoffnung, einen Eingang zu entdecken.

14. Januar. Diesen Morgen kamen wir an das westliche Ende des Eisfeldes, und indem wir luvwärts daran vorbeisegelten, erreichten wir eine offene See, in der kein Brocken Eis war. Wir fanden mit der Sonde in zweihundert Faden Tiefe eine mit einer halben Meile Schnelligkeit in der Stunde südwärts ziehende Strömung. Die Temperatur der Luft betrug siebenundvierzig, die des Wassers vierunddreißig Grad. Nun segelten wir südwärts ohne irgendeine wichtige Unterbrechung, bis zum Sechzehnten; an diesem Tag sondierten wir wieder und fanden noch immer eine südwärts gerichtete Strömung, die mit der Geschwindigkeit von dreiviertel Meilen in der Stunde hinfloß. Die Abweichung des Kompasses hatte sich wieder verringert, die Luft war mild und angenehm, das Thermometer zeigte einundfünfzig Grad. Von Eis war nicht die Spur zu sehen.

Alle Leute an Bord waren nunmehr gewiß, daß wir den Pol erreichen würden.

17. Januar. Dieser Tag war voll von merkwürdigen Vorkommnissen. Ungezählte Scharen von Vögeln flogen von Süden her über uns hin, einige wurden vom Deck aus geschossen; einer davon, eine Art Pelikan, gab eine leckere Mahlzeit ab. Um die Mittagszeit erblickte man ein kleines Feld auf der Backbordseite des Schiffes, und auf ihm schien sich ein großes Tier zu bewegen. Das Wetter war mild und fast ohne Wind; Kapitän Guy sandte zwei Boote aus, um die Sache näher zu untersuchen. Dirk Peters und ich begleiteten den Oberbootsmann im Großboot. Als wir mit dem Eisfeld in einer Linie waren, erkannten wir in seinem Insassen ein riesenhaftes Geschöpf von der Rasse der arktischen Bären, aber weit größer als die gewaltigsten dieser Gattung. Wir waren gut bewaffnet und zögerten nicht, das Tier anzugreifen. Mehrere Schüsse folgten rasch aufeinander, Kopf und Leib schienen mehrfach getroffen. Trotzdem warf sich die Bestie vom Eis herab ins Meer und schwamm mit geöffnetem Rachen auf unser Boot zu. Infolge des Durcheinanders, das diese unerwartete Wendung der Dinge erzeugte, war keiner in Bereitschaft, neue Schüsse abzugeben, und der Bär hatte schon die Hälfte seines Riesenkörpers über das Schandeck des Bootes gewälzt und einen der Mannschaft im Rücken erfaßt, bevor man sich zur Abwehr aufzuraffen vermochte. In dieser Notlage rettete uns nur die Gewandtheit und Geistesgegenwart Dirk Peters' vor dem Untergang. Er sprang mit einem Satz auf den Rücken des Untiers und stieß ihm sein Messer tief hinter den Nacken, so daß er das Rückenmark traf. Das Vieh kollerte, ohne Widerstand, völlig verendet ins Meer und rollte in seinem Sturz über Peters hin, so daß er mitgerissen wurde; doch erholte er sich rasch, ließ sich

ein Tau zuwerfen und befestigte daran die Beute, ehe er ins Boot kletterte. Nun kehrten wir im Triumph zurück, das erlegte Untier nachschleppend. Der Bär maß in seiner größten Länge volle fünfzehn Fuß. Seine Wolle war völlig weiß, sehr grob und lockig. Die Augen hatten eine blutrote Farbe und waren größer als die des nordischen Eisbären; seine Schnauze rundete sich stärker und gemahnte an die Schnauze einer Bulldogge. Das Fleisch war zart, aber von sehr tranigem und fischartigem Geschmack; die Leute verzehrten es gierig und nannten es ein köstliches Gericht.

Kaum hatten wir unsere Beute geborgen, da scholl es freudig vom Mastkorb: »Land über Steuerbord!« Alles bemühte sich eifrig, und da eine Brise sehr zur Zeit im Norden aufsprang, waren wir bald nahe an der Küste. Es war eine flache Felseninsel, etwa eine Meile im Umfang und, wenn man von einer Art Stachelbirne absieht, ganz ohne Pflanzenwuchs. Von Norden herankommend, bemerkten wir einen sonderbaren Felsvorsprung, der gar wunderlich an aufgestapelte Baumwollballen erinnerte. Westlich von diesem Felsen ist eine kleine Bucht, in der unsere Boote bequem landen konnten.

Bald hatten wir das Eiland völlig durchforscht; doch fanden wir, mit einer Ausnahme, nichts Bemerkenswertes. An der Südspitze hoben wir ein Stück Holz auf, das, jetzt in einem lockeren Steinhaufen halb vergraben, einstmals das Vorderteil eines Kanus gebildet zu haben schien. Es waren Schnitzversuche daran zu erkennen, und Kapitän Guy glaubte die Gestalt einer Schildkröte wahrzunehmen, aber die Ähnlichkeit schien mir nicht überzeugend genug. Außer diesem Vorderteil, falls es ein solches war, fanden wir kein Anzeichen, daß irgendein lebendes Wesen je hierhergekommen war. An der Küste fanden wir Eisschollen, doch in geringer Zahl. Die Lage dieses Eilands, das unser

Kapitän nach seinem Partner »Bennets Eiland« taufte, liegt in 82° 50' südlicher Breite, 42° 20' westlicher Länge.

Jetzt waren wir um acht Grad weiter nach Süden gelangt als alle früheren Reisenden, und noch immer lag die See völlig offen vor unseren Blicken da. Beständig nahm die Abweichung der Kompaßnadel ab, und, was noch merkwürdiger ist, die Luft und neuerdings auch das Wasser wurden immer wärmer. Das Wetter konnte man angenehm nennen, und wir hatten eine stetige, aber sanfte Brise, die regelmäßig aus einer nördlichen Gegend des Kompasses wehte. Der Himmel war von seltener Klarheit, nur dann und wann zeigte sich ein leichter Dunst am Südhorizont, doch niemals verweilte er lange dort. Nur zwei Schwierigkeiten standen uns entgegen. Das Brennholz würde bald aufgebraucht sein, und an einigen Leuten hatte man die Symptome des Skorbuts beobachtet. Diese Umstände mahnten Kapitän Guy an die Notwendigkeit der Rückkehr, und er sprach wiederholt von ihr. Was mich anbetrifft, so war ich fest davon überzeugt, daß unser Kurs uns bald zu irgendeinem Land führen müsse, und alle Anzeichen wiesen darauf hin, daß wir dort nicht den unfruchtbaren Boden der hohen arktischen Breiten antreffen würden; so drang ich denn in ihn, er möge im Interesse aller standhalten und wenigstens ein paar Tage in der Richtung, die wir jetzt innehatten, weitersegeln. Eine so verlockende Gelegenheit, das große Problem des antarktischen Festlandes zu lösen, hatte sich noch keinem dargeboten, und ich gestehe, daß ich innerlich vor Entrüstung über die unzeitgemäße Ängstlichkeit unseres Befehlshabers bebte. Ich werde ihm denn wohl auch ein Wort darüber gesagt haben, das ich nicht zurückhalten konnte, und dies scheint ihn veranlaßt zu haben, seinen Kurs fortzusetzen. So sehr ich bedauern muß, daß mein Rat der unmittelbare Anlaß zu unheilvollen und blutigen Ereignissen gewesen ist, so muß es mir dennoch verziehen werden, wenn ich mit einiger Befriedigung die Tatsache verzeichne, daß ich mit meinen schwachen Kräften dazu beigetragen habe, der Wissenschaft die interessantesten Geheimnisse zu erschließen, die jemals ihre Aufmerksamkeit in Anspruch genommen haben.

Achtzehntes Kapitel

18. Januar. Diesen Morgen steuerten wir weiter südwärts, bei demselben angenehmen Wetter wie bisher. (Die Ausdrücke »Morgen« und »Abend« sind nicht wörtlich zu nehmen; ich gebrauche sie nur, um der Verwirrung vorzubeugen. Tatsächlich hatten wir schon seit langer Zeit überhaupt keine Nacht mehr.) Die See war vollkommen glatt, ein lauer Wind blies aus Nordosten, die Temperatur des Wassers betrug dreiundfünfzig Grad. Wir gingen abermals ans Sondieren und fanden bei hundertfünfzig Faden Leine, daß die Strömung zum Südpol bereits eine Meile in der Stunde lief. Dieser stetige Zug nach dem Süden, der Wind und Wasser gemeinsam erfüllte, verursachte einiges Nachdenken und sogar Beunruhigung in verschiedenen Köpfen, und ich erkannte, daß Kapitän Guy nicht wenig davon beeinflußt war. Doch da er sich sehr vor dem Schein der Lächerlichkeit fürchtete, gelang es mir, seine Bedenken lachend zu zerstreuen. Die Abweichung war jetzt sehr gering. Tagsüber sahen wir mehrere Wale von der echten Art, und unzählbare Scharen von Albatrossen zogen über den Schoner hin. Wir fischten sodann einen Busch auf, der voll roter Beeren hing, die Hagebutten ähnelten, und den Körper eines Landtieres von seltsamem Aussehen. Es war drei Fuß lang und nur sechs Zoll hoch, hatte vier sehr kurze Beine, die Pfoten waren mit langen Klauen von leuchtend scharlachroter Farbe, die an Korallen erinnerte, bewehrt. Den Leib bedeckte ein straffer, seideartiger Haarpelz von völlig weißer Färbung. Der Schwanz war spitzig wie der einer Ratte und etwa anderthalb Fuß lang. Der Kopf glich dem einer Katze; nur die Ohren ähnelten durch ihren Be-

hang mehr denen eines Hundes. Die Zähne aber leuchteten in dem gleichen Scharlach wie die Klauen des Tieres.

19. Januar. Heute sahen wir in 83° 20' südlicher Breite, 43° 5' westlicher Länge – die See hatte eine ganz ungewöhnlich dunkle Färbung – wiederum Land vom Mastkorb aus, und bei näherer Untersuchung war es ein Inselland, das zu einer Gruppe sehr großer Inseln zu gehören schien. Die Küste war steil, das Innere schien reich bewaldet, was uns große Freude verursachte. Etwa vier Stunden nach der Entdeckung des Landes ankerten wir mit zehn Faden in sandigem Grund, eine volle Meile von der Küste, da eine heftige Brandung näheres Herankommen nicht ratsam erscheinen ließ. Die beiden größten Boote wurden herabgelassen, und eine wohlbewaffnete Mannschaft, zu der auch Peters und ich gehörten, machte sich daran, einen Durchgang durchs Riff zu erspähen, das die Insel zu umgürten schien. Nach einigem Suchen fanden wir eine Lücke und wollten einfahren, als wir vier große Kanus erblickten, die, mit offenbar gut ausgerüsteten Männern angefüllt, eben im Begriff schienen, vom Land abzustoßen. Wir ließen sie herankommen, und da sie sich sehr schnell vorwärts bewegten, waren sie bald in Rufweite. Kapitän Guy band ein weißes Taschentuch an ein Ruder und hielt es in die Höhe; da machten die Fremden sogleich halt und begannen laut zu schnattern, zwischendurch auch Schreie auszustoßen, die wie: »Anamu mu!« und »Lama lama!« klangen. So trieben sie's wohl eine halbe Stunde lang, und während dieser Zeit hatten wir Muße, sie näher in Augenschein zu nehmen.

In den vier Kanus, die je fünfzig Fuß lang und fünf Fuß breit sein mochten, befanden sich etwa hundertundzehn Wilde. Sie hatten die durchschnittliche Größe von Europäern, waren aber muskelkräftiger und sehniger gebaut. Ihre

Hautfarbe war pechschwarz, ihr Haar wollig und dicht. Bekleidet waren sie mit Häuten von einem unbekannten Tier, das schwarz, seidig und langhaarig sein mußte; nicht ohne Geschick hatten sie sich diese Häute angepaßt: die Haare waren nach innen gewendet, außer am Hals, den Händen und Fußgelenken. Ihre Waffen waren in der Hauptsache schwere Keulen aus schwarzem Holz. Einige hatten Speere mit Spitzen aus Feuerstein, einige auch Schleudern. Die Kanus waren unten mit schwarzen, eigroßen Steinen gefüllt.

Nach Beendigung ihrer Ansprache (denn eine solche mochte ihr Geschnatter wohl bedeuten) erhob sich einer, offenbar der Häuptling, auf dem Vorderteil seines Kanus und machte uns Zeichen, wir möchten uns längsseits an jenes legen. Diesen Wink übersahen wir geflissentlich, indem wir es für klüger hielten, den Abstand zu wahren, da ihre Zahl viermal so groß war als die der Unsern. Nun befahl der Häuptling, die andern drei Kanus sollten zurückbleiben, und hielt mit dem seinen auf uns zu. Sobald er uns erreicht hatte, sprang er an Bord unsres größten Bootes und setzte sich neben den Kapitän, indem er auf den Schoner zeigte und die Worte »Anamu mu!« und »Lama lama!« eifrig wiederholte. Wir ruderten jetzt zu dem Schiff zurück, die vier Kanus folgten in geringer Entfernung.

Als wir das Schiff erreichten, äußerte der Häuptling seine große Überraschung und Freude, indem er in die Hände klatschte, Brust und Hüften bearbeitete und ein markerschütterndes Lachen ausstieß. Seine Leute stimmten in diesen Jubel ein, und einige Minuten hindurch war das Getöse so toll, daß wir fürchteten, taub zu werden. Endlich trat Ruhe ein; Kapitän Guy ließ die Boote hinaufziehen und gab dem Häuptling, dessen Name Tuwit war, zu verstehen, daß er nicht mehr als zwanzig von seinen Leuten auf einmal an Bord nehmen könne. Damit schien Tuwit ganz zufrieden und erteilte nach den Kanus hin einige Anweisungen, worauf eines sich näherte; die andern blieben in einer Entfernung von ungefähr fünfzig Ellen zurück. Zwanzig Wilde stiegen nun auf das Verdeck und begannen auf ihm herumzustreifen oder in die Takelage zu klettern; sie taten überhaupt, als wären sie zu Hause, und untersuchten neugierig jeden Gegenstand.

Offenbar hatten sie nie zuvor Menschen der weißen Rasse gesehen, und unsere Gesichtsfarbe schien sie anzuwidern. Sie hielten die »Jane« für ein lebendes Wesen und fürchteten sich scheinbar, sie mit den Spitzen ihrer Speere zu verletzen, da sie diese sorgsam nach oben kehrten. Unsern Leuten bereitete das Verhalten Tuwits in einem Falle großen Spaß. Der Koch war an der Kombüse mit Holzhacken beschäftigt und schlug aus Versehen mit der Axt aufs Verdeck, so daß ein nicht unbedeutender Riß entstand. Der Häuptling eilte sofort heran, stieß den Koch rauh beiseite und fing an, seinem Mitgefühl für die Leiden des Schoners durch eine Art Winseln oder Heulen Ausdruck zu verleihen, streichelte und glättete den Riß mit seiner Hand und wusch ihn mit Hilfe eines in der Nähe stehenden Eimers Seewasser. Auf eine solche Unwissenheit war man nicht gefaßt, und ich für meinen Teil konnte mich nicht enthalten, etwas wie Komödie darin zu erblicken.

Nachdem sie sich an den Wundern des oberen Decks gesättigt hatten, ließ man sie hinuntergehen, und ihr Erstaunen überstieg alle Erwartungen. Sie fanden keine Worte für ihre Verwunderung und streiften stumm umher, hier und da nur leise Rufe ausstoßend. Die Waffen verursachten ihnen viel Kopfzerbrechen; sie durften sie anfassen und untersuchen, soviel sie wollten. Ich glaube, sie hatten keine Ahnung von ihrem wirklichen Zweck, vielmehr dünkten sie ihnen Götzenbilder, da sie sahen, wie sorgfältig wir sie behandelten und wie aufmerksam wir die Wilden überwachten, während sie sich damit beschäftigten. Der Anblick der großen Kanonen verdoppelte ihr Erstaunen. Sie nahten ihnen mit Ehrerbietung und Zagen und wagten nicht, sie des näheren zu untersuchen. In der Kajüte waren zwei hohe Spiegel, und hier erreichte die Verwunderung ihren Gipfel. Tuwit näherte sich ihnen zuerst, und er stand in der Mitte des Raumes, bevor er ihrer gewahr wurde. Er hob die Augen auf und sah sein Spiegelbild in der Wand. Ich dachte, er würde verrückt werden. Er machte rasch kehrt und erblickte sich nun auf der anderen Seite ein zweites Mal. Da fürchtete ich, er würde stracks den Geist aufgeben. Es war unmöglich, ihn zu nochmaligem Hinschauen zu bewegen; er warf sich auf den Boden hin, verbarg sein Gesicht in den Händen und verblieb in dieser Lage, so daß wir ihn aufs Verdeck schleppen mußten.

Sämtliche Wilden kamen so nach und nach an Bord, immer zwanzig auf einmal; Tuwit durfte die ganze Zeit über bleiben. Es waren keine Diebe unter ihnen; wir vermißten nach ihrem Weggang keinen einzigen Gegenstand. Während des ganzen Besuches zeigten sie das freundlichste Verhalten. Doch einige Züge in ihrem Benehmen blieben uns unverständlich; so zum Beispiel konnte sie kein Mensch dazu überreden, sich gewissen harmlosen Gegenständen zu nähern: den Segeln des Schoners, einem Ei, einer Pfanne mit Mehl darin. Wir versuchten zu erfahren, ob sie irgendwelche Gegenstände besäßen, die man durch Tausch erhandeln könnte; aber sie schienen uns nicht recht zu verstehen. Doch entnahmen wir ihren Zeichen, daß die Insel voll von großen Galapagos-Schildkröten sei, was uns nicht wenig verwunderte; eine davon sahen wir im Kanu Tuwits. Auch sahen wir »*biche de mer*« in den Händen der

Schwarzen; sie verzehrten es gierig im natürlichen Zustand. Diese Seltsamkeiten – in Anbetracht der geographischen Breite mußten sie als solche erscheinen – erregten in Kapitän Guy den Wunsch, die Gegend gründlich zu erforschen, in der Hoffnung, Gewinn aus seiner Entdeckung zu ziehen. Sosehr ich auch wünschte, die Insel näher kennenzulernen, so hegte ich doch ein noch sehnlicheres Verlangen, die Reise nach Süden ohne Verzug fortzusetzen. Wir hatten jetzt schönes Wetter, aber wer konnte sagen, wie lange es dauern würde? Wir waren am vierundachtzigsten Grad, vor uns lag offenes Meer, eine starke Strömung zog nach Süden, der Wind war günstig … Wie sollte ich da geduldig auf den Vorschlag hören, länger hier zu verweilen, als für die Gesundheit der Leute nötig war? Ich stellte dem Kapitän vor, daß wir hier auf der Rückkehr im Notfall überwintern könnten. Endlich hörte er auf mich – ich weiß kaum, wie ich allmählich einen gewissen Einfluß auf ihn erlangt hatte –, und es wurde beschlossen, daß wir hier nur eine Woche bleiben und dann, solange es möglich war, nach Süden vordringen sollten. Wir trafen somit alle nötigen Anstalten, und unter Tuwits Führung lotsten wir die »Jane« sicher durch das Riff und gingen etwa eine Meile vom Strand vor Anker, in einer trefflichen, völlig vom Land umschlossenen Bucht, an der Südostküste der Hauptinsel, bei zehn Faden Tiefe; der Grund war schwarzer Sand. An der Spitze der Bucht sollten drei schöne Quellen entspringen, mit gutem Wasser, und wir sahen in der Umgebung eine Menge Wald. Die vier Kanus folgten uns in achtungsvoller Entfernung. Tuwit blieb bei uns und lud uns nach dem Fallen des Ankers ein, ihn ans Land zu begleiten und sein Dorf im Innern durch unsern Besuch zu ehren. Kapitän Guy stimmte zu. Zehn Wilde blieben als Geiseln an Bord, und eine Abteilung der Unsern, bestehend aus zwölf

Mann, machte sich bereit, dem Häuptling zu folgen. Wir sorgten für gute Bewaffnung, ohne mißtrauisch erscheinen zu wollen. Der Schoner hatte die Kanonen schußfertig, die Enternetze aufgespannt, und jede Vorkehrung gegen einen Überfall war getroffen. Der Oberbootsmann durfte in unsrer Abwesenheit niemand an Bord lassen, und im Falle, daß wir länger als zwölf Stunden ausblieben, sollte der Kutter, mit einer Drehbasse versehen, die Küsten der Insel entlang nach uns fahnden.

Mit jedem Schritt drängte sich uns die Überzeugung auf, daß wir uns in einer Gegend befanden, die keiner bisher von zivilisierten Menschen besuchten irgendwie ähnlich war. Nichts Vertrautes erblickten wir; die Bäume glichen keinem Gewächs der heißen, der gemäßigten oder der kalten Zone und waren ganz verschieden von denen der tiefen Breiten, die wir eben durchkreuzt hatten. Selbst die Felsen erschienen neuartig in ihrer Masse, ihrer Färbung, ihrer Zusammenstellung; die Flüsse selbst, so unglaublich es klingen mag, hatten mit denen andrer Klimate so wenig Gemeinsames, daß wir uns scheuten, aus ihnen zu trinken, und in der Tat vermochten wir sie kaum als natürliche Erzeugnisse anzusehen. An einem Bächlein, das über unsern Weg floß, dem ersten, dem wir begegneten, machten Tuwit und seine Leute halt, um zu trinken. Wegen der sonderbaren Farbe des Wassers weigerten wir uns, davon zu trinken, weil wir es für unrein hielten, und erst nach einiger Zeit begriffen wir, daß alle Bäche der Inselgruppe dieses Aussehen hatten. Ich weiß nicht, wie ich die Art dieses Wassers näher bestimmen soll, und kann dies nicht in wenigen Worten tun. Obwohl es gleich gewöhnlichem Wasser bei jeder Senkung rascher floß, hatte es doch nie, außer wenn es in Kaskaden herabfiel, den Anschein der Durchsichtigkeit. Trotzdem war es so klar wie nur irgendein Wasser aus Kalkschichten, der Unterschied lag nur in der Erscheinung. Zuerst, besonders bei geringem Abfall, erinnerte es, was seine Dichte anbelangt, an arabischen Gummi, wenn er in gewöhnlichem Wasser aufgelöst wurde; aber das war die geringste seiner wunderbaren Eigenschaften. Es war nicht farblos, auch nicht gleichfarbig, sondern es bot im Fließen dem Auge jede Schattierung tiefen Violetts, ähnlich den wechselnden Tinten einer gewissen Art Seide. Dieser Wechsel in der Abstufung wurde auf eine Weise erzeugt, die uns ebenso in Erstaunen setzte, wie Tuwit vorher der Spiegel. Nachdem wir ein Becken damit gefüllt und das Wasser sich gesetzt hatte, fanden wir, daß die ganze Flüssigkeit aus einer Anzahl verschiedener Adern bestand, deren jede einen andern Farbenton hatte, daß diese Adern sich nicht vermengten, daß ihr Zusammenhang in bezug auf ihre eigenen Teilchen vollkommen, jedoch in bezug auf die Nachbaradern unvollständig war. Zog man ein Messer quer durch die Adern, so schloß sich das Wasser gleich unserm vollständig über der Klinge, und nach dem Wegziehen waren alle Spuren des Schnittes verschwunden. Fuhr man dagegen mit der Schneide genau an der Grenze zweier Adern hin, so erzielte man eine völlige Trennung, die keineswegs sofort durch die Kohäsion aufgehoben wurde. Das Phänomen dieses Wassers bildete das erste Glied in der ungeheuren Kette scheinbarer Wunder, die mich nach und nach immer fester umwinden sollte.

Neunzehntes Kapitel

Es dauerte fast drei Stunden, ehe wir das Dorf erreichten; denn es lag neun Meilen weit im Innern, und der Weg führte durch eine bucklige Landschaft. Wie wir so hinzogen, wuchs das Gefolge Tuwits, sämtliche hundertundzehn Wilden aus den Kanus, durch den Anschluß kleinerer Abteilungen von zwei bis sechs und sieben Mann, die sich scheinbar zufällig an verschiedenen Stellen des Pfades zu uns gesellten. Darin schien ein System zu liegen, und ich konnte mich eines gewissen Mißtrauens nicht erwehren – ich teilte dem Kapitän meine Besorgnisse mit. Doch es war zu spät zur Umkehr, und wir kamen zu dem Schluß, daß unsere Sicherheit durch das Betonen unsres festen Vertrauens auf Tuwits Gesinnung am besten gewahrt sei. Daher zogen wir weiter, die Bewegungen der Wilden aufmerksam verfolgend und eine Zerteilung der Unsren unauffällig hindernd. So kamen wir durch eine tiefe Schlucht zu dem Dorf, das nach Aussage der Wilden das einzige auf der Insel war. Als es in Sicht kam, stieß Tuwit einen langen Schrei aus und wiederholte mehrmals das Wort »Klock-Klock«, das also vermutlich der Name des Dorfes oder die Bezeichnung für ein Dorf überhaupt sein mochte.

Die Wohnstätten waren von unbeschreiblich elender Art und unterschieden sich durch den Mangel einer einheitlichen Anlage von den Behausungen sogar der niedrigsten Rassen, die der Menschheit bekannt sind. Einige, die den Wampus oder Yampus, den Großen des Landes, gehörten, bestanden einfach in einem umgehauenen Baum, über den ein mächtiges schwarzes Fell gezogen war, das in lockeren Falten auf den Boden herabhing. Unter dieses

Fell kauerten sich die Wilden. Dann sah man unbehauene Baumäste mit verwelktem Laub, gelehnt an eine etwa fünf Fuß hohe Lehmwand. Dann wieder senkrecht in den Lehm gegrabene, mit ähnlichen Zweigen bedeckte Löcher. Einige Wohnungen befanden sich auf den Gabelungen aufrechtstehender Bäume, deren oberer Teil geknickt war, um Schutz gegen das Wetter zu bieten. Die meisten Wohnungen aber waren kleine, niedrige Höhlen, eingekratzt in die Wände eines dunklen Gesteins, das an Waschton erinnerte. An der Tür einer jeden dieser urtümlichen Höhlen lag ein kleiner Fels, den der Einwohner beim Verlassen seiner Burg sorgsam vor die Öffnung wälzte, obwohl der Stein kaum groß genug war, um mehr als ein Drittel der Öffnung zu verschließen.

Dieses Dorf, wenn man es so nennen durfte, lag in einem Talkessel und konnte nur von Süden her betreten werden, da die von mir erwähnten Steilwände jeden andern Zugang verwehrten. Durch die Mitte des Tales tobte ein Bachstrom jenes magisch aussehenden Wassers, das ich oben geschildert habe. Wir sahen ein paar seltsame Tiere in der Nähe der Wohnungen, es schienen völlig zahme Haustiere zu sein. Das größte dieser Geschöpfe glich an Körperbau und Rüssel unserm gewöhnlichen Schwein, doch hatte es einen buschigen Schweif und die schlanken Läufe der Antilopen. Seine Bewegungen waren ungeschickt, unsicher, und niemals machte es einen Versuch, zu laufen. Wir sahen auch einige Tiere, die jenem sehr ähnlich waren, aber einen längeren Leib und ein wolliges, schwarzes Fell besaßen. Eine Menge zahmen Geflügels tummelte sich ringsrum; es schien die Hauptnahrung der Eingeborenen zu bilden. Mit Staunen erblickten wir zwischen diesen Vögeln schwarze Albatrosse, die völlig gezähmt schienen und zeitweilig ihres Futters wegen meerwärts flogen, stets aber zum

Dorf, als zu ihrem Heim, zurückkehrten und die nahe Südküste als Brutstätte benutzten. Dort trafen sie, wie überall, mit ihren Freunden, den Pinguinen, zusammen, die ihnen aber niemals in den Hütten der Wilden folgten. Unter dem zahmen Geflügel gab es ferner Enten, die an unsere Hausente gemahnten, schwarze Gänse und einen dem Bussard ähnlichen Vogel, der jedoch kein Fleischfresser war. Fische waren in Mengen vorhanden. Wir sahen während unsres Aufenthalts eine Unmasse getrockneter Lachse und Stockfische, blaue Delphine, Makrelen, Meeraale, Elefantenfische, Schollen, Papageifische, Kofferfische, Knurrhähne, Rotaugen, Parakutas und zahllose andere Arten. Die meisten hatten einige Ähnlichkeit mit den Fischen der Lord-Auckland-Inseln, die am einundfünfzigsten Grad südlicher Breite liegen. Die Galapagos-Schildkröte kam sehr häufig vor. Wilde Tiere sahen wir nur wenige, und sie waren nicht sehr groß und gehörten nicht zu den uns vertrauten Arten. Eine oder zwei ganz fürchterlich aussehende Schlangen krochen uns über den Weg, aber die Wilden schienen sie gar nicht zu beachten; wahrscheinlich waren sie nicht von giftiger Art.

Als wir dem Dorf ganz nahe waren, stürzte eine Menge Volkes hervor, um uns und Tuwit mit lauten Rufen zu begrüßen, unter denen wir nur das ewige »Lama lama« und »Anamu mu!« unterscheiden konnten. Zu unserm Befremden waren die meisten der neuen Ankömmlinge völlig nackt; Felle schienen nur die Kanuleute zu tragen. Auch schienen sie alle Waffen des Landes im Alleinbesitz zu haben, denn an den Dörflern sahen wir keine. Es waren da eine Menge Weiber und Kinder; manche der ersteren schienen durchaus nicht ohne körperlichen Reiz. Wir fanden sie groß, schlank und wohlgebaut, mit einer Anmut und Freiheit in der Haltung, die man in zivilisierten Kreisen schwerlich antreffen dürfte; doch waren ihre Lippen gleich denen der Männer dick und wulstig, so daß ihre Zähne sogar beim Lachen nicht sichtbar wurden. Ihr Haar war feiner und geschmeidiger als das Haar der Männer. Zehn oder zwölf von den Dorfbewohnern waren wie Tuwits Leute in schwarze Felle gekleidet und mit Keulen bewaffnet. Sie genossen ein großes Ansehen und wurden mit »Wampu« angeredet. Sie bewohnten die Schwarzhautpaläste. Das Haus des Häuptlings lag inmitten des Dorfes und war etwas größer und besser gebaut als die übrigen. Den Baum, der seine Stütze bildete, hatte man erst in zwölf Fuß Höhe umgekippt, und die Zweige dienten zum Ausbreiten und Festhalten der Hautdecke. Sie bestand aus vier riesigen Fellen, die durch hölzerne Stifte zusammengehalten wurden und im Boden mit Pflöcken befestigt waren. Eine Fülle trockner Blätter bildete den Teppich.

Mit großer Feierlichkeit geleitete man uns zu dieser Hütte, und so viele Wilde wie nur möglich drängten hinterdrein. Tuwit nahm auf der Streu Platz und forderte uns auf, ein gleiches zu tun. Wir folgten der Einladung und fanden uns alsbald in einer ungemütlichen, um nicht zu sagen kritischen Lage. Wir zwölf saßen auf dem Boden der Hütte, und ungefähr vierzig Wilde hockten so dicht um uns herum, daß wir im Falle einer Überrumpelung keinen Gebrauch von unsern Waffen machen, ja nicht einmal aufstehen konnten. Das Gedränge kam von außen her, wo gewiß die ganze Insel versammelt war, und nur die unaufhörlichen Bemühungen und Zurufe Tuwits bewahrten uns davor, niedergetrampelt zu werden. Unsre größte Sicherung lag jedoch darin, daß Tuwit sich in unsrer Mitte befand, und wir beschlossen, uns dicht an ihn zu halten und ihm beim ersten Anzeichen von Feindseligkeiten den Garaus zu machen.

Nach einem längeren Hin und Her war eine größere Ruhe hergestellt worden, und jetzt richtete der Häuptling eine endlose Ansprache an uns, die an seine Kanurede erinnerte, nur daß jetzt die »Anamu mus« etwas stärker betont wurden als die »Lama lamas«. Wir lauschten in tiefem Schweigen, bis die Rede beendet war, dann antwortete der Kapitän, indem er den Häuptling seiner ewigen Freundschaft und Wohlgesinntheit versicherte und seine Worte durch Überreichung einiger Ketten blauer Perlen und eines Messers bekräftigte. Jene betrachtete Tuwit zu unserer Überraschung mit Naserümpfen; das Messer aber befriedigte ihn in höchstem Grade, und er bestellte sofort das Mittagsmahl. Es wurde über die Köpfe des Gefolges weg ins Zelt gereicht und bestand in den zuckenden Eingeweiden eines unbekannten Tieres, wahrscheinlich eines jener dünnbeinigen Schweine, die wir in der Nähe des Dorfes gesehen hatten. Da wir nicht recht wußten, wie wir zugreifen sollten, ging er mit gutem Beispiel voran, indem er das verlockende Gericht ellenweise hinabschlang, bis wir es nicht länger mit ansehen konnten und unser Magen sich dagegen empörte, worüber Seine Majestät noch mehr als über die Spiegel im Schiff zu erstaunen geruhte. Doch lehnten wir dankend die dargebotenen Leckerbissen ab und gaben zu verstehen, daß wir keinen Hunger hätten, da wir von einem ausgiebigen Frühstück kämen.

Als das Oberhaupt seine Mahlzeit beendet hatte, begannen wir auf möglichst kluge Art ein Kreuzverhör mit ihm: welches die Haupterzeugnisse des Landes wären und ob man sich eines oder das andere von ihnen zunutze machen könnte. Endlich schien Tuwit uns zu verstehen und erbot sich, uns an einen Teil der Küste zu führen, an dem, wie er versicherte, *»biche de mer«* (er zeigte mit dem Finger auf ein Exemplar dieses Tieres) in Hülle und Fülle zu finden sei. Wir waren froh, auf diese Art der Bedrängnis durch die Menge entfliehen zu können, und deuteten ihm an, wir seien bereit, mit ihm zu gehen. Wir verließen das Zelt und folgten, von der ganzen Bevölkerung begleitet, dem Häuptling nach der Südostspitze der Insel, von der die Bucht, in der unser Schiff ankerte, nicht weit entfernt lag. Wir warteten hier ungefähr eine Stunde lang, bis die vier Kanus von einigen Wilden an unseren Standort gebracht waren. Dem Riff entlang ruderten uns die Eingebornen zu einem zweiten äußeren Riff, und dort sahen wir mehr von jenen Tieren, als der älteste Seemann unter uns an den nördlichen Inselgruppen, die durch diesen Handelsartikel berühmt sind, je erblickt hatte. Wir hätten zwölf Schiffe mit den Tieren beladen können. Man brachte uns nun an den Schoner, und Tuwit versprach, daß er uns binnen vierundzwanzig Stunden so viel Spiegelenten und Galapagos-Schildkröten bringen würde, wie die Kanus fassen könnten. In dem ganzen Vorgang fanden wir nichts, das irgendeinen Verdacht gegen die Wilden hätte begründen können, abgesehen von dem systematischen Anschwellen der Schar auf dem Weg vom Schoner zum Dorf.

Zwanzigstes Kapitel

Der Häuptling hielt Wort, und bald waren wir reichlich mit frischen Vorräten versehen. Die Schildkröten waren prachtvoll, und die Enten übertrafen unser bestes Wildgeflügel an Zartheit, Saft und Schmackhaftigkeit. Ferner brachten uns die Wilden auf unsern Wunsch in großer Menge braune Sellerie und Skorbutgras, dazu frische und getrocknete Fische. Die Sellerie war uns ein Hochgenuß, und das Skorbutgras erwies seine heilende Macht an unsern Kranken. Wir erhielten sonst noch allerhand frische Vorräte, unter anderm eine Art Schaltier, das nach Austern schmeckte, Garnelen und Krabben sowie Eier vom Albatros und anderen Vögeln. Die Schale der Eier war schwarz. Auch vom Fleisch der vorhin erwähnten Schweineart nahmen wir einen Vorrat mit an Bord. Den Leuten schien es zu munden, ich fand es tranig und überhaupt widerlich. Im Austausch gegen diese guten Sachen erhielten die Wilden blaue Glasperlen, blechernen Schmuck, Nägel, Messer, endlich Stücke roten Zeugs, und sie schienen mit der Bezahlung sehr zufrieden zu sein. Wir richteten am Strand, unter den Kanonen des Schoners, einen regelrechten Markt ein, und der Handel vollzog sich unter allen Zeichen freundschaftlicher Gesinnung und in einer Ordnung, die wir nach den Erfahrungen in Klock-Klock nicht für möglich gehalten hätten

So freundschaftlich blieben die Beziehungen durch mehrere Tage; Abteilungen Eingeborner kamen an Bord, und unsere Leute besuchten die Insel, auf der sie oft weite Streifzüge unternahmen, ohne irgendwie belästigt zu werden. Die Leichtigkeit des Gewinnes von »*biche de mer*« und die Gefälligkeit der Einwohner veranlaßten den Kapitän, wegen Errichtung passender Räuchereien mit Tuwit in Verhandlungen zu treten und ihn mit dem weiteren Einsammeln des Artikels zu betrauen, während wir das schöne Wetter benutzen wollten, die Reise nach dem Süden fortzusetzen. Der Häuptling schien mit diesem Vorschlag sehr einverstanden. Man einigte sich in für beide Teile völlig befriedigender Weise dahin, daß, nachdem die nötigen Vorarbeiten durch unsre Mannschaft ausgeführt sein würden, der Schoner seine Fahrt fortsetzen sollte, während drei unsrer Leute auf der Insel zurückbleiben würden, um die Wilden im Trocknen der Meertiere zu unterrichten. Der Lohn sollte davon abhängen, wie groß sich die Bemühungen der Eingebornen in unsrer Abwesenheit erwiesen hätten. Sie sollten eine bestimmte Anzahl von blauen Perlen, Messern, rotem Zeug für eine gewisse Menge der zubereiteten Tiere erhalten, sobald wir wiederkehrten.

Über diesen wichtigen Handelsartikel sei hier das Nötigste gesagt. In dem Bericht eines Südseereisenden lesen wir darüber:

»Es ist jene Molluske aus dem Indischen Ozean, die im Handel den französischen Namen ›*biche de mer*‹ führt, was bedeuten soll: ein guter Bissen aus der See. Wenn ich nicht irre, nennt der berühmte Cuvier das Tier ›*Gasteropoda pulmonifera*‹. Es wird an den Küsten der Pazifischen Inseln in Mengen gesammelt, hauptsächlich für den chinesischen Markt, auf dem es ebenso hoch geschätzt wird wie die oftgenannten Vogelnester, die wahrscheinlich aus einer sulzigen Masse bestehen, die von den Schwalben dem Körper jener Weichtiere entzogen wird. Sie haben weder eine Schale noch Füße, nur Mund und After, kriechen aber mittels ihrer elastischen Ringe wie Regenwürmer oder Raupen im seichten Wasser. Hier werden sie von den Schwalben erblickt, die ihnen mit ihren scharfen Schnäbeln die klebrige, fasrige Substanz entnehmen, die dann in die Wand des Nestes eingewoben wird. Das Weichtier ist von länglicher Form und mißt drei bis achtzehn Zoll; doch sah ich solche, die zwei Fuß lang waren. Sie suchen zum Zweck der Fortpflanzung in einer bestimmten Jahreszeit das seichte Wasser auf und leben von Zoopythen jener Gattung, deren Werk die Korallen sind.

Nachdem man sie gefangen hat, was meist in drei bis vier Fuß Tiefe geschieht, werden sie aufgeschlitzt und die Eingeweide herausgepreßt. Dann werden sie gewaschen und mäßig gekocht. Sodann gräbt man sie in die Erde, läßt sie vier Stunden darin, kocht sie nochmals und trocknet sie dann am Feuer oder an der Sonne. Die an der Sonne getrockneten werden am höchsten geschätzt; doch man braucht dazu die dreifache Zeit. Wenn sie so geräuchert sind, kann man sie ohne Gefahr zwei oder drei Jahre an einem trockenen Ort verwahren, muß aber viermal des Jahres nachsehen, ob sie nicht durch Feuchtigkeit bedroht sind.

Die Chinesen betrachten, wie gesagt, diese Weichtiere als eine große Leckerei, da sie glauben, daß besonders der erschöpfte Organismus der Unmäßigen und Wollüstlinge durch eine dieser Nahrung innewohnende Wunderkraft neu belebt wird.«

Nachdem alles abgemacht war, brachten wir die zum Roden und Bauen nötigen Werkzeuge ans Land. Eine Ebene, nahe der Ostküste unsrer Bucht, an der es viel Wald und Wasser gab und die den Riffen nicht zu fern lag, erwählten wir zu unserm Zweck. Dann machten wir uns eifrig an die Arbeit und hatten bald zum nicht geringen Staunen der Wilden die nötigen Bäume gefällt und für die Rahmen der Häuser zurechtgezimmert, so daß wir binnen zwei, drei Tagen weit genug waren, den Zurückbleibenden den Rest überlassen zu können. Diese waren John Carson, Alfred Harris und Peterson, lauter Londoner, glaub' ich; sie hatten sich freiwillig zu jenem Dienst gemeldet.

Am Schluss des Monats war alles zur Abfahrt bereit. Doch war ausgemacht worden, daß wir uns im Dorf förmlich verabschieden sollten, und Tuwit bestand mit solcher Hartnäckigkeit auf der Erfüllung unsres Versprechens, daß wir es nicht für richtig hielten, ihn durch eine Absage zu verletzen. Nicht einer von uns mochte damals an der Verläßlichkeit der Wilden zweifeln. Sie hatten sich durchaus anständig benommen, uns eifrig bei der Arbeit geholfen und oft, ohne eine Bezahlung zu fordern, das Gewünschte herangebracht; niemals hatten sie einen einzigen Gegenstand entwendet, obwohl sie durch ihre Freude über die Geschenke bewiesen, wie wertvoll ihnen unsre Waren erschienen. Die Frauen kamen uns in jeder Beziehung entgegen … Kurzum, wir hätten die mißtrauischsten aller Menschenkinder sein müssen, wenn wir bei einem Volk, das uns so gut behandelte, auch nur den Gedanken des Verrates für möglich gehalten hätten. Binnen kurzem aber sollten wir erkennen, daß dieses scheinbare Wohlwollen nur einem sorgsam ausgeheckten Plan zu unsrer Vernichtung entsprang und daß die Inselleute, die wir in so unverdienter Weise schätzten, in Wahrheit die barbarischsten, tückischsten und blutdürstigsten Halunken waren, die jemals das Angesicht der Erde befleckt haben.

Am 1. Februar gingen wir an Land, um den versprochenen Besuch im Dorf zu erledigen. Obwohl wir, wie gesagt, nicht die Spur eines Verdachtes hegten, unterließen wir doch keine Maßregel nötiger Vorsicht. Sechs Mann blieben an Bord des Schoners, mit der Instruktion, keinen Schwarzen während unserer Abwesenheit an Deck zu lassen, unter welchem Vorwand es auch immer wäre, und ununterbrochen auf dem Verdeck zu bleiben. Die Kanonen waren mit Kartätschen doppelt geladen, das Enternetz war aufgezogen. Das Schiff lag vor senkrechtem Anker eine Meile vom Strand entfernt, und kein Kanu konnte sich ihm nähern, ohne dem Feuer der Drehbasse ausgesetzt zu sein.

Die Expedition bestand aus zweiunddreißig Mitgliedern. Wir waren bis an die Zähne bewaffnet, mit Musketen, Pistolen, Hirschfängern; dann hatte auch jeder sein langes Seemannsmesser, das dem jetzt im Westen und Süden unsres Landes so beliebten Bowiemesser ähnelt, im Gürtel stecken. Hundert schwarzfellgeschmückte Krieger erwarteten uns am Strand, um uns das Geleit zu geben. Sie waren ohne Waffen, was uns sehr überraschte. Auf unsre Fragen erwiderte Tuwit nur: »Matti non vi pa pa si«, was etwa hieß: »Unter Brüdern sind Waffen überflüssig.« Wir freuten uns über solche Gesinnung und zogen arglos weiter.

Wir hatten den neulich erwähnten Bach überschritten und betraten jetzt eine enge Schlucht, die eine Kette von Specksteinbergen in der Richtung des Dorfes durchbrach. Diese Schlucht war sehr felsig und uneben, so daß wir sie bei unserm ersten Besuch Klock-Klocks nicht ohne Mühe durchklettert hatten. Die Länge der Kluft mochte im ganzen anderthalb oder zwei Meilen betragen. Sie zog in allen möglichen Windungen zwischen den Hügeln hin – offenbar hatte sie in längst vergangener Zeit das Bett eines Bergstroms gebildet –, und alle zwanzig Ellen machte sie eine plötzliche, scharfe Wendung. Die Seiten der Schlucht stiegen überall mindestens bis zu siebzig, achtzig Fuß lotrecht empor, und an einigen Stellen erhoben sie sich zu schwindelnder Höhe und überschatteten den Pfad so vollständig, daß vom Licht des Tages nicht viel herabzudringen vermochte. Die Durchschnittsbreite betrug vierzig Fuß; manchmal verengte sich die Kluft so sehr, daß nur fünf oder sechs Mann nebeneinander gehen konnten. Kurz, einen Ort, der sich mehr zu Überfällen eignete, konnte man sich gar nicht denken, und es war nur selbstverständlich, daß wir beim Betreten der Schlucht nach unseren Waffen sahen. Wenn ich jetzt unserer fabelhaften Torheit gedenke, wundere ich mich am meisten darüber, daß wir unter irgendwelchen Umständen uns so vollständig in die Macht unbekannter Wilder begeben konnten, daß wir ihnen sogar gestatteten, während unsres Marsches durch die Schlucht sowohl vor als hinter uns zu gehen. Doch in dieser Ordnung zogen wir Verblendeten dahin, törichterweise auf die Waffenlosigkeit Tuwits und seiner Leute, die Treffsicherheit unsrer Gewehre, deren Wirkung den Schwarzen noch ein Geheimnis war, und hauptsächlich auf die immer wiederholten Freundschaftsbeteuerungen dieser schändlichen Rotte bauend. Fünf oder sechs von ihnen machten sich als Führer mit dem Entfernen großer Steine und dem Glätten des Pfades zu tun. Dann kam unsre Abteilung. Wir marschierten dicht beieinander und waren immer darauf bedacht, daß keiner sich von der Schar loslöse. Den Schluß machte das Hauptkorps der Wilden, die wie gewöhnlich mit allem Anstand dahinschritten.

Dirk Peters, ein gewisser Wilson Allen und ich selbst befanden uns auf der rechten Seite; wir untersuchten gerade die eigentümliche Schichtung der steilen, überhängenden Wand. Eine Klüftung im weichen Gestein lenkte unsere Aufmerksamkeit auf sich. Sie war breit genug, daß ein Mensch bequem hineindringen konnte, und zog sich etwa achtzehn oder zwanzig Schritt geradeaus ins Gefels, um sich dann nach links zu wenden. Die Höhe der Öffnung betrug, soweit wir sie von der Hauptschlucht aus verfolgen konnten, etwa sechzig bis siebzig Fuß. Ein oder zwei verkümmerte Sträucher wuchsen aus den Spalten; an ihnen bemerkte ich eine Art Lambertusnuß, die ich gern näher betrachten wollte; ich machte einen raschen Abstecher dahin, riß fünf oder sechs Nüsse ab und wandte mich rasch zurück. Als ich mich umkehrte, sah ich, daß Peters und Allen mir gefolgt waren. Ich bat sie zurückzugehen, da hier für zwei nicht Platz genug sei; ich würde ihnen schon ein paar Nüsse mitbringen. Sie kehrten denn auch um und kletterten zurück. Allen war gerade am Ausgang der Nebenkluft angelangt … da empfand ich plötzlich eine Erschütterung, mit der ich nichts von allem, was ich jemals erlebte, vergleichen könnte, eine Erschütterung, die in mir die Vorstellung erzeugte – falls ich überhaupt einen Gedanken zu fassen imstande war –, daß die Grundfesten des Erdballs auseinanderstürzen wollten und der Tag allgemeiner Auflösung gekommen sei.

Einundzwanzigstes Kapitel

Sobald ich über meine Sinne zu gebieten vermochte, fand ich mich halb erstickt in vollkommener Finsternis unter einer Unmenge losen Erdreichs, das von allen Seiten über mich herkollerte und mich vollends zu begraben drohte. Das Entsetzliche dieses Gedankens trieb mich zur Abwehr; ich mühte mich, wieder auf die Füße zu kommen, und endlich gelang es mir auch. Dann blieb ich einige Augenblicke unbeweglich, indem ich festzustellen versuchte, wo ich denn wäre und was geschehen sei. Jetzt vernahm ich dicht an meinem Ohr ein tiefes Stöhnen, und gleich darauf hörte ich Peters' Stimme rufen: »Pym, um Gottes willen, kommen Sie mir zu Hilfe!« Ich kletterte ein paar Schritte nach vorn und fiel alsbald über Kopf und Schultern meines Gefährten. Herabgestürzte Erdmassen hatten ihn bis zum Gürtel begraben, und er trachtete vergebens, sich von ihrer Umarmung zu befreien. Ich riß die Last mit aller Kraft von ihm herunter, und endlich gelang es mir, ihn frei zu machen.

Sobald wir uns von unserm Schrecken und unsrer Überraschung genügend erholt hatten, um uns mit voller Vernunft aussprechen zu können, kamen wir beide zu dem Schluß, daß die Wände der Seitenkluft eingestürzt wären, und zwar, wie wir meinten, infolge einer unterirdischen Erschütterung oder ihrer eigenen Schwere, und daß wir lebendig begraben und wahrscheinlich rettungslos verloren seien. Wir gaben uns lange Zeit der tiefsten Todesangst und Verzweiflung hin. Wer nicht in ähnlicher Lage gewesen ist, kann sich keinen Begriff von unsern Leiden machen. Von allen Zufällen, die des Menschen Leben bedrohen, gibt es nichts Entsetzlicheres: die Schwärze der Finsternis, die das Opfer umringt, der fürchterliche Druck, der auf den Lungen lastet, die erstickenden Ausdünstungen des feuchten Erdreichs, dazu die grauenhafte Erkenntnis, daß man sich jenseits der fernsten Grenzen aller Hoffnung befindet und das Los der Toten teilt, all das erfüllt das arme Herz mit einem Grausen, einer Fülle würgender Angst, die nicht zu ertragen, niemals auszudenken ist.

Endlich schlug Peters vor, wir sollten den Umfang unseres Unglücks feststellen, die Wände unsres Kerkers befühlen, es könne doch möglich sein, daß noch irgendwo eine rettende Öffnung zu finden sei. Dieser Hoffnungsschimmer belebte mich, ich raffte mich auf und trachtete, mir einen Weg durch das lockere Erdreich zu bahnen. Kaum war ich einen Schritt vorgedrungen, da erblickte ich einen Lichtschein, und ich war nunmehr überzeugt, daß wir wenigstens nicht ersticken würden. Wir faßten Mut und ermunterten einander nach Kräften. Wir kletterten über einen Haufen Schutt, und nachdem wir dieses Hindernis überwunden hatten, näherten wir uns mit leichterer Mühe dem Tageslicht, und unsere Lungen atmeten ein klein wenig freier. Bald konnten wir die Gegenstände rings um uns wahrnehmen. Wir befanden uns an der Stelle, wo die Spalte nach links hin umbog. Noch ein kurzer Kampf mit den Erdschollen, und wir hatten die Biegung erreicht. Alsbald zeigte sich zu unsrer unsagbaren Freude eine Art Bruch oder Riß, der sich weit aufwärts zog, meist in einem Winkel von fünfundvierzig Grad, oft um vieles steiler. Wir konnten die Öffnung noch nicht ganz übersehen; aber aus dem breit einfließenden Licht schlossen wir, daß die Höhe, falls wir sie überhaupt erreichten, einen Zugang ins Freie gewähren müsse.

Ich entsann mich, daß unser drei die Nebenkluft betreten hatten und daß unser Gefährte Allen noch fehlte; wir beschlossen, sogleich umzukehren und nach ihm zu suchen. Nach langem Suchen, unter steter Gefährdung durch neue Einstürze, rief Peters endlich, er halte Allens Fuß in der Hand, aber sein Körper sei so tief unter dem Erdrutsch begraben, daß an Hilfe nicht zu denken sei. Das war leider wahr, und ohne Zweifel war der Arme längst nicht mehr am Leben. Betrübten Herzens verließen wir ihn und arbeiteten uns wieder zur Biegung vor.

Die Breite des Risses war so gering, daß wir nach einigen vergeblichen Versuchen aufzusteigen aufs neue zu verzweifeln begannen. Ich sagte schon, daß die Bergkette aus einem weichen, an Speckstein erinnernden Gefels bestand. Die Seiten der Spalte waren aus dem gleichen Material und durch Nässe so schlüpfrig, daß wir sogar auf den am wenigsten abschüssigen Stellen kaum Fuß zu fassen vermochten. An den fast senkrecht abfallenden Teilen waren die Schwierigkeiten natürlich weit größer; ja, wir hielten sie eine Zeitlang für unbesiegbar. Doch schöpften wir Mut aus unsrer Verzweiflung; wir schnitten mit unsern Bowiemessern Stufen in das weiche Gestein, klammerten uns mit Gefahr unsres Lebens an eine Art harten Schiefers, der hier und dort aus der Erdmasse hervorbrach, und erreichten endlich eine natürliche Plattform, von der aus man ein Fleckchen blauen Himmels über dem Abschluß einer dichtbewaldeten Talschlucht erblicken konnte. Als wir jetzt in größerer Ruhe auf unsern Weg zurückschauten, erkannten wir deutlich an dem Aussehen der Hänge, daß jener Riß eine frische Bildung war und daß die Erschütterung, die so unerwartet über uns gekommen war, hier zugleich einen Pfad zu unserer Rettung geschaffen hatte. Wir waren so erschöpft, so matt, daß wir weder stehen noch richtig sprechen konnten. Peters schlug vor, wir sollten unsere Pistolen abschießen und so unsre Kameraden herbeirufen; Musketen und Hirschfänger waren vom abstürzenden Erdreich begraben worden. Hätten wir nach seinem Rat gehandelt, so wäre das unser Verderben gewesen; doch zum Glück war inzwischen ein leiser Verdacht in meiner Seele aufgestiegen, und wir hielten es für besser, die Wilden über unsern Aufenthaltsort im unklaren zu lassen.

Wir rasteten eine Stunde; dann drangen wir langsam schluchtwärts vor und waren nicht sehr weit gekommen, als wir ein fürchterliches, lang andauerndes Geheul vernahmen … Endlich erreichten wir, was man die Oberfläche nennen könnte, denn unser Weg war, seit wir die Platte verlassen hatten, nur unter einer Wölbung hoher Felsen und weit droben grünenden Laubes hingegangen. Sehr vorsichtig stahlen wir uns an eine schmale Öffnung, durch die man einen Überblick über das ringsum liegende Gelände erhielt, und das ganze schauerliche Geheimnis des Erdsturzes war mit einem Male aufgehellt.

Unser Ausguck lag von dem Gipfel der höchsten Erhebung in der Specksteinkette nicht sehr weit entfernt. Etwa fünfzig Schritte von unsrer Linken zog sich die Bergkluft hin, die unsre Schar von zweiunddreißig Leuten arglos betreten hatte. Aber auf einer Strecke von mehr als hundert Ellen war das Bett dieser Klamm durch die chaotischen Trümmer einer Erd- und Gesteinsmasse von mehr als einer Million Tonnen, die künstlich hineingestürzt worden war, vollständig ausgefüllt. Die Mittel, durch die man die ungeheure Last zum Sturz gebracht hatte, waren ebenso einfach wie leicht erkennbar, denn wir sahen noch deutliche Spuren dieser mörderischen Arbeit. An mehreren Stellen des Ostrandes der Klamm – wir befanden uns jetzt auf ihrem westlichen Rand – sah man Holzpfähle, die in das Erdreich getrieben waren. Dort hatte das Gestein nicht nachgegeben; aber längs der Wand, von der die Masse herabgerutscht war, zeigten Vertiefungen, ähnlich denen, die nach einer Felsensprengung sichtbar sind, daß solche Pfähle, wie wir sie drüben noch erblickten, mit je einer Elle Zwischenraum und etwa zehn Fuß vom Rand der Schlucht entfernt, auf eine Strecke von fast dreihundert Fuß eingepflanzt worden waren. Starke Seile aus Weinreben hingen an den noch vorhandenen Pflöcken, und es wurde uns klar, daß sie sämtlich mit solchen Stricken versehen gewesen waren. Ich erwähnte schon die eigentümliche Schichtung dieser Specksteinberge; meine Schilderung der engen und tiefen Spalte, durch die wir den Schrecken des Lebendigbegrabenseins entrannen, wird eine deutlichere Vorstellung dieser Schichtung erweckt haben. Jede Erschütterung mußte den Boden in senkrechte, nebeneinander laufende Schichten zerspalten, es gehörte nicht viel Kunst dazu, diese Wirkung hervorzubringen. Ohne Zweifel hatten die Wilden ihren verräterischen Zweck erreicht, indem sie durch die lange Reihe der Pfähle das Erdreich teilweise spalteten, wahrscheinlich bis zur Tiefe von ein oder zwei Fuß, und dann mit aller Kraft an den Stricken zogen; so wurde ein furchtbarer Hebel hergestellt, der auf ein gegebenes Zeichen den ganzen Abhang auf den Grund der Klamm hinabzuwälzen imstande war. Das Los unserer armen Gefährten konnte nur vollständiger Untergang gewesen sein. Wir allein waren dem Ansturm dieser überwältigenden Vernichtung entgangen. Wir blieben jetzt die einzigen Weißen auf der Insel.

Zweiundzwanzigstes Kapitel

Unsere Lage war kaum weniger entsetzlich als im Augenblick, wo wir uns für immer verschüttet wähnten. Es blieb uns keine andre Aussicht als der Tod durch die Hände der Wilden oder ein jammervolles Leben in der Gefangenschaft. Gewiß konnten wir uns eine Zeitlang im Schutz der Berge vor ihnen versteckt halten oder eine letzte Zuflucht in der eben verlassenen Spalte finden; aber entweder würden wir während des langen Polarwinters der Kälte, dem Hunger erliegen, oder unsre Versuche, uns Nahrung zu verschaffen, würden schließlich zu unsrer Entdeckung führen.

Die ganze Gegend wimmelte von Schwarzen, die, wie wir jetzt erkannten, in Scharen auf ihren Flößen von den Inseln im Süden herübergekommen waren, jedenfalls in der Absicht, sich an der Erstürmung und Plünderung der »Jane« zu beteiligen. Das Schiff lag noch friedlich in der Bucht vor Anker; unsre an Bord zurückgebliebenen Kameraden beschlich offenbar keine Ahnung der Gefahr, die ihnen drohte. Wie sehr sehnten wir uns danach, bei ihnen sein zu dürfen, ihnen zur Flucht zu verhelfen oder im Versuch einer Abwehr mit ihnen zu sterben! Wie konnten wir sie warnen, ohne unser augenblickliches Verderben herbeizuführen, wobei es noch zweifelhaft war, ob ihnen die Warnung genützt hätte? Das Abfeuern einer Pistole mochte genügen, um sie zu benachrichtigen, daß etwas Schlimmes vorgefallen war; aber dieser Schuß konnte ihnen nicht sagen, daß ihre Rettung allein im schleunigsten Verlassen des Hafens liege; er vermochte ihnen nicht mitzuteilen, daß die Ehre nicht länger ihre Anwesenheit erfordere, daß ihre Gefährten nicht mehr unter den Lebenden weilten. Besser vorbereitet auf jeden Angriff, als sie schon waren, als sie immer gewesen waren, würden sie auch nach jenem Zeichen nicht sein. Durch unser Schießen konnte nichts Gutes, nur unsagbar Trauriges entstehen, und nach reiflicher Überlegung standen wir davon ab.

Unser nächster Gedanke war, strandwärts zu eilen, eines der vier Kanus loszumachen und damit das Schiff so rasch wie möglich zu erreichen. Aber wir sahen bald ein, daß dieser Plan sich niemals durchführen lassen würde. Wie ich schon sagte, wimmelte die Umgebung von Wilden, die, um nicht vom Schoner aus bemerkt zu werden, im Gebüsch und in den Klüften der Berge versteckt lagen. Gerade in unsrer unmittelbaren Nachbarschaft hielt eine ganze Abteilung von Schwarzfellkriegern unter dem Befehl Tuwits; sie versperrten uns den einzigen Weg, auf dem wir nach der Bucht hätten gelangen können, und warteten offenbar nur auf Verstärkung, um den Angriff auf die »Jane« zu eröffnen. Auch die Kanus an der Spitze der Bucht waren mit Eingebornen bemannt, die allerdings unbewaffnet waren, aber gewiß ihre Waffen in der Nähe hatten. Daher sahen wir uns gegen unsern Wunsch genötigt, in unserm Versteck zu bleiben als bloße Zuschauer des Kampfes, der bald entbrennen mußte.

Nach einer halben Stunde ungefähr sahen wir sechzig oder siebzig Flöße und Flachboote mit Auslegern, voll von Wilden, das südliche Horn der Hafenbucht umschiffen. Ihre Waffen schienen nur in kurzen Keulen zu bestehen, und auf den Kielen ihrer Boote lagen Steine. Gleich darauf kam von der entgegengesetzten Seite eine Flottille, die ebenso ausgerüstet und noch zahlreicher war. Auch die vier Kanus füllten sich rasch mit Wilden, die aus dem Gebüsch emporschossen und alsbald in großer Eile ihren

Genossen zustrebten. So fand sich – in viel geringerer Zeit, als ich zum Erzählen brauche – die »Jane« wie durch Zaubertücke von einer mehr als tausendköpfigen Menge toller Unholde umringt, die entschlossen schienen, das Schiff auf jede Gefahr hin zu erobern.

An ihren Erfolgen zweifelten wir keinen Augenblick. Die sechs Zurückgebliebenen waren bei aller Tapferkeit nicht imstande, mit den Kanonen in gehöriger Weise umzugehen; auch konnten sie bei solcher Ungleichheit der Verhältnisse den Kampf nicht lange führen. Ich vermochte mir kaum vorzustellen, daß sie es überhaupt mit einer Abwehr versuchen würden; aber darin täuschte ich mich; denn alsbald sah ich sie mit den Springtauen beschäftigt; sie wendeten das Schiff, so daß es mit der Steuerbordbreitseite die Kanus bestrich, die jetzt auf Pistolenschußnähe herangekommen waren, während die Flachboote sich etwa eine Viertelmeile luvwärts befanden. Aus einem unbekannten Grund, wahrscheinlich aber infolge der Aufregung unsrer armen, in eine so hoffnungslose Lage gedrängten Kameraden hatte das Feuer der Breitseite nicht den geringsten Erfolg. Kein Kanu war getroffen, kein einziger Wilder verwundet; die Schüsse erreichten sie entweder gar nicht oder sie rikoschettierten über ihren Köpfen. Die einzige Wirkung, die man wahrnehmen konnte, war ein gewaltiges Erstaunen der Wilden über den Lärm und den Rauch; einige Augenblicke hoffte ich schon, sie würden ihre Absicht aufgeben und ans Land zurückkehren. Und das wäre auch wohl geschehen, hätten unsere Leute ein tüchtiges Kleingewehrfeuer auf die Breitseite folgen lassen; es hätte bei der geringen Entfernung der Kanus Schaden genug angerichtet, um jene so lange vor weiteren Angriffen abzuhalten, bis die Flachboote ebenfalls ihre Breitseite weggehabt hätten. Anstatt dessen aber ließen sie den Kanuleuten Zeit, sich von ihrer großen Panik zu erholen, und stürzten nach Backbord, um die Flöße gebührend zu empfangen.

Das Feuer der Backbordbreitseite war von entsetzlichster Wirkung. Die Stern- und Stangenkugeln der großen Geschütze schnitten sieben oder acht von den Fahrzeugen buchstäblich entzwei und töteten vielleicht dreißig oder vierzig von den Wilden, während mindestens hundert ins Wasser geschleudert und die meisten fürchterlich verwundet wurden. Die übrigen verloren vor Schreck den Kopf und traten einen hastigen Rückzug an, ohne daran zu denken, sich ihrer verletzten Gefährten anzunehmen, die heulend und nach Hilfe jammernd auf allen Seiten um sie herumschwammen. Doch leider kam dieser glänzende Erfolg zu spät, um unsre todgeweihten Kameraden zu retten. Die Kanurotte war schon an Bord des Schoners, in der Stärke von über hundertundfünfzig Mann; die meisten hatten die Puttingen erstiegen, die Enternetze überklettert, bevor noch ein Zünder die Backbordkanonen berührt hatte. Nichts vermochte ihrer tierischen Wut zu widerstehen. Unsere Leute wurden sofort überrannt, überwältigt, niedergetreten und waren im Augenblick vollkommen in Stücke gerissen.

Sobald die Kerle auf den Flachbooten und Flößen dies wahrnahmen, überwanden sie ihre Furcht und kamen in Scharen heran, um zu plündern. Binnen fünf Minuten war die »Jane« der jammervollste Schauplatz aller Verwüstung und bestialischer Zerstörung. Man spaltete das Verdeck, man schlitzte es förmlich auf; das Takelwerk, die Segel, alles Bewegliche war im Nu vernichtet; inzwischen schoben die Unholde am Heck, nahmen das Schiff ins Schlepptau, halfen, zu tausenden ringsum schwimmend, an den Flanken mit, so daß es ihnen endlich gelang, nachdem das Ankertau nachgegeben hatte, die »Jane« an den Strand zu drängen, wo sie Tuwit übergeben wurde, der wie ein kluger General während des ganzen Gefechtes einen sicheren Beobachtungsposten in den Bergen eingenommen hatte, jetzt aber nach errungenem glorreichem Sieg sich herabließ, mit seinen Schwarzfellkriegern ans Gestade zu eilen und seinen Teil der Beute in Anspruch zu nehmen.

Tuwits Hinabsteigen gab uns die Bewegungsfreiheit insofern zurück, als wir unser Versteck verlassen und die Umgebung der Kluft untersuchen konnten. Fünfzig Ellen von ihrer Mündung sahen wir eine kleine Quelle, an der wir unsern brennenden Durst löschten, und nicht weit davon einige von jenen Lambertnußsträuchern, die ich früher schon erwähnt habe. Die Nüsse schmeckten recht gut; wir füllten damit unsere Hüte, setzten sie in der Schlucht ab und kehrten dann zurück, um noch mehr einzusammeln. Während wir eifrig Nüsse pflückten, erschreckte uns ein Rascheln im Gebüsch, und wir wollten uns schon in unsern Schlupfwinkel zurückziehen, als ein großer, schwarzer Vogel, ähnlich einer Rohrdommel, sich schwerfällig und langsam aus den Büschen erhob. Ich war zu sehr überrascht, um zu handeln, aber Peters hatte die Geistesgegenwart, das Tier, ehe es entrinnen konnte, am Hals zu packen. Es wehrte sich unter entsetzlichen Schreien, so daß wir es schon freigeben wollten, um nicht durch den Lärm einige von den Eingebornen herbeizuziehen, die noch in der Nähe versteckt sein mochten. Endlich gab ein Stich mit dem Bowiemesser dem Wild den Rest, und wir schleiften es in die Schlucht, beglückt durch den Umstand, daß wir jetzt Fleisch genug für eine ganze Woche hatten.

Wir wagten uns nun an eine weitere Umschau, streiften ziemlich weit hinab am südlichen Abhang, fanden jedoch nichts Eßbares mehr. Wir suchten uns daher nur noch etwas trockenes Holz zusammen und kehrten dann um, da wir mehrere Abteilungen Wilder bemerkten, die mit Beute beladen ihrem Dorf zustrebten.

Unsre nächste Sorge war, unser Versteck so sicher wie möglich zu gestalten; das Guckloch, durch das wir vorhin, nach dem Aufstieg aus der Klamm, ein Stück blauen Himmels erblickt hatten, verdeckten wir mit Gestrüpp und ließen nur so viel offen, daß wir die Bucht überblicken konnten, ohne von unten gesehen zu werden. Nun freuten wir uns herzlich unsrer Sicherheit; denn es war jetzt unmöglich, uns zu beobachten, solange wir in der Schlucht verblieben und uns nicht hinaus auf die Höhe wagten. Es schien uns, als ob die Schwarzen diesen Grund niemals betreten hätten; aber als wir uns erinnerten, daß die Spalte, die uns hereingeführt hatte, eben erst durch den Zusammensturz der jenseitigen Bergwand hervorgerufen worden war und ein anderer Zugang nicht vorhanden schien, befiel uns jetzt auf einmal die Angst, daß uns der Rückweg abgeschnitten sein könnte. Wir beschlossen, bei günstiger Gelegenheit diese Höhen gründlich zu durchforschen; inzwischen beobachteten wir durch unser Guckloch die Bewegungen der Eingebornen.

Sie hatten das Schiff bereits vollständig in Trümmer gelegt und schickten sich eben an, es in Brand zu setzen. Bald sahen wir eine mächtige Rauchwolke aus der Hauptluke emporwirbeln, und gleich darauf schossen dichte Flammen prasselnd aus dem Vorderkastell. Was von der Takelung, den Masten, den Segeln noch übrig war, geriet sogleich in Brand, und das Feuer verbreitete sich in rasender Eile übers Verdeck. Trotzdem blieben noch viele der Wilden am Schiff hängen und bearbeiteten die Ziehnägel und anderes Eisen- und Kupferzeug mit großen Steinen, Äxten und Kanonenkugeln. Am Strand und in den Kanus und Flachbooten befanden sich nicht weniger als zehntausend

Wilde in unmittelbarer Nachbarschaft des Schoners, ohne die beutebeladenen Scharen zu rechnen, die landeinwärts oder nach den benachbarten Inseln unterwegs waren. Jetzt mußte eine Katastrophe eintreten. Und unsre Hoffnung wurde nicht enttäuscht. Zuerst gab es nur einen starken Stoß (wir empfanden ihn an unserm Standort deutlich wie den leichten Schlag einer elektrischen Batterie), aber von einer Explosion war nichts zu sehen. Die Wilden waren offenbar etwas bestürzt und hörten einen Augenblick auf, zu arbeiten und zu brüllen. Schon wollten sie ihr Treiben wieder fortsetzen, da quirlte mit einem Male eine Unmasse Rauches aus dem Verdeck empor; er glich einer schwarzen Gewitterwolke; dann strömte aus den Eingeweiden dieser Wolke eine ungeheure Säule lebendigen Feuers, die sich wohl eine Viertelmeile hoch in die Lüfte erhob; dann breitete sich diese Flamme ganz plötzlich im Kreise aus; dann war wie durch Zauber in einem Nu die Luft, so weit der Blick reichte, mit einem wahnsinnigen Durcheinander von Holz, Metall und menschlichen Gliedern erfüllt; und zuletzt kam die Erschütterung selbst in ihrer vollsten und tollsten Gewalt, die uns wie ein Sturmwind zu Boden warf, während die Berge das Getöse in unaufhörlichem Echo widerhallten und ein dichter Hagel winziger Trümmerteile auf allen Seiten rings um uns niederrasselte.

Das unter den Barbaren angerichtete Verderben übertraf bei weitem unsre kühnsten Erwartungen, und sie hatten nun in der Tat die volle, reife Frucht ihrer Verräterei geerntet. Wohl etwa tausend gingen durch die Explosion zugrunde, und mindestens ebensoviel waren aufs ärgste verstümmelt. Die Oberfläche der Bucht war von den im Todeskampf ächzenden und ertrinkenden Schuften förmlich übersät, und am Strand verhielt sich die Sache noch schlimmer. Sie schienen durch die Plötzlichkeit und Vollständigkeit ihrer Niederlage gänzlich betäubt, und keiner machte einen Versuch, dem andern zu helfen. Auf einmal aber änderte sich ihr Benehmen von Grund auf. Von dumpfer Ergebung gingen sie, so schien es uns, in den Zustand wildester Aufregung über, stürzten wie toll hin und her, umkreisten einen bestimmten Punkt am Strand mit dem seltsamsten Ausdruck des Entsetzens, der Wut und der heißen Neugier auf ihren häßlichen Gesichtern und brüllten unaufhörlich mit aller Kraft ihrer Lungen: »Tekeli-li! Tekeli-li!«

Nun zog eine größere Abteilung bergwärts, um alsbald mit Holzbündeln beladen zurückzukehren. Sie brachten das Holz an die Stelle, wo das Gedränge am dichtesten war; jetzt teilten sich die Massen, und wir konnten die Ursache all der furchtbaren Aufregung wahrnehmen. Etwas Weißes lag dort auf dem dunklen Sand, aber wir vermochten nicht gleich zu erkennen, was es sei. Endlich sahen wir, daß es der Körper jenes fremdartigen Tieres mit den scharlachroten Zähnen und Klauen war, das der Schoner am 18. Januar aufgefischt hatte. Kapitän Guy hatte die Absicht gehegt, den Balg ausstopfen zu lassen und ihn nach England mitzunehmen. Er hatte auch, kurz bevor wir die Inseln anliefen, einige Anordnungen in diesem Sinne erteilt, und das Tier war in die Kajüte gebracht und in einem Schrank verstaut worden. Die Explosion hatte es an den Strand geworfen, aber wir konnten die Erregung, die es bei den Wilden hervorrief, nicht recht begreifen. Sie umdrängten das tote Tier in geringem Abstand, doch keiner zeigte Lust, ganz nahe heranzutreten. Nach und nach umpfählten es die aus dem Wald Zurückkehrenden mit einem Zaun, und sobald dieser fertig war, stürzte die ganze ungeheure Versammlung unter dem lauten Geschrei »Tekeli-li! Tekeli-li! Tekeli-li!« nach dem Innern der Insel.

Dreiundzwanzigstes Kapitel

Während der nächsten sechs oder sieben Tage blieben wir in unserm Bergversteck und wagten uns nur zuweilen und mit großer Vorsicht heraus, um Wasser und Nüsse zu holen. Wir hatten uns auf der Plattform eine Art Schutzdach errichtet; darunter war ein Lager aus trockenen Blättern; drei große flache Steine dienten uns als Herd und Tisch. Feuer erzeugten wir mit viel Mühe durch Aneinanderreihen zweier Stückchen Holz, eines weichen und eines harten. Der Vogel, den uns ein glücklicher Zufall gesandt hatte, erwies sich als ein trefflicher, nur etwas zäher Braten. Es war kein Seevogel, sondern eine Art Rohrdommel oder Nachtrabe, mit kohlschwarzem, leicht angegrautem Gefieder und Flügeln, die im Verhältnis zu seinem Körper winzig schienen. Später sahen wir noch drei Vögel dieser Gattung in der Nähe unsrer Schlucht, sie suchten offenbar nach dem erlegten Genossen; da sie sich jedoch nicht niederlassen mochten, konnten wir ihrer nicht habhaft werden.

Nun war der eine Vogel aufgegessen, und wir sahen uns gezwungen, nach neuen Lebensmitteln zu fahnden. Die Nüsse reichten zur Sättigung nicht aus, auch verursachten sie uns arges Bauchgrimmen und nach übermäßigem Genuß heftiges Kopfweh. Am Strand östlich vom Berg hatten wir ein paar große Schildkröten bemerkt und meinten, sie leicht fangen zu können, falls wir den Augen der Wilden entgehen würden. Wir beschlossen daher, den Abstieg zu versuchen.

Zuerst stiegen wir auf der Südseite hinab, da es hier am wenigsten schwierig schien, aber kaum waren wir hundert Ellen weit gelangt, als – wie wir eigentlich erwarten mußten

– eine Abzweigung der Klamm, in der unsre Kameraden den Untergang gefunden hatten, den Weg vollkommen abschnitt. Wir folgten dem Rand dieser Kluft etwa eine Viertelmeile weit – da sperrte uns abermals ein Abgrund von schauerlicher Tiefe den Pfad, und wir mußten unverrichteterdinge zurückkehren, es war unmöglich, auf dem schmalen Brink Fuß zu fassen.

Jetzt wandten wir uns ostwärts, hatten aber den gleichen Mißerfolg zu verzeichnen. Nach einstündigem Klettern, währenddessen wir beständig in Gefahr waren, uns den Hals zu brechen, befanden wir uns in einem riesigen Kessel aus schwarzem Granit, dessen Grund ein feiner Staub bedeckte; der einzige Ausgang aber war der rauhe Pfad, auf dem wir herabgestiegen waren. Wir kletterten mühevoll zurück und versuchten es nun mit dem nördlichen Rand der Anhöhe. Hier war größte Vorsicht vonnöten, da die geringste Unachtsamkeit uns in den Gesichtskreis der Wilden bringen mußte. Wir stahlen uns daher auf Händen und Füßen fort und waren sogar wiederholt genötigt, uns der Länge nach hinzulegen und unsre Leiber flach durchs Gestrüpp zu schieben. Auf diese sorgfältige Weise bewegten wir uns eine Zeitlang fort. Dann kamen wir an eine Kluft, die alle andern an Tiefe übertraf und unmittelbar mit der großen Klamm zusammenhing. So zeigte sich's denn, daß wir mit unsern Befürchtungen recht gehabt hatten. Wir waren von der Welt da unten gänzlich abgeschnitten. Vollkommen durch unsre Anstrengungen erschöpft, krochen wir, so gut wir konnten, zu unsrer Plattform zurück, warfen uns auf die Streu und genossen ein paar Stunden süßen und tiefen Schlafes.

Mehrere Tage nach jener vergeblichen Suche waren wir damit beschäftigt, den Berggipfel nach jeder Richtung zu erkunden, um über etwaige Hilfsquellen unterrichtet zu sein. Außer den ungesunden Nüssen und einer sauren Art des Skorbutgrases, die auf einem wenige Ruten im Geviert messenden Fleckchen wuchs und auch bald aufgebraucht sein würde, bot uns die Höhe keinerlei Nahrung. Am 15. Februar, glaub' ich, war kein Halm davon übrig, auch die Nüsse fingen an, selten zu werden, und unsre Lage konnte sich kaum noch trauriger gestalten. (Dieser Tag war dadurch denkwürdig, daß wir im Süden einige ungeheure Streifen jenes weißgrauen Dunstes erblickten, von dem ich schon gesprochen habe.) Am Sechzehnten umschritten wir abermals die Wälle unsres Gefängnisses, in der Hoffnung, einen Ausweg zu entdecken; doch es war umsonst. Wir stiegen auch in die Kluft hinunter, in der wir verschüttet worden waren, in der geheimen Erwartung, hier würde sich ein Zugang zur großen Klamm erschließen. Auch darin täuschten wir uns; doch fanden wir eine Muskete und nahmen sie mit.

Am Siebzehnten rückten wir aus mit dem Entschluß, die Kule schwarzen Granits, in die wir auch auf unsrer ersten Expedition gekommen waren, genauer zu untersuchen. Wir erinnerten uns, daß eine der Spalten in der Wand dieses Kessels nicht genug erforscht worden war, und wünschten daher, sie recht sorgfältig abzusuchen, obwohl wir nicht hoffen durften, hier einen Ausgang zu finden.

Ohne große Schwierigkeit erreichten wir wieder den Boden der Kule, und heute besaßen wir die nötige Ruhe, um alles aufmerksam zu besichtigen. Wir waren hier an einem höchst eigentümlichen Ort und vermochten kaum zu glauben, daß er natürlichen Ursprungs war. Diese Kule maß vom östlichen bis zum westlichen Ende etwa fünfhundert Ellen, wenn man alle ihre Biegungen mitrechnete; die Länge in gerader Linie betrug nach meiner Schätzung kaum mehr als fünfzig Ellen. Im obersten Abstieg, das heißt etwa hundert Fuß bergabwärts, zeigten die beiden Flanken gar keine Ähnlichkeit miteinander und waren offenbar immer voneinander getrennt gewesen, da die eine Seite aus Speckstein, die andre aus Mergel bestand, der eine Art metallischer Körnung aufwies. Der Abstand zwischen beiden Wänden mochte hier sechzig Fuß betragen, aber es fehlte an einer regelmäßigen Gestaltung. Sobald man jedoch unter jene Grenze hinabstieg, nahm die Entfernung der Flanken sehr schnell ab, sie fingen an, einander parallel zu laufen, obwohl sie noch, was Gestaltung der Oberfläche und Art des Gesteins anbelangt, von verschiedenem Charakter blieben. Aber in einer Höhe von fünfzig Fuß über der Sohle setzte plötzlich eine verblüffende Regelmäßigkeit ein. Die Seiten glichen eine der andern vollständig im Gestein, in der Farbe, in der Richtung; es war ein sehr schwarzer und sehr glänzender Granit, und der Abstand zwischen beiden Wänden betrug an jedem Punkt genau zwanzig Ellen. Ich hatte Taschenbuch und Bleistift bei mir; beide habe ich mit der größten Sorgfalt unter tausend Abenteuern bei mir getragen, und ich verdanke ihnen die Bewahrung vieler Einzelheiten, die sonst aus meinem Gedächtnis verdrängt worden wären.

Fig. 1

Figur 1 zeigt die allgemeinen Umrisse der Schlucht mit Ausnahme verschiedener kleiner Höhlungen, die sich in den Seitenwänden befanden und deren jeder ein Vorsprung auf der gegenüberliegenden Wand entsprach. Die Sohle des Schlundes war drei oder vier Zoll hoch mit einem fast unfühlbar feinen Pulver bedeckt, unter dem sich der schwarze Granit fortsetzte. Am rechten Ende befand sich der Spalt, von dem ich oben gesprochen habe; ihn näher zu untersuchen, war der Zweck unseres Ausfluges. Wir drangen jetzt kräftig in ihn ein, mähten die hindernden Dornsträucher zu Boden und entfernten einen Haufen scharfer Feuersteine, die eine gewisse Ähnlichkeit mit Pfeilspitzen hatten. Ein Lichtschimmer am Ende des Spaltes gab uns neuen Mut. Endlich preßten wir uns etwa dreißig Fuß weit hinein und fanden, daß die Öffnung in einem niedrigen, regelmäßig gebildeten Bogen bestand, dessen Sohle mit dem gleichen überfeinen Pulver bedeckt war. Jetzt wurde es wieder ganz hell, und nach einer kurzen Biegung betraten wir ein zweites hochwandiges Gemach, das sich von dem ersten nur durch seine längliche Form unterschied. Seine Gestalt entsprach im allgemeinen der zweiten Skizze (Figur 2).

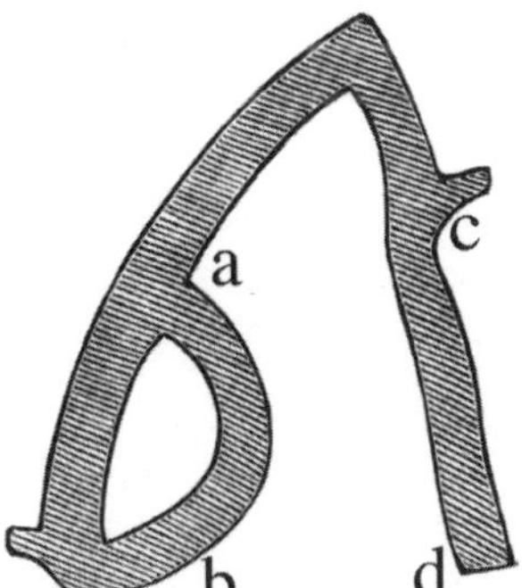

Fig. 2

Die Länge dieser Kluft betrug vom Eingang (a) um die Kurve (b) herum bis zum äußersten Ende (d) fünfhundertfünfzig Ellen. Wir entdeckten (bei c) eine Öffnung, die ebenso wie die erste mit Gestrüpp und einer Menge weißer, pfeilspitzenähnlicher Feuersteine verstopft war. Wir zwängten uns durch; die Spalte war vierzig Fuß lang und mündete in eine dritte Schlucht. Sie glich genau der ersten, abgesehen von ihrer länglichen Gestalt, die nachstehender Zeichnung entsprach (Figur 3).

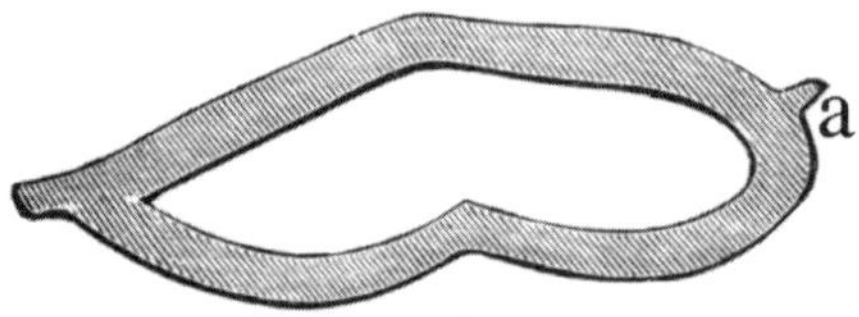

Fig. 3

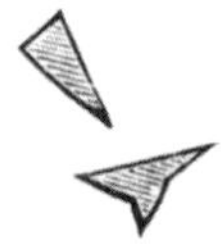

Fig. 5

Dieser Abgrund war dreihundertzwanzig Ellen lang. An der Stelle bei a befand sich eine Öffnung, die etwa sechs Fuß breit war und fünfzehn Fuß tief in den Felsen eindrang, um in eine Mergelschicht zu münden; es folgte, wie wir erwartet hatten, keine weitere Kluft. Wir waren im Begriff, diese Spalte, in die nur ein schwaches Licht fiel, zu verlassen, als Peters meine Aufmerksamkeit auf eine Reihe eigentümlich aussehender Einschnitte lenkte, die auf jener die Sackgasse schließenden Mergelwand zu sehen waren. Mit einiger Einbildungskraft konnte man die nördlichste der Runzeln als die roh ausgeführte Darstellung einer mit ausgestrecktem Arm dastehenden Menschengestalt erkennen. Die übrigen Linien hatten eine Ähnlichkeit mit Buchstaben eines fremdartigen Alphabetes, und Peters war geneigt, die törichte Meinung zu vertreten, daß es wirklich solche Zeichen seien. Ich überführte ihn schließlich seines Irrtums, indem ich ihm den Boden der Spalte zeigte, von dem wir mehrere Blätter Mergel aufhoben, die offenbar durch irgendeine Erderschütterung von der Wand abgelöst worden waren und vollständig in die Vertiefungen hineinpaßten, die folglich natürlichen Ursprungs waren. Die Zeichnung hier (Figur 4) gibt die Form der Vertiefung genau wieder.

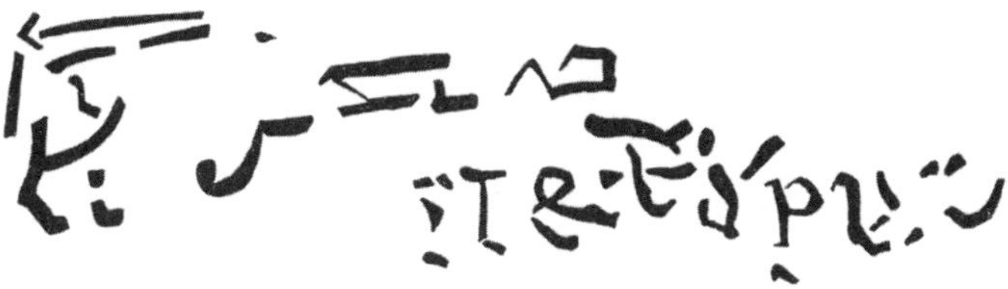

Fig. 4

Nachdem wir uns überzeugt hatten, daß diese seltsamen Pingen uns keinen Ausgang aus unserem Gefängnis eröffnen würden, kehrten wir gedrückt und mutlos nach der Höhe des Berges zurück. In den nächsten vierundzwanzig Stunden ereignete sich nichts Bemerkenswertes, außer daß wir bei der Durchforschung des Geländes hinter der dritten Schlucht zwei dreieckige Löcher fanden, deren Tiefe sehr groß schien; ihre Wandung bestand ebenfalls aus schwarzem Granit. Wir hielten es für unnütz, in diese Löcher hinabzusteigen, denn sie hatten das Aussehen natürlicher Zisternen und schienen ohne Abfluß zu sein. Jedes maß beiläufig zwanzig Ellen im Umfang; ihre Gestalt und ihre Lage zur dritten Schlucht sind aus der Skizze (Figur 5) auf Seite 208 zu ersehen.

Vierundzwanzigstes Kapitel

Am Zwanzigsten des Monats entschlossen wir uns endlich, auf jede Gefahr hin den Abstieg zu wagen, da wir mit den Nüssen, die uns höllische Qualen verursachten, nicht länger unser Leben fristen konnten. Die Wand des südlichen Abhangs bestand aus weichstem Speckstein, fiel jedoch mindestens hundertundfünfzig Fuß tief beinahe lotrecht ab und überwölbte sogar an manchen Stellen den Abgrund. Nach langem Suchen entdeckten wir zuletzt ein schmales Band, etwa zwanzig Fuß unterhalb des Randes; es gelang Peters, sich mit meiner Hilfe an unseren zusammengeknoteten Taschentüchern auf diesen Fleck hinabzulassen. Mit größerer Mühe gelangte auch ich hinunter. Und nun erkannten wir, daß es möglich sei, den ganzen Weg auf die gleiche Art zurückzulegen, in der wir aus der verschütteten Kluft zum Licht aufgestiegen waren: indem wir nämlich mit unseren Messern in den Speckstein Stufen schnitten. Für die Gefährlichkeit des Unternehmens gibt es keine Worte, aber ein anderer Ausweg war nicht vorhanden. Unseren Entschluß konnte deshalb nichts mehr erschüttern.

Auf dem Band, von dem ich eben sprach, wuchsen einige Nußstauden; an eine davon knüpften wir unseren Strick aus Taschentüchern. Sein anderes Ende wurde um Peters' Hüften gebunden, und ich ließ ihn über den Rand des Absturzes hinab, bis die Tücher sich strammzogen. Jetzt bohrte er ein tiefes Loch in den Speckstein – ungefähr acht bis zehn Zoll tief – und hämmerte dann mit seiner Pistole einen starken Pflock in die Bergwand. Ich hob ihn nun etwa vier Fuß höher, worauf er einen zweiten Pflock einschlug, so daß er einen Halt für Hände und Füße besaß. Jetzt löste ich die Taschentücher vom Strauch ab und warf ihm das Ende des Seiles zu; er band es an den oberen Pflock und ließ sich dann um drei Fuß unter den unteren Pflock hinab; so weit nämlich reichte der Strick. Als es aber nötig wurde, die Taschentücher vom obersten Pflock loszubinden, zeigte es sich, daß wir die Löcher in zu großem Abstand voneinander angebracht hatten. Daher durchschnitt er das Seil sechs Zoll unterhalb der Stütze und band die Taschentücher an den zweiten Pflock. Ich wäre nie auf diese Methode gekommen, die allein der Klugheit und Entschlossenheit meines Gefährten zu verdanken ist. Mit Hilfe einiger Vorsprünge an der Wand erreichte er ohne Unfall die Talsohle.

Es dauerte eine Weile, bevor ich mich entschließen konnte, ihm nachzufolgen. Peters hatte sich vor dem Abstieg seines Hemdes entledigt; dies mußte nun, zusammen mit meinem, das Seil bilden, an dem ich mich hinablassen sollte. Ich warf die Muskete hinunter, befestigte mein Seil an den Sträuchern und ließ mich rasch hinab; hoffte ich doch durch die Entschiedenheit meiner Bewegungen die Zaghaftigkeit zu bannen, die mich unversehens befallen hatte und mit jedem Augenblick zunahm. Es gelang mir auch für die ersten vier, fünf Stufen. Dann fühlte ich, daß meine Einbildungskraft sich immer lebhafter mit der unter mir gähnenden Tiefe, der geringen Haltbarkeit der Pflöcke und der Nachgiebigkeit des Specksteines zu beschäftigen anfing. Umsonst strengte ich mich an, meine Augen unverrückt auf die Bergwand zu richten. Je mehr ich mir Mühe gab, nicht zu denken, desto mehr gewannen jene Vorstellungen volles Leben und erschreckende Deutlichkeit. Endlich trat die so gefährliche, in allen Lagen dieser Art so verhängnisvolle Krise ein, in der man die Empfindung des Fallens vorauszukosten beginnt, in der man sich die Übelkeit, den Schwindel, den letzten Kampf gegen solche Schwäche, die halbe Ohnmacht und zuletzt die grausame Qual des rasend ungestümen Sturzes in furchtbaren Farben ausmalt. Und diese Phantasien schufen sich jetzt eine Wirklichkeit, und alle Schrecknisse, die ich mir eingebildet hatte, stürmten leibhaftig auf mich ein. Meine Knie schlugen heftig aneinander, langsam, aber mit unfehlbarer Gewißheit lockerten sich meine Finger. Ich hörte Geläut in meinen Ohren und sagte zu mir: »Das ist meine Totenglocke.« Und jetzt verzehrte mich ein unwiderstehliches Verlangen, hinabzuschauen. Ich konnte, ich wollte meinen Blick nicht mehr auf die Bergwand beschränken; und mit einem tollen, nicht zu schildernden Gefühl des Grauens und der Erleichterung schaute ich tief in den Abgrund hinab. Einen Augenblick krampften sich die Finger wütend an ihrem Halt fest, während ein ganz leiser und schwacher Gedanke an die Möglichkeit des Entrinnens wie ein Schatten durch meine Seele flog; gleich darauf kannte mein Gemüt nur einen einzigen Wunsch – die Sehnsucht, das Verlangen, das völlig zügellose Begehren, zu fallen, zu fallen! Ich ließ den Pflock los und verblieb, indem ich mich halb von der Tiefe abwandte, eine Sekunde schwankend vor dem Angesicht des Felsens. Jetzt aber fing mein Hirn zu wirbeln an; eine schrilltönende und geisterhafte Stimme kreischte in meinen Ohren; eine finstere, unholde und nebelhafte Gestalt stand gerade unter mir; ich seufzte, mein Herz schien zu zerspringen, und ich stürzte schwer und leblos der düsteren Erscheinung in die Arme.

Es war eine Ohnmacht gewesen. Peters hatte mich im Sturz aufgefangen. Er hatte vom Fuß der Bergwand aus meine Bewegungen betrachtet, und da er sah, in welcher Gefahr ich mich befand, hatte er sich nach Kräften be-

müht, mir Mut einzuflößen, aber meine Geistesverwirrung war so groß, daß ich ihn gar nicht hörte, daß mir gar nicht zum Bewußtsein kam, wie einer da überhaupt zu mir sprach. Endlich sah er mich wanken und beeilte sich, mir entgegenzuklettern; er kam gerade recht, um mich vor dem Tod zu bewahren. Wäre ich mit meinem vollen Gewicht hinabgestürzt, so hätte der leinene Strick unfehlbar zerreißen müssen, ich wäre in die Tiefe geschleudert worden. So aber gelang es Peters, mich sanft aufzufangen; ich hing in Sicherheit an der Felswand, bis ich mein Bewußtsein wiedererlangt hatte. Das dauerte etwa eine Viertelstunde. Als ich zu mir kam, war meine Angst völlig geschwunden; ich fühlte mich wie neugeboren und erreichte, von meinem Gefährten leicht unterstützt, wohlbehalten den Fuß der Felswand.

Wir befanden uns jetzt in der Nähe jener Klamm, die unseren Kameraden zum Grab geworden war, und zwar auf der südlichen Seite des Bergrutsches. Die Landschaft besaß eine eigentümliche Wildheit, und ihr Anblick rief mir die Schilderungen ins Gedächtnis, in denen die Reisenden das verheerte Babylon uns vor Augen zu führen suchen. Im Norden bildeten die Ruinen zerrissener Felswände einen chaotischen Hintergrund; in jeder anderen Richtung lag der Boden mit ungeheuren Schutthügeln bedeckt, die die Überbleibsel riesenhafter Bauwerke zu sein schienen, obwohl man in den Einzelheiten dieser Tumuli nur wenig Kunst zu bemerken vermochte. Schlacken waren in Mengen verstreut; dazwischen ragten große, gestaltlose Blöcke schwarzen Granits, dann wieder Mergeltürme auf; alle diese Erhebungen waren metallisch getönt. Denn hier ist auch der Mergel schwarz; es gab auf der ganzen Insel keine lichtfarbige Substanz. Dieses riesenhafte Trümmerfeld zeigte weit und breit keine Spur eines Pflanzenwuchses.

Ein paar erschreckend große Skorpione trieben darin ihr Wesen sowie einige Reptile, die man sonst in diesen Breiten nicht anzutreffen gewohnt ist.

Wir mußten etwas zu essen haben, dies war das allerdringendste Gebot. So traten wir den Weg zu der Küste an, die etwa eine halbe Meile entfernt lag, um dort Jagd auf Schildkröten zu machen. Wir waren vielleicht hundert Ellen weit zwischen den Felsen und Schutthügeln behutsam vorgedrungen. Jetzt wanden wir uns um eine Ecke, da stürzten aus einer kleinen Höhle fünf Wilde über uns her, und ein Keulenschlag schmetterte Peters zu Boden. Die ganze Rotte warf sich auf das Opfer, so daß ich Zeit hatte, mich von meiner Überraschung zu erholen. Ich besaß noch die Muskete, aber beim Fall von der Bergwand war das Rohr beschädigt worden; daher ließ ich sie fahren und verließ mich ganz auf meine Pistolen, die ich in gutem Zustand wußte. Ich rückte den Angreifern damit auf den Leib; zwei fielen, und einer, der Peters gerade mit dem Speer durchbohren wollte, sprang auf, ohne sein Vorhaben auszuführen. Nun gab es weiter keine Schwierigkeiten mehr für uns. Mein Gefährte war befreit, hielt es aber für klüger, seine Pistole noch nicht abzufeuern; er verließ sich auf seine große Körperstärke; habe ich doch nie einen Menschen gekannt, der ähnliche Kräfte besessen hätte. Er entriß einem gefallenen Wilden die Keule und schlug damit den drei Übrigbleibenden die Schädel ein. Ein Schlag genügte für jeden von ihnen; sie waren augenblicklich tot; wir standen als Sieger auf dem Kampfplatz.

Diese Ereignisse hatten sich so schnell vollzogen, daß wir kaum an ihre Wirklichkeit zu glauben vermochten, und wir beugten uns noch in einer Art dumpfen Staunens über die erschlagenen Feinde, als ein fernes Geschrei uns zur Besinnung brachte. Offenbar hatten unsere Schüsse die

Wilden alarmiert, und wir konnten schwerlich unentdeckt bleiben. Um die Bergwand wieder zu erreichen, mußten wir uns nach der Richtung wenden, aus der die Rufe gekommen waren; und selbst wenn wir unbelästigt den Fuß der Anhöhe erreichten, konnten wir sie nicht erklettern, ohne gesehen zu werden. Unsere Lage war im höchsten Grad bedenklich, und noch zögerten wir, auf welchem Weg wir entfliehen sollten, als einer der Wilden, den ich getroffen und für tot gehalten hatte, behende aufsprang und sich anschickte, davonzulaufen. Wir holten ihn nach wenigen Schritten ein und wollten ihm schon den Garaus machen, als Peters den Einfall hatte, jener könne uns von Nutzen sein, falls wir ihn mit uns zu entfliehen zwängen. Wir schleppten ihn also mit, indem wir ihm zu verstehen gaben, daß er beim ersten Versuch, sich zu wehren, erschossen würde. Er ergab sich rasch in sein Schicksal und lief neben uns her, während wir zwischen den Felsblöcken dem Strand zustrebten.

Bis jetzt hatten die unregelmäßigen Erhebungen des Bodens das Meer nur hier und da durchblicken lassen; als es endlich offen vor uns dalag, waren wir vielleicht noch zweihundert Ellen entfernt. Als wir auf den freien Strand hinauseilten, sahen wir zu unserer großen Besorgnis eine Unzahl Eingeborner sowohl vom Dorf wie von allen sichtbaren Punkten der Insel her mit allen Zeichen äußerster Wut und dem Geheul wilder Tiere auf uns losstürmen. Schon wollten wir umkehren und hinter den Felsenburgen der unebenen Gegend eine Deckung suchen, als ich hinter einem weit ins Wasser vorspringenden Steinblock die Vorderteile zweier Kanus erblickte. Wir rasten dorthin und fanden die Fahrzeuge ohne Besatzung und mit keiner anderen Ladung als drei großen Galapagos-Schildkröten und dem gewöhnlichen Vorrat an Riemen, der für sechzig Ruderer berechnet war. Wir bemächtigten uns augenblicklich des einen Kanus, drängten unseren Gefangenen an Bord und stießen mit aller Kraft vom Land ab.

Doch als wir etwa fünfzig Ellen zurückgelegt hatten, kehrte unsere Besonnenheit wieder, und wir erkannten, daß es ein arges Versehen gewesen war, das andere Kanu im Besitz der Wilden zu lassen. Ihre Schar war nur mehr doppelt so weit wie wir vom Strand entfernt und hätte sich rasch an die Verfolgung gemacht. Da war keine Zeit zu verlieren. Es schien mehr als fraglich, ob wir ihnen im Ergreifen des Kanus zuvorkommen würden; aber die Möglichkeit war immerhin vorhanden. Falls es uns gelang, konnten wir auf Rettung hoffen; sonst blieb uns keine andere Aussicht als die, von den Unholden niedergemetzelt zu werden.

Das Kanu war an Bug und Stern von gleicher Bauart, so daß wir, anstatt es zu drehen, nur unsere Stellung an den Riemen zu wechseln brauchten. Als die Wilden dies bemerkten, verdoppelten sie ihr Wutgeheul und rückten mit fabelhafter Geschwindigkeit dem Strand näher. Doch ruderten wir mit der Kraft der Verzweiflung und erreichten so die umstrittene Stelle früher als unsere Gegner, abgesehen von einem einzigen, der seinen Rekord teuer bezahlen mußte, da Peters ihm eine Kugel durch den Kopf schoß, gerade, als er den Fuß auf den Strand setzte. Die übrigen waren ungefähr zwanzig oder dreißig Schritte hinter ihm. Wir bemächtigten uns des Kanus und versuchten zuerst, es ins tiefe Wasser zu schleppen; aber es saß zu fest auf dem Strand, und Zeit war nicht zu verlieren. Peters zertrümmerte also mit dem Kolben der Muskete einen großen Teil der einen Flanke und des Bugs. Dann stießen wir ab. Zwei Wilde hatten inzwischen unser Kanu gepackt und ließen es in ihrem Trotz nicht eher los, als bis sie von unseren Messern abgetan waren. Jetzt lag unser Weg frei, und wir ruderten in die See hinaus. Als die Hauptmasse der Wilden das zerbrochene Kanu erreichte, brach sie in ein gar nicht zu beschreibendes Geheul der Wut und Enttäuschung aus; in der Tat waren diese Elenden nach allem, was ich an ihnen beobachtet habe, die schlimmste, heuchlerischste, rachsüchtigste, blutdürstigste und überhaupt verruchteste Menschenrasse auf dem Rund der Erde. Wir hätten sicher keine Gnade bei ihnen gefunden. Sie machten einen wahnsinnigen Versuch, uns in dem zertrümmerten Kanu zu folgen, sahen aber bald ein, daß sie uns nicht mehr erreichen konnten; sie gaben ihrer Wut in einem neuen, fürchterlichen Gebrüll Ausdruck und stürzten dann ihren Bergen zu.

Die unmittelbar drohende Gefahr war überwunden; aber unsere Lage schien noch immer traurig genug. Wir wußten, daß die Wilden vier Kanus besessen hatten, wußten aber damals noch nicht, daß, wie wir dann später von unserem Gefangenen erfuhren, zwei von ihnen beim Auffliegen der ›Jane Guy‹ zerstört worden waren. Wir rechneten daher mit der Wahrscheinlichkeit einer Verfolgung; nur mußten unsere Feinde erst die an drei Meilen entfernte Bucht erreichen, in der die Boote zu liegen pflegten. In dieser Befürchtung bemühten wir uns mit dem Aufwand aller Kräfte, uns möglichst rasch von der Insel zu entfernen, und auch der gefangene Wilde mußte sich als Ruderer nützlich machen. Nach einer halben Stunde, als wir schon fünf oder sechs Meilen weiter im Süden waren, zeigte sich am Ausgang der Bucht eine ganze Flotte jener Flachboote oder Flöße, die offenbar bestimmt schienen, uns zu verfolgen. Auf einmal machten die Wilden kehrt; sie hatten wahrscheinlich die Hoffnung, uns einzuholen, vollständig aufgegeben.

Fünfundzwanzigstes Kapitel

Jetzt waren wir also mitten auf dem weiten und öden Meer der Antarktis, in einer Breite von mehr als vierundachtzig Grad, an Bord eines gebrechlichen Kanus und mit drei Schildkröten als einzigem Vorrat! Bald mußte auch der lange Polarwinter beginnen; es war höchste Zeit, daß wir uns über unseren Kurs einig wurden. Sechs oder sieben Inseln von derselben Gruppe, die voneinander je fünf oder sechs Meilen entfernt lagen, konnten wir am Horizont erblicken; aber wir hatten keine Lust, eine von ihnen anzulaufen. Von Norden her kommend, hatte die »Jane« allmählich die strengsten Eisregionen hinter sich gelassen; so wenig diese Tatsache mit den offiziellen Anschauungen im Einklang steht, so sehr wird sie durch unsere Erfahrung bestätigt. Den Rückweg anzutreten, wäre somit ein wahnsinniges Unterfangen gewesen, besonders in so später Jahreszeit. Es schien nur *eine* Hoffnung zu geben. Wir beschlossen, mutig nach Süden zu steuern; dort lag die Möglichkeit, andere Länder zu entdecken, und die größte Wahrscheinlichkeit, ein noch milderes Klima anzutreffen.

Bisher hatten wir den antarktischen Ozean, gleich dem arktischen, auffallend frei von heftigen Stürmen oder hohem Seegang gefunden. Aber unser Kanu blieb auch im günstigsten Falle nur ein gar zerbrechliches Fahrzeug, und seine nicht unbeträchtliche Größe vermochte daran wenig zu ändern. Wir beeilten uns daher, dieses Boot so seetüchtig zu machen, wie es unsere spärlichen Mittel erlaubten. Es bestand aus Rinde – der Rinde eines unbekannten Baumes. Die Spanten waren aus Weidenholz, das sich für diesen Zweck sehr gut eignet. Vom Bug bis zum Stern maß das Boot fünfzig Fuß, in der Breite vier bis sechs, in der Tiefe durchgängig vier und einen halben; somit unterschieden sich diese Fahrzeuge wesentlich von denen anderer Südseeinsulaner, soweit sie den zivilisierten Völkern bekannt sind. Niemals hätten die unwissenden Wilden, in deren Besitz sie waren, dergleichen bauen können, und wir erfuhren denn auch einige Tage später von unserem Gefangenen, daß sie in der Tat das Werk von Eingebornen einer südwestlichen Inselgruppe und nur durch Zufall in die Hände unserer Barbaren gelangt seien. Für die Sicherheit des Bootes vermochten wir nicht eben viel zu tun. Einige große Risse, die wir in der Nähe beider Enden entdeckten, verstopften wir glücklich mit den Fetzen einer wollenen Jacke. Die überflüssigen Riemen, von denen eine Menge vorhanden war, benutzten wir zur Errichtung einer Art von Rahmenwerk am Bug, das den Anprall etwaiger Seen an dieser Stelle brechen sollte. Zwei Ruderstangen mußten als Mast dienen, an jeder Flanke stand einer, und so ersparten wir uns die Raa. Wir befestigten zwischen ihnen ein Segel, das aus unseren Hemden gefertigt war; das kostete uns einige Mühe, da unser Wilder außerstande blieb, uns dabei zu helfen, obwohl er sich bei allen andern Arbeiten sehr willig zeigte. Der Anblick der Leinwand war von eigentümlicher Wirkung auf ihn. Es war nicht möglich, ihn zu überreden, daß er sie berühre oder gar sich in ihre Nähe begebe. Wollten wir ihn mit Gewalt dazu zwingen, so schauerte er zusammen und kreischte in tiefster Angst: »Tekeli-li! Tekeli-li!«

Die Vorkehrungen, durch die wir unser Kanu seetüchtig zu machen versuchten, waren jetzt beendet, und wir richteten den Kurs vorläufig nach Südsüdost, wobei wir so an der südlichsten Insel der vorhin erwähnten Gruppe luvwärts vorbeisegelten. Nachdem dies geglückt war, kehrten wir den Bug gerade nach Süden. Das Wetter verdiente keineswegs unfreundlich genannt zu werden. Ein beständiger und sehr sanfter Wind blies aus dem Norden, die See war glatt, und es blieb immer Tag. Nirgends erblickte man Eis; in der Tat wurde von mir keins mehr gesehen, seit wir die Breite der Bennetsinseln verlassen hatten. War doch das Wasser hier überall viel zu warm, um die Entstehung von Schollen oder Feldern zuzulassen. Wir schlachteten die fetteste unserer Schildkröten, und sie gab uns nicht nur Nahrung, sondern auch frisches Wasser in Fülle. So segelten wir etwa sieben oder acht Tage den gleichen Kurs, ohne daß sich etwas von Bedeutung ereignet hätte. Wir müssen in dieser Woche ungeheuer weit nach Süden vorgedrungen sein, da der Wind unaufhörlich in unserer Richtung wehte und eine sehr starke Strömung uns unablässig mit sich forttrug.

Die Datierung der folgenden Notizen erhebt nicht den Anspruch, genau zu sein. Sie hat nur den Zweck, die Erzählung deutlicher zu machen.

1. März. Vielerlei merkwürdige Erscheinungen zeigten uns nunmehr an, daß wir in ein Reich neuer und wunderbarer Dinge einzudringen begannen. Eine berghohe Wand lichtgrauen Dunstes war beständig am Horizont zu schauen; manchmal schoß sie gewaltige Streifen zum Zenit empor, dann bewegte sie sich mit Märchenschnelle von Ost nach West und wiederum von West nach Ost, um endlich wieder einen langen und gleichförmigen Kamm aufzubauen; kurz, sie spielte in allen wechselnden Gestalten des Nordlichts. Die Höhe dieser Dunstschicht mochte, so wie sie von unserem Standpunkt aus erschien, ungefähr fünfundzwanzig Grad betragen. Die See wurde mit jedem Augenblick wärmer, und die starke Veränderung ihrer Farbe konnte uns nicht entgehen.

2. März. Heute gelang es uns, durch wiederholtes Ausfragen des Gefangenen viele Einzelheiten über die mörderische Insel, ihre Bewohner und deren Sitten in Erfahrung zu bringen; doch will ich den Leser damit nicht langweilen. Einige Mitteilungen mögen genügen. Die Gruppe bestand aus acht Inseln; sie wurden alle von einem König beherrscht, der Tsalemon oder Psalemun hieß und auf der kleinsten Insel seinen Sitz hatte; die schwarzen Felle, die das Gewand der Krieger bildeten, stammten von einem ungeheuren Tier, das nur in einem bestimmten Tal in der Nähe des Königshofes anzutreffen war; die Bewohner der Gruppe vermochten nur Flachboote zu bauen, und die vier Kanus – wie ich schon erzählt habe – waren durch Zufall in ihren Besitz gekommen; unser Wilder selbst hieß Nunu; er schien die Bennetsinsel nicht zu kennen, die Mordinsel führte den Namen Tsalal. Der Anlaut der Worte »Tsalemon« und »Tsalal« glich einem lang hingezogenen Zischen, das wir trotz wiederholter Versuche nicht im entferntesten nachahmen konnten. Dieses Zischen entsprach genau einem Laut, den jene schwarze Rohrdommel, die von uns auf dem Berg erlegt worden war, auf ihrer Flucht von sich gegeben hatte.

3. März. Die Hitze des Wassers wurde jetzt ganz erstaunlich, und seine Färbung ging rasch vom Durchsichtigen zu einer milchigen Weiße und Dichtigkeit über. In unserer nächsten Nachbarschaft war es zumeist glatt und niemals bewegt genug, um das Kanu irgendwie zu gefährden; aber zu unserer Überraschung zeigte sich die Oberfläche des Meeres in verschiedenem Abstand von uns zur Rechten und Linken häufig wie von einem plötzlichen Krampf weithin erregt, und jedesmal ging dieser Bewegung ein heftiges Geflacker in den Dunstregionen des Südens voraus.

4. März. Heute wollte ich unser Segel vergrößern, da die Brise aus Norden in merkbarer Weise abnahm, und ich holte zu diesem Zweck ein weißes Tuch aus meiner Rocktasche. Nunu saß neben mir, und als die Leinwand ihm zufällig ins Gesicht flatterte, verfiel er alsbald in furchtbare Krämpfe. Danach traten Schläfrigkeit und Stumpfsinn ein, und er murmelte unaufhörlich: »Tekeli-li! Tekeli-li!«

5. März. Der Wind hatte vollständig ausgesetzt, aber wir fühlten uns von einer mächtigen Strömung mit unwiderstehlicher Gewalt immer nach Süden getrieben. Und jetzt wäre es vernünftig und natürlich erschienen, wenn uns die Wendung der Dinge ernstlich beunruhigt hätte – aber wir empfanden keinerlei Besorgnis. Peters' Gesicht zeigte nicht die geringste Spur davon; zuweilen allerdings lag ein Ausdruck darin, den ich nicht zu ergründen vermochte. Der Polarwinter schien zu nahen; aber er nahte ohne seine Schrecknisse. Ich war matt an Geist und Körper; mich umfing eine traumhafte Verschlafenheit. Das war alles.

6. März. Der graue Dunst war jetzt um viele Grade höher über den Horizont heraufgestiegen, und seine Färbung begann allmählich immer heller zu werden. Die Hitze des Wassers war so groß, daß wir es nur ungern berührten, in der Farbe gemahnte es immer mehr und mehr an Milch. Heute ereignete sich dicht am Kanu eine jener krampfartigen Bewegungen der Meerflut. Zugleich zeigte sich, wie gewöhnlich, ein wildes Aufflackern der Dünste an ihrem oberen Saum, während sie sich unten zu teilen schienen. Ein feiner, weißer Staub, der wie Asche aussah, aber gewiß etwas anderes war, schneite auf das Kanu und einen großen Teil der Wasserfläche hernieder, sobald das Flackern des Dunstes erstorben und die Aufregung des Meeres vergangen war. Nunu warf sich jetzt im Boot platt

aufs Angesicht, und kein Zureden konnte ihn zum Aufstehen bewegen.

7. März. Heute fragten wir Nunu, aus welchen Gründen seine Landsleute unseren Kameraden so übel mitgespielt hätten. Aber ihn hatten Angst und Schrecken schon so sehr überwältigt, daß er uns keine verständige Antwort mehr zu geben imstande war. Er lag beharrlich auf dem Bootskiel ausgestreckt, und als wir ihn nochmals nach den Beweggründen seiner Stammesgenossen fragten, bediente er sich nur einer blödsinnigen Zeichensprache, indem er den Zeigefinger an die Oberlippe legte und die Zähne darunter entblößte. Diese Zähne waren schwarz. Wir hatten vorher bei keinem einzigen Eingebornen von Tsalal das Gebiß gesehen.

8. März. Heute trieb eines jener weißen Tiere an uns vorüber, wie es damals so plötzlich in der Bucht von Tsalal den Wilden ein so großes Entsetzen eingejagt hatte. Ich wollte es auffischen; aber mit einem Male kam eine unbeschreibliche Gleichgültigkeit über mich, und ich ließ das Tier weiterschwimmen. Die See wurde immer wärmer und wärmer, es war nicht mehr möglich, die Hand hineinzutauchen. Peters sprach nur wenig; ich wußte nicht recht, was ich von seiner Lässigkeit denken sollte; Nunu atmete eben noch.

9. März. Beständig fiel jetzt jener weiße Aschenregen auf uns nieder, und zwar in ungeheuren Mengen. Die gewaltige Dunstwand im Süden war unheimlich hoch überm Horizont emporgewachsen und begann jetzt eine deutlichere Gestalt anzunehmen. Ich kann sie nur mit einem auf keiner Seite begrenzten Wasserfall vergleichen, der sich schweigend von irgendeiner riesenhaften und weltentfernten Zinne des Himmels in das Meer ergoß. Dieser

gigantische Vorhang schien die ganze Weite des südlichen Horizontes einzunehmen. Kein Laut ging von ihm aus.

21. März. Nun hing ein mürrisches Dunkel über uns; aber aus den milchigen Tiefen des Ozeans hob sich glimmender Schein und stieg leuchtend an den Flanken des Bootes herauf. Der weiße Aschenregen lagerte sich erdrückend auf uns und begann das Kanu zu füllen, aber im Wasser zergingen seine Flocken. Der Gipfel des Kataraktes verschwand vollkommen im Dämmer der Höhe und Ferne. Doch näherten wir uns ihm offenbar mit grauenhafter Schnelligkeit. Zuweilen erblickte man in ihm weite, gähnende Risse, die sich jedoch augenblicklich wieder schlossen; und aus einer dieser Klüfte, in der sich ein Chaos flirrender und zerfließender Gestalten bewegte, strömte ein heftiger, aber geräuschloser Wind hervor, dessen mächtiger Atem den flammenden Ozean aufwühlte.

22. März. Die Finsternis war immer dichter geworden, und nur der Widerschein des Wassers auf dem weißen Riesenvorhang belebte flirrend die Meeresnacht. Viele ungeheure und gespenstisch bleiche Vögel flogen jetzt unablässig aus jenem Schleier hervor, und während sie sich den Blicken entzogen, schrillte noch ihr ewiges Tekeli-li! in unseren Ohren. Da rührte sich Nunu noch einmal auf dem Boden des Kanus; aber als wir ihn anfaßten, sahen wir, daß er den Geist aufgegeben hatte. Und jetzt rasten wir den Umarmungen des Wassersturzes entgegen, dorthin, wo sich eine Spalte auftat, uns zu empfangen. Aber in diesem Augenblick erhob sich mitten in unserem Weg eine verhüllte, menschliche Gestalt, doch weit gewaltiger in allen Maßen als die Kinder der Erde. Und ihre Haut war von weißer Farbe, von der Farbe des leuchtendsten, blendendsten ewigen Schnees – –

Nachwort

Die Tagespresse hat unsere Leser von den näheren Umständen, die mit dem unerwarteten und betrübenden Tod des Herrn Pym in Zusammenhang stehen, genau unterrichtet. Es ist zu befürchten, daß die wenigen Kapitel, die seine Erzählung abschließen sollten und die er, während das übrige bereits im Druck war, noch einmal durchzusehen beabsichtigte, durch den Unfall, der ihm das Leben kostete, vernichtet worden sind. Doch vielleicht ist diese Sorge unbegründet, und dann sollen die fehlenden Papiere noch nachträglich der Öffentlichkeit übergeben werden.

Man hat auf jede Art danach getrachtet, die Lücke auszufüllen. Der Herr, dessen Name in der Vorrede erwähnt ist und der, nach den dortigen Ausführungen zu urteilen, einen Ersatz zu schaffen wohl imstande wäre, hat den Auftrag abgelehnt; er tat das aus zureichenden Gründen, die mit der allgemeinen Ungenauigkeit der ihm vorgelegten Einzelheiten und mit den Zweifeln im Zusammenhang stehen, die er in die Wahrhaftigkeit des letzten Teiles von Pyms Bericht zu setzen gezwungen ist. Peters, von dem einiges zu erfahren wäre, lebt noch und hält sich gegenwärtig in Illinois auf, seine nähere Adresse ist aber nicht zu ermitteln. Hoffentlich gelingt es, ihn später aufzufinden; er wird dann ohne Zweifel den Stoff, der für die Beendigung von Herrn Pyms Geschichte nötig ist, zu liefern imstande sein.

Der Verlust von zwei oder drei abschließenden Kapiteln – mehr dürften es nicht sein – ist um so mehr zu beklagen, als sie gewiß Mitteilungen über den Pol selbst oder wenigstens über die ihm zunächst gelegenen Länder enthielten;

auch wäre es interessant gewesen, die Meldungen des Verfassers an Hand der Untersuchungen, die eine von unserer Regierung geplante Südpolexpedition anstellen wird, auf ihre Richtigkeit zu prüfen.

Über einen Punkt des Berichtes wäre wohl einiges Bemerkenswerte zu sagen; und es würde dem Verfasser dieses Anhanges nicht wenig Freude bereiten, wenn seine Äußerungen an dieser Stelle geeignet sein sollten, der denkwürdigen Veröffentlichung Pyms eine höhere Glaubwürdigkeit zu verleihen. Wir denken dabei an die Klüfte der Insel Tsalal und die im dreiundzwanzigsten Kapitel des Buches enthaltene Darstellung ihrer ungewöhnlichen Gestalt.

Herr Pym hat sich jeden Kommentars enthalten, was die Klüfte anbetrifft; und die Ähnlichkeit der am Ende der östlichsten Schlucht eingekratzten Zeichen mit Buchstaben des Alphabetes will ihm als ein Spiel der Einbildungskraft erscheinen. Das muß sein Ernst sein, denn er behauptet es mit schlichter Überzeugung und glaubt durch Einpassung der im Staub vorgefundenen Splitter einen sicheren Beweis für seine Ansicht erbracht zu haben; kein vernünftiger Leser wird ihm darin mißtrauen. Da jedoch die Tatsachen, die sich auf alle Figuren beziehen, höchst eigentümlicher Art sind – besonders wenn man andere Stellen des Berichtes mit ihnen in Zusammenhang bringt –, möchten doch ein paar Worte darüber erlaubt sein, um so mehr, als die erwähnten Tatsachen Herrn Poes Scharfsinn ohne Zweifel entgangen sind.

Wenn man die Figuren 1, 2, 3 und 5, die von den vier Klüften oder Pingen gebildet werden, in topographischer Reihenfolge nebeneinander stellt (die Abzweigungen und Tore, die nur zur Verbindung zwischen den Haupträumen dienen, kommen hier nicht in Betracht), so bilden sie eine äthiopische Wurzel – die Wurzel des Zeitwortes

 = *»schattig sein«*, von dem alle Ausdrücke für Schatten und Dunkel abgeleitet werden.

Was nun die linken oder die nördlichsten der in die Wand gekratzten Linien in Figur 4 anbetrifft, so ist es nicht mehr als wahrscheinlich, daß Peters recht hatte: Diese Hieroglyphe ist künstlich hervorgebracht und sollte eine menschliche Gestalt vorstellen. Der Leser hat die Skizze vor Augen und wird gewiß die Ähnlichkeit bemerken. Die übrigen Einschnitte bestätigen jene Annahme auf ganz überraschende Weise. Die obere Zeichenreihe offenbart sich als die Wurzel des arabischen Zeitwortes  = *»weiß sein«*, von dem alle Ausdrücke für Glanz und Weiße abgeleitet sind. Schwieriger ist die Deutung der unteren Reihe. Die Zeichen sind, wenigstens in Pyms Bleistiftkopie, etwas unklar und vielfach unterbrochen; dennoch ist kein Zweifel möglich, daß sie in ihrem ursprünglichen Zustand das vollständige ägyptische Wort 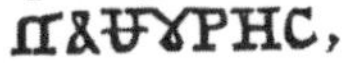 = *»Die Region des Südens«* gebildet haben. Diese Deutung gibt der Ansicht Peters' über die nördlichste Figur recht. Der ausgestreckte Arm zeigt nach Süden.

Diese Feststellungen eröffnen dem Nachdenken und allerhand aufregenden Vermutungen ein weites Feld. Man sollte sie doch wohl mit einigen, nur flüchtig ausgeführten Einzelheiten des Berichtes in Verbindung bringen, obwohl sich ein lückenloser Zusammenhang nirgends ergeben könnte. »Tekeli-li!« war der Ruf der entsetzten Bewohner von Tsalal, als sie den Körper des im Meer aufgefischten weißen Tieres erblickten. »Tekeli-li!« stöhnte schaudernd der gefangene Tsalalier, als ihm die weißen Gegenstände in Herrn Pyms Besitz vor Augen gerieten. Dieser Ausruf gleicht vollkommen dem Schrei der schnellfliegenden, ungeheuren weißen Vögel, die unter dem weißen Dunstvorhang des Südens hervorrauschten. Nichts Weißes war auf Tsalal und auf den benachbarten Inseln zu finden. Es scheint nicht unmöglich, daß »Tsalal«, der Name des Eilands der Klüfte, sich einer genaueren philologischen Nachforschung entweder als ein auf jene Zerklüftung hindeutendes Wort offenbaren oder eine Beziehung zu den geheimnisvollen äthiopischen Zeichen, die dort im Felsengrund eingegraben sind, aufweisen wird.

»Ich grub mein Wort in das Angesicht der Berge und schrieb meine Rache in das Herz des Felsens.«

Edgar Allan Poe
Der Rabe und sämtliche Gedichte
Mit Illustrationen von Gustave Doré und W. Heath Robinson

176 Seiten, in Halbleinen gebunden, mit Lesebändchen und Soft-Touch-Lackierung

ISBN: 978-3-86820-273-1

Das Beste vom Meister des Unheimlichen

»Einst in dunkler Mittnachtstunde, ...«

Diese Ausgabe versammelt sämtliche Gedichte von Edgar Allan Poe, darunter auch sein wohl bekanntestes Gedicht, »Der Rabe«.

Gustave Doré und W. Heath Robinson sorgen mit ihren kongenialen Illustrationen für eine stimmungsvolle Atmosphäre.

www.nikol-verlag.de

NIKOL VERLAG

1001 Nacht

Die schönsten Erzählungen

368 Seiten, mit zeitgenössischen Illustrationen, in Halbleinen gebunden, mit Lesebändchen und Soft-Touch-Lackierung

ISBN: 978-3-86820-266-3

Die schönsten Erzählungen aus dem Morgenland

Die bekannten morgenländischen Erzählungen über Aladdin und die Wunderlampe, Ali Baba und die vierzig Räuber und Sindbad, dem Seefahrer, eingebettet in die Rahmengeschichte um den eifersüchtigen König Schehrijâr, der eine Frau nach der anderen direkt nach der Hochzeitsnacht ermordet und erst von der klugen Schehrezâd überlistet wird, begeistern seit eh und je Jung und Alt.

www.nikol-verlag.de

NIKOL VERLAG

Gottfried August Bürger

Abenteuer und Reisen des Freiherrn von Münchhausen

176 Seiten, mit Illustrationen von Gustave Doré, in Halbleinen gebunden, mit Lesebändchen und Soft-Touch-Lackierung

ISBN: 978-3-86820-249-6

Die tolldreisten Lügengeschichten des Freiherrn von Münchhausen

Wer kennt sie nicht: Die tolldreisten Lügengeschichten des Freiherrn von Münchhausen – der Ritt auf der Kanonenkugel, die Geschichte vom Pferd auf dem Kirchturm oder die Rettung aus dem Sumpf am eigenen Schopf.

Gottfried August Bürgers amüsante Schilderung der Abenteuer des Freiherrn von Münchhausen, erstmals erschienen 1786, haben ihn unsterblich gemacht.

Mit Illustrationen von Gustave Doré.

www.nikol-verlag.de

NIKOL VERLAG

Sunzi
Die Kunst des Krieges
Aus dem Chinesischen von Dr. Hannelore Eisenhofer

112 Seiten, in Halbleinen gebunden, mit Lesebändchen und Soft-Touch-Lackierung

ISBN: 978-3-86820-228-1

Premiumausgabe in hochwertiger Ausstattung

Sunzi, der vor über 2.500 Jahren lebte und dieses kleine Handbuch der Kriegsführung verfasste, erfreut sich nach wie vor, vor allem im Westen, großer Beliebtheit.

Ob in Managerkreisen oder unter Kampfkunstanhängern gilt die »Kunst des Krieges« als ein Leitfaden für Personalführung, Strategie und Menschenkenntnis.

www.nikol-verlag.de

NIKOL VERLAG

Johann Wolfgang von Goethe
Reineke Fuchs
Mit Illustrationen von Wilhelm von Kaulbach

184 Seiten, in Halbleinen gebunden, mit Lesebändchen und Soft-Touch-Lackierung

ISBN: 978-3-86820-248-9

Epos in zwölf Gesängen

Goethes »Reineke Fuchs«, erstmals erschienen 1774, ist ein Epos in zwölf Gesängen. In Versform und als Fabel verpackt kritisiert Goethe in hervorragender Weise die damalige höfische Gesellschaft und zeigt ihre Missstände auf.

Johann Wolfgang von Goethe ist auch 180 Jahre nach seinem Tod noch der bekannteste und meistgelesene deutsche Dichter. Goethes literarisches Schaffen umfasst u.a. Gedichte, Romane und Novellen, Dramen, autobiografische Prosa sowie naturwissenschaftliche Schriften.

www.nikol-verlag.de

NIKOL VERLAG

Max Weber
Die protestantische Ethik und der Geist des Kapitalismus
240 Seiten, in Halbleinen gebunden, mit Lesebändchen und Soft-Touch-Lackierung
ISBN: 978-3-86820-254-0

Die gesellschaftlich-ökonomische Rolle der Religion

Max Webers Schrift »Die protestantische Ethik und der Geist des Kapitalismus« zählt zu den wichtigsten Beiträgen zur Soziologie und ist ein grundlegendes Werk der Religionssoziologie. Zwischen der protestantischen Ethik und dem Beginn der Industrialisierung bzw. des Kapitalismus in Westeuropa besteht nach diesem Werk ein enger Zusammenhang. Die Kompatibilität (»Wahlverwandtschaften«) der Ethik oder religiösen Weltanschauung der Protestanten, insbesondere der Calvinisten, und dem kapitalistischen Prinzip der Akkumulation von Kapital und Reinvestition von Gewinnen waren ein idealer Hintergrund für die Industrialisierung.

www.nikol-verlag.de

NIKOL VERLAG

Gustave Le Bon
Psychologie der Massen
208 Seiten, in Halbleinen gebunden, mit Lesebändchen und Soft-Touch-Lackierung
ISBN: 978-3-86820-234-2

Über die Seele der Massen

Gustave Le Bon (1841-1931) war ein französischer Arzt, Ethnologe, Soziologe und Psychologe. Er gilt als Begründer der »Massenpsychologie«.

Sein berühmtes Werk »Psychologie der Massen« übte einen nachhaltigen Einfluss in der Wissenschaft und praktischen Politik aus. Dieses Grundlagenwerk der Sozialpsychologie beeinflusste nicht nur Sigmund Freud (»Die Massenpsychologie und die Ich-Analyse«), sondern wurde auch von Politikern und Diktatoren des 20. Jahrhunderts für die Ausarbeitung ihrer Propagandatechniken benutzt.

www.nikol-verlag.de

NIKOL VERLAG

Richard von Volkmann
Träumereien an französischen Kaminen
Märchensammlung – Mit Illustrationen von Hans Richard von Volkmann

144 Seiten, in Halbleinen gebunden, mit Lesebändchen und Soft-Touch-Lackierung

ISBN: 978-3-86820-267-0

Diese Märchen verzaubern immer wieder

Richard von Volkmann, der sich als Schriftsteller Leander nannte, war Mediziner und zählte zu den bedeutendsten Chirurgen des 19. Jahrhunderts. Während des Krieges 1870/71 verfasste er seine »Träumereien an französischen Kaminen«, 22 Kunstmärchen, die ihren ganz eigenen Zauber haben. Die vorliegende Ausgabe beinhaltet die Original-Illustrationen, die der Sohn des Autors kongenial angefertigt hat.

Ein wunderschönes Buch, sowohl für Kinder als auch für Erwachsene.

www.nikol-verlag.de

NIKOL VERLAG

Arthur Schnitzler
Reigen
Zehn Dialoge

176 Seiten, mit Illustrationen von Egon Schiele und Franz von Bayros, in Halbleinen gebunden, mit Lesebändchen und Soft-Touch-Lackierung

ISBN: 978-3-86820-247-2

Schnitzlers legendäres Skandal-theaterstück

Arthur Schnitzlers »Reigen« ist ein Bühnenstück, das erstmals 1903 erschien.

In zehn erotischen Dialogen wird die »unerbittliche Mechanik des Beischlafs« geschildert und so ein Bild der Moral in der Gesellschaft des »Fin de siècle« gezeichnet.

Das Stück löste nach seiner Uraufführung 1920 einen großen Theaterskandal aus, in dessen Folge Schnitzler ein Aufführungsverbot verhängte, das über seinen Tod hinaus bis 1982 in Kraft blieb.

www.nikol-verlag.de

NIKOL
VERLAG

Antoine de Saint-Exupéry
Der kleine Prinz
Neuübersetzung
aus dem Französischen von
Dr. Hannelore Eisenhofer
Mit den Illustrationen des Autors

96 Seiten, mit zahlreichen
Farb- und s/w-Illustrationen, in
Halbleinen gebunden,
mit Lesebändchen und Soft-
Touch-Lackierung

ISBN: 978-3-86820-255-7

Ein zauberhaftes Märchen und philosophisches Einmaleins

Antoine de Saint-Exupéry (1900-1944), Pilot und Schriftsteller zugleich, musste im Jahr 1935 in der ägyptischen Wüste notlanden. Fünf Tage marschierte er durch die Wüste, bevor er gerettet werden konnte. Am 31. Juli 1944 trat er seinen letzten Flug an, von dem er nicht zurückkehrte. Die Ursachen und Gründe für seinen Tod sind bis heute nicht geklärt.

Ab 1940 hatte sich Saint-Exupéry in den USA aufgehalten, wo auch »Der kleine Prinz« zum ersten Mal erschienen war. Das oftmals als Märchen eingestufte Buch enthält sehr viele kritische Hinweise auf egoistisches, kapitalistisches und eitles Verhalten.

www.nikol-verlag.de

NIKOL VERLAG